小学館文庫

ラバーネッカー

ベリンダ・バウアー
満園真木 訳

小学館

ラバーネッカー

＊主な登場人物＊

パトリック・フォート……………………… カーディフ大学に入学した18歳の若者。アスペルガー症候群。

サラ・フォート…………………………… パトリックの母。

サム・ゲーレン…………………………… 事故にあって昏睡状態になった男。カーディフ大学病院の脳神経科病棟に入院していた。

トレイシー・エヴァンス………………… カーディフ大学病院の脳神経科病棟に勤務する看護師。

ジーン、アンジー、モニカ……………… トレイシーの同僚看護師。

レクシー(アレクサンドラ)・ゲーレン … サム・ゲーレンの娘。

ジャッキー………………………………… サム・ゲーレンの妻。レクシーの義母。

ミセス・ディール………………………… カーディフ大学病院の脳神経科病棟に入院している患者。

ミスター（レイモンド)・ディール …… ミセス・ディールの夫。

デイヴィッド・スパイサー……………… カーディフ大学医学部の講師で医師。

ミック・ジャーヴィス…………………… 解剖実習室付きの技師。

メグ・ジョーンズ………………………… パトリックと同じ解剖実習の班になったカーディフ大学医学部の学生。

ディリップ、スコット、ロブ…………… パトリックと同じ班の学生。

キム………………………………………… パトリックのルームメイト。

ジャクソン………………………………… パトリックのルームメイト。

ニック……………………………………… パトリックの実家の隣の家に住む若者。

エムリス・ウィリアムズ………………… カーディフ警察の部長刑事。

サイモンとすごした日々に

第一部

1

死ぬのは映画で見るほど簡単ではない。

映画なら、車が凍った路面でスリップする。道路を突っ切るようにすべっていき、崖っぷちでぐらりと傾く。

そして落ちる。一回転してドアがはずれる。あちこちにぶつかって弧を描き、やがて木にぶつかって止まる。タイヤを上にして、ひっくりかえった亀のような姿で煙をあげる。ほかの車は急ブレーキをかけ、運転手がドアをあけっぱなしで崖っぷちまで走ってきて、恐怖の表情で下を見おろす。その視線の先の車は——

車は一瞬静止する。劇的な効果を狙って。

それから炎に包まれる。

人々はあとずさりして顔を手で覆い、それからきびすを返す。

映画なら、あえて口にする必要すらない。

運転手は死んだのだ。映画なら。

おぼえていることは多くない。だが、ピニャ・コラーダの歌がラジオから流れていたことはおぼえている。ピニャ・コラーダが好きで雨に濡れるのも好き、とかなんとかいうあの歌だ。

わたしはあの歌が嫌いだ。昔からずっと。

そのときの状況について、わたしは警察に本当のことを話すだろうか。もし話せるとしての話だが。ラジオのチャンネルを替えようとしていて、氷でスリップしたのだと正直に言えるだろうか。何もかもその歌のせいだと。警察官はそれをおもしろいと思うだろうか。それとも、首を振ってわたしの危険な運転をとがめるだろうか。

どちらでもありがたい。正直なところ。

わたしはカーディフにレクシーを迎えにいくところだった。レクシーはどこかに行っていた。どこだったか思いだせないが――学校の遠足か何かだったか――再会が楽しみだったのはおぼえている。ふだんは友達と列車で帰ってくることが多いが、その日は悪天候で止まっていた。線路が凍結したとかなんとか——鉄道会社はダイヤの乱れにあれこれ言いわけを並べ立てるものだ。わたしがレクシーの年頃には、列車の運行時刻で時計を合わせられたが、いまではカレンダーを合わせるのすらおぼつかない。

　わたしはどこにいたのだったか。

　そうそう、A四七〇号線を下っていた。前方には石炭くずの捨て場がそびえ、道は谷底に向かって急な下り坂になっている。もちろん、それはいまでは木や草に覆われている。石炭委員会が植林したからだ。しかし、いくら山と呼ぼうと、それらの多くはかつて石炭くずの捨て場だった。山なら、真っ黒な粥《かゆ》と化して、小さな子どもをその下に埋もれさせたりしない。昔、ここであったことだ。それはおぼえている。目のくりくりしたウィリアムズ家の男の子が犠牲になった。ある週にラグビーの練習に来て、翌週から二度と来なかった。だがそれ以外の記憶はぼんやりしているか、何もおぼえていない。

　こう思ったのはおぼえている。なんてこった、サム、こうなるってわからなかったのか? それからガードレールに衝突したときは、フォード・フォーカスにできたへこみについて、アリスになんと言いわけしようかと思った。まだ買って半年だったし、わたしがスピードを出しすぎだとアリスはいつも言っていた。だが、うまい嘘を考えつく前に、車は宙に飛びだし、気づくとガードレールの向こう側にいた。タフ川まで六十メートル、さえぎるものもない。

転落の過程は四段階に分かれていた。

車が頭から地面に激突し、巨大なカブトムシがつぶれるような音とともに、フロントガラスが粉々に砕けた。

それから静寂が訪れた。わたしは楽しげなヒバリのように空を飛んだ。

それからまた衝撃。金属の衝突音がして、鼻から三センチのところに草が見えた。顔をそむけようとしたが、身体が言うことをきかない。濡れた茂みと、ディナープレートほど大きくキラキラと輝く氷が見えた。

そしてふたたび、より心地のいい静寂が訪れた。わたしはスローモーションで流れていくどんよりした雪空を眺めながら、誰がレクシーを迎えにいくのだろうと考えた。うちには車が一台しかない。今晩はデビーのところに泊まればいいかもしれない。あの子はいい子だ。

次の衝突では、頬の内側を噛んで、鉄臭い血が喉に流れていくのを感じた。ドアがはずれて、その穴のそばで自分の右腕が揺れているのが見えた。それからまた飛んだ。わたしも、マーサーティドビルの街のディーラーで買った車も。それは試乗に使われていた車で、おかげで二千ポンド値引きしてもらえた。それでもちゃんと新車のにおいがして、それが重要なのよ、とアリスは言った。

アリスはきっとすごく怒るだろう。

四度目の衝突はおぼえていない。だが、衝突したに違いない。でなければ、ここにいるはずがない——わたしは宇宙に行く最初のフォード・フォーカスのドライバーになるのだろう。

運がよければ、それもおぼえていないかもしれない。

＊

車の流れが悪くなり、十八歳のパトリック・フォートには、前方で青いライトが点滅しているのが見えた。

「事故だわ」と母が言った。

パトリックは返事をしなかった。無意味な言葉だ。見ればわかる。

ため息をついて、自転車で来ればよかったと思った。そうすれば渋滞にはまらなくてすんだ。でも、母は車で行くと言い張った。パトリックは車に乗るのが嫌いなのに、面接用のいい服を着ているからと言って。それはパトリックが持っている唯一の襟つきのシャツに、腿がかゆくなるグレーのフラノのズボン、それにスニーカーでない靴という格好だ。

「怪我人がいないといいけど。たぶん道が凍ってて、カーブでスリップしたのね」

パトリックは今度も黙っていた。母はいつもこんなふうだ。わかりきったことをわざわざ言う。自分に言い聞かせて、耳が遠くないってことを証明するみたいに。

蛍光色のベストを着た警察官の姿がだんだん近づいてくる。うんざりした顔で腕を振り、早く行けと車に合図している。

車が転落した現場が見えてきた。くすんだ銀色のガードレールが大きくたわんでいる。まるで、車をつかまえておこうと必死に頑張ったものの、最後には諦めて手を離さざるをえなかったというように。数人の消防隊員が崖の下を見おろしている。訓練を積んでいても、できるのはそれぐらいのようだ。

「まあ。気の毒に」サラ・フォートがつぶやいた。

前の車がブレーキをかけた。乗っている全員が左に首を伸ばしている。

死体をひと目見ようと必死の野次馬たち。

警察官がその車に何か怒鳴って腕を激しく振り、進めとうながす。

母が車を発進させる前に、パトリックはドアをあけて外に出た。

「パトリック！」

母の呼び声を無視する。外の空気が心地いい。目の前の丘が急にリアルさを増したように感じられる。赤や黄色の枯れ葉に覆われ、どっしりとそびえる大きな物体。パトリックは消防隊員に近づいていった。

「パトリック！」

パトリックはガードレールの残骸によりかかって谷底を見おろした。一台の車が、タイヤを上にして、川岸のそばの木立になかば突っこむようにして横たわっている。あちこちに散らばった残骸が、道路から転落した道すじを物語っている。ドア、雑誌、ねじれた長い金属片。大破した車の中でまだラジオが鳴っていて、谷底から甲高い歌声が立ちのぼってくるのが聞こえた。ロイ・オービソンの〈イン・ドリームス〉、一九六三年。音楽は好きではないが、一度聞いた曲の発売年はすべておぼえている。

「何があったんですか」

そばにいた消防隊員が振り向いた。口に煙草をくわえている。「誰だ、おまえ」

「中に誰かいるんですか」

「かもな。車に戻れ」

「死んだんですか」

「どう思う？」

「ここからじゃわからない」パトリックは肩をすくめた。「わかるんですか」

「とっとと行け。おれたちゃ仕事してるんだ」

パトリックは眉をひそめて男の手を見た。「煙草を吸って車を見てるだけでしょ」

「うせろクソガキ」

「悪態つく必要ないでしょ」

「うせろ」

「パトリック！」母がやってきてパトリックの腕をとり、消防隊員に謝った。謝るべき理由も知らないのに。

パトリックは最後にもう一度振りかえった。谷底に動くものの姿はない。あの車の中はどんなふうなんだろう。静かでねじれて血まみれで、しだいに高くなっていくロイ・オービソンの声に包まれて。天使の拷問《ごうもん》みたいな。

パトリックが母の手を振りはらうと、母が謝った。母は謝ってばかりいる。いつでも、何に対しても。

ふたりは車に戻り、母は運転を続けた。ただし、かなりスピードを落として。

2

カーディフ大学病院の脳神経科病棟なら、さぞかし読書が進むだろうとトレイシー・エヴァンスは思っていた。ひっそりと静まりかえり、植物状態の患者たちは紙皿に嘔吐もしなければ、厚紙でできた使い捨ての尿瓶《しびん》におしっこもせず、ナースコールも鳴らさない。あのブザーの音を聞くたびに、キャビンアテンダントになったような気分になる。ただし、いろんな特典もなければ、パイロットと結婚できるチャンスもない。

何にも邪魔されず、『咲き乱れるローズ』を読めるのを楽しみにしていた。それはローズ・マッケンジー・シリーズの三作目で、第一作では、身寄りがなく施設で育った内気な美少女ローズが社会に出て、幾度か刺激的な貞操の危機を乗りこえてヴァージンを守る。二作目では、ダンダー・コールという不埒な男にお金とハートを盗まれるも、ラフト・アンカースという日焼けした長身のハンサムに窮地を救われる。ラフトには秘密の（そしてもちろん悲劇的な）過去があって、そのせいでローズに友人として以上の関心を示さないが、トレイシーにはわかっている。ローズはまだ知らないが、彼の瞳の奥には消えない情熱の炎があって、ふたたび燃えあがるときを待っているのだ。

『咲き乱れるローズ』というタイトルからして、熱い展開を予想させる。二十四歳のトレイシーは、そういう期待を胸に、欠員の出たカーディフ大学病院の脳神経科病棟にやってきた。機械に囲まれて穏やかに眠る患者たちのベッドのあいだを、静かに

——看護師というより夜警のように——見まわる自分、あるいは、黄色いランプの明かりの下でゆっくりページをめくる自分を想像していた。

だが、現実は腹立たしいほど違っていた。経験したことはおろか、想像したこともなかったほど。完全な昏睡状態の患者——じっと動かず、すやすや眠っているように見える——も、いるにはいる。でも、そのほかの患者は、植物状態といっても様々で、通常の看護師の仕事をこなさなければならない。点滴やカテーテルを交換し、身体を拭き、薬を服《の》ませ、食事を食べさせ、呼吸や容態の変化に目を光らせる。そのうえ、皮膚の乾燥を防ぐクリームを塗ったり、暴れて手足を振りまわす患者のベッドの柵をあげたり、動かない患者の床ずれを防ぐために体位を変えたりもしなくてはならない。うめきやまばたき、意味不明の叫びを、水がほしいとか、テレビのチャンネルを替えてくれといった意味の通る頼みに翻訳して理解しなければならない。オムツを換え、どろっとしたオレンジ色のうんちで汚れた尻をきれいに拭かなければならない。理学療法士はこわばった脚や握った形のままの手と騒々しく格闘している。脚に添え木をあてたり、力の抜けた身体をかかえあげて車椅子に移したり、患者を磔《はりつけ》さながらに傾斜起立台にくくりつけたりもする。すべては、患者が丸まった胎児みたいな姿勢で固まってしまうのを防ぐためだ。その状態から回復しないかもしれなくても。

ようするに精神科病院と変わらない。しかも、死んだような目をした患者が、お迎えを待ちながらこっちをじっと見ているというぞっとする恐怖のおまけつきだ。

挙句の果てに、病棟の洗礼まで浴びた。感染症にかかって、一日五回も便器をかかえこむはめになり、げっそりやつれてしまった。先輩ナースたちは、それを〝カーディフ病〟と呼び、次はもっと軽くすむわ、と言った。トレイシーは過ちに学ぼうと心に誓い、次が来る前にと、新しい仕事を探しはじめた。

いっぽうで、昏睡患者にもいい昏睡患者と悪い昏睡患者がいることを知った。先輩ナースのジーンが教えてくれたところでは、それはみんな知っていることだし、知っているのはかまわない。だけど、おおっぴらに口にしてはいけないのだそうだ。いい昏睡患者はおとなしい。奇声をあげないし、手を貸そうとしたときに殴りかかってもこない。肺炎にかかって余計な手間をかけさせないし、栄養チューブや点滴の管をひっこ抜いたりもしない。いい昏睡患者の家族は、礼儀正しく、家から持ってきたガラクタで病室を散らかさない。そして看護師たちに差し入れを持ってきてくれる。自分が病院に来られない長い時間、愛する家族をしっかり世話してやってほしいという願いをこめた、いわば賄賂だ。ナースステーションにはいつも、箱入りのチョコレートが最低ふたつは置いてある。トレイシーはナッツのチョコレートが好きで、上の段がまだ食べ終わらないうちに、誰かにとられるより早く下の段のナッツのチョコレートを食べてしまう。

いい昏睡患者は、少なくとも看護師たちの知るかぎり、ここに来る前もいい人間だった。ここに来たのは、働きすぎで脳梗塞になったり、交通事故に巻きこまれたり、隣人の屋根の雨どいの掃除を手伝っていて梯子から落ちたり、木からおりられなくなった猫を助けたりしたせいだ。いい昏睡患者は、額をさすられ、優しい言葉をささやかれ、意識を取りもどしてほしいと声をかけられる。

悪い昏睡患者は一晩じゅう叫んだり、ほとんど水みたいな粥を喉に詰まらせたり、ベッドの柵を握りしめて鉄格子みたいに揺さぶったりする。奇声をあげて手足をばたつかせ、ときには看護師にその拳や足があたることもある。換えたばかりのオムツに粗相をし（わざとやってるんじゃないかと思うほどだ）、しょっちゅう感染症にかかって夜中じゅう看病を強いられる。悪い昏睡患者がここに来たのは、薬物の過剰摂取や、車のスピードの出しすぎや、酒に酔ってバーで喧嘩をしたせいだ。家族は口うるさく疑りぶかい。悪い昏睡患者は、顔をしかめられ、ぞんざいに扱われる。〝患者の安全のために〟拘束をきつくされる。

こうした区別のことは、どこにも書かれていないし、医者や家族にも話されることはないが、看護師はみなその違いを知っている。はじめて病棟を案内してくれたとき、ジーンはベッドを順番に回りながら、トレイシーに患者ひとりひとりの経歴を教えてくれた。その経歴は、書きなおされることも削除されることもなく、真偽をたしかめられることもない。

「この人は恋人への婚約指輪を買いにいく途中でタクシーにはねられたの。運転手は電話してたらしいわ。恋人は仕事のあとにここにきて、ずっと泣いてる。七カ月というもの毎日。いまでも彼と結婚したいって言ってるの。心が痛むわよね」ジーンが気の毒そうにため息をついたので、トレイシーも心を痛めているふうを装ってうなずいてみせた。心の中では、もし自分の（空想上の）恋人が二、三週間以上昏睡状態から覚めなければ、さっさと見切りをつけて次に行くだろうと思いつつも。オムツに便を垂れ流す恋人の姿を五十年も見つづけるなんてまっぴらだ。

ジーンは次のベッドに移った。中年の男の胸にぞんざいにシーツをひっぱりあげながら言う。「この人はクイーン・ストリートの先の橋から落ちたそうよ。たぶん酔ってたんでしょ。じゃなきゃ、警察から逃げてたか。そもそもあの橋の上にいたのがおかしいのよ。だって歩行者用の橋じゃなくて、鉄道橋なんだから」

トレイシーも知っていた。金曜や土曜の夜、〈エヴォリユーション〉というクラブで遊んだあと、四人でシェアしている家まで歩いて帰る途中に、よくその橋の下を通った。橋の欄干のところにはいつも人がたむろして、スプレーで落書きをしたり、クイーン・ストリート駅を発車する列車相手の度胸試しをしていた。

「この人はちょっと厄介よ」ジーンがべつの男にかがみこんで言った。「よくわめいたり叫んだりするの。ときどき外国語もまじってる。何か秘密があるんじゃないかしら」

トレイシーは興味をひかれてうなずいた。

「すごく手がかかるのよ。暴れたりもするし」

「ほんとに?」

ジーンが肩をすくめた。「わざとじゃないんだろうけど、力が強いもんだから。アンジーなんて、指を折られたのよ」と言って、左手に包帯を巻いた黒髪の看護師に顎をしゃくってみせてから、真剣な顔でトレイシーを見た。「だから気をつけて」

「わかったわ」

「それと患者の家族だけど」あなたもいまにわかる、という顔でジーンが言った。「家族に大きな顔をさせちゃだめ。プロはあなたで、家族じゃないんだから。よくおぼえておいて」

「わかったわ」トレイシーはきっぱり言って、病棟を見まわした。ふたつの病室に十二床のベッド。そのうち十床には人が寝ている。死んではいないが、生きているとも言いがたい人々。あの世行きのチケットを買ったにもかかわらず、旅の途中で足止めされ、このまま進むべきか、引きかえして家に帰るべきかをいまも決めかねている人々。

3

たくさんの医者にみせたものの、何かおかしいということがわかったのは、パトリックが五歳で学校に通いだしてからだった。パトリックは、何かというと騒ぐクラスメイトたちも、運動場の喧騒も嫌いだった。中庭の小石を拾って、それを大きさによって分類することに興味を示す子もほかにいなかった。

勉強はむずかしくなかったし、なんでも最後までやりとげた。ほかの子たちが休み時間に外に飛びだしていくのをよそに、パトリックは教師がアルファベットの書きとりや計算をやめさせようとしようものなら、身をよじって悲鳴をあげ、終わるまでこでも動かなかった。

ランチボックスを分解して、赤いものはすべて捨て、言われたことを、各単語の強さを変えながら何度もおうむ返しにした。

〈チョーク〉を置きなさい。

チョーク〈を〉置きなさい。

チョークを〈置きなさい〉。

だが、チョークは離さなかった。

子どもほどすばやく、容赦なく異分子を排除する者はいない。パトリックはまもなく、家に招かれず、誕生パーティにも誘われず、グループから仲間はずれにされ、ゲームにも入れてもらえなくなった。でも、パーティには行きたくなかったし、グループも嫌いだったし、ゲームのルールも理解できなかったから、べつにかまわなかった。アリの観察は好きでも、アリになりたいわけではなかった。

七歳になるまでは。

*

子どもは賭け屋《ブックメーカー》の店内に入れてもらえない。だから父が大きなスクリーンで馬や犬を見ているあいだ、パトリックは入口のそばのカウンターの下にすわり、自転車や年とった黒いラブラドール犬に囲まれて待っていた。犬はいつも濡れているか、濡れているようなにおいがした。ときどき、パトリックがいることを知らずに大人が前に立つこともあった。カウンターに肘をつき、壁に貼りだされた出走表の馬や騎手の名前に目をこらしていた。パトリックは彼らの膝や股間や、靴がリノリウムの床につける泥の足跡を見ていた。頭上では、投票用紙にボールペンを走らせる音が聞こえ、毎回のように負けてぶつくさ言う声が聞こえた。

ときには、パトリックに気づいて、かがんで声をかけてくる大人もいた。「よう、ぼうや」とか「おや、元気か？」と。でもそういうとき、パトリックは押し黙ったまま、助けを求めるように犬に身体を寄せた。一度、男にミルキーウェイのチョコレートを差しだされたときには、ラブラドールがすばやくそれを奪い、包装ごとふた口で呑みこんでしまった。

「無口な子だな」ある老人にそう言われたとき、パトリックの父はきっぱり答えた。

「考えてるのさ、この子は」

父の言うとおりだった。パトリックはいつも考えていた。自転車のタイヤのバルブから漏れる空気はゴムのにおいがすること、スクリーン上でめまぐるしく変わるオッズと、蚤《のみ》が跳ねるみたいに上下する馬の名前のこと、犬の歯茎はピンクなのに唇は黒いこと。

しだいに無視されるようになったパトリックは、入口のそばの定位置で、人に観察されることなく人を観察するのがお気にいりになった。

それは暑い夏の日だった。パトリックが床に寝そべっているラブラドールの輪郭をポールペンでなぞっていると、賭け屋の人ごみからどよめきがあがり、それから室内が静まりかえった。

パトリックはカウンターの下から出て、大人たちの靴のあいだを這って進み、大きなスクリーンから数センチのところで立ちあがった。

近すぎて粒子の粗いスクリーンの中で、紫の服を着たジョッキーが、エメラルドグリーンの芝の上を、足をひきずるようにして歩いていた。手にしているのは、馬の背にあったはずの鞍だ。

パトリックは芝にさわり、指にあたたかな振動を感じた。

「そのぼうずはこんなとこで何してるんだ」と誰かが声をあげ、すると父が立ちあがって手を差しだした。

パトリックはあとずさった。手をつなぐのは嫌いだ。身体の内側がむずがゆくなる。でも、父が目に涙をためているのを見て、パトリックは自分でもなぜかよくわからないまま、おとなしく父の手を握った。しかも、車の多い通りを渡って、〈ロークス・ドリフト〉のバーまで歩いていくあいだもずっと握っていた。バーに着くと、父は真ん中をぎゅっと握ったみたいな形の瓶に入ったコーラを買ってくれて、それに自分のビールのジョッキを軽くぶつけた。

「ペルシアンパンチに」父はしゃがれ声で言って、鼻をつまんだ。袖で鼻を拭くより、多少は行儀がいい。

「ペルシアンパンチに」とパトリックも応じたが、ペルシアンパンチが馬だということを知ったのはあとになってからだ。

正しくは、馬だった、ということを。

パトリックはそのときの気分を忘れたことがない。その瞬間は、いままでで一番、父を近くに感じた。父の気持ちを分かちあえそうだった。そのときはじめて、ほかの子が本能的に知っているらしい感覚をなんとなく感じることができた。自分が大きくて不思議な何かの一部だという感覚。

パトリックもそれがほしいと思ったが、手に入れる方法がわからなかった。

自分に何かが決定的に欠けていることがわかってから、パトリックにとって学校は苦痛でしかなかった。ほかの誰もが、仲よく楽しそうにしている。みんながその鍵を持っている。それなのに、パトリックが不器用ながらも必死にその鍵を探そうとしていると、決まってほかの子に笑われたり、ばかにされたりした。クラスメイトは鉛筆を隠し、パトリックが癇癪を起こすのを見て笑った。男の子のグループは、パトリックのコートを大きな石に巻きつけて自転車置き場の屋根に投げた。パトリックは混乱し、怒り、家では意固地になった。パトリックの両親は、閉じたドアの向こうで言い争うようになった。パトリックはひんやりした木に頬を押しつけて、母のヒステリックにひび割れた声を聞いていた。「……もう耐えられない！　あの子を産まなきゃよかった！」

パトリックは母がそうなるのが好きだった。そういうときは、決まって父がブレコン・ビーコンズ国立公園へ長い散歩に連れていってくれるからだ。ふたりだけで。そのあいだ、母はカーテンを引いてベッドにもぐりこむ。「ちょっと休ませて」と弱々しく言って。しばらくたって家に帰ると、暗い部屋で父と紅茶を飲む。母を起こさないように、無言のままで。それから、父は毎回違う場所にウォッカの瓶をしまいこむ。

パトリックが八歳のある日、とうとう事件が起こった。農家のガキ大将のマーク・ベネットが、「ばーか！」と叫びながら、うんていにぶらさがっていたパトリックの背中にパンチを喰らわしたのだ。背中から地面に落ちたパトリックは、ふたたび息ができるようになるまで、あおむけであえいでいた。ゆっくり立ちあがったとき、マークは笑いながらブランコで遊んでいた。パトリックは近づいていって、揺れるブランコの横に立った。そしてブランコが後ろに振れるのを待って、ラウンダーズ（英国の子どもに人気のある野球に似たゲーム）用のバットをマークの顔めがけて振った。ブランコの勢いとバットのスピードで、マークは見事に一回転してブランコから落ち、気を失った。その光景はブレコンの町の子どもたちのあいだで、のちのちまで語りぐさになった。

学校から連絡を受けたパトリックの母は、泣きじゃくって電話を切ってしまった。そこで父に連絡が行き、父は仕事を早びけしてパトリックを迎えにきた。

そのせいで、父は死んだ。

4

わたしは眠っている。どれだけ必死に目覚めようとしているか、言ってもわかってもらえないだろう。

わたしはパジャマ姿で十字架に磔《はりつけ》にされたキリストの夢を見ている。キリストは苦痛に腕をねじまげ、青い制服を着た聖母マリアに両足を押さえつけられている。またあるときには、黒いマントにガスマスクをつけた鳥人が、長いくちばしでわたしの目をつつき、眼窩《がんか》ごとわたしをひっぱる。わたしは喉が痛くなるほど悲鳴をあげるが、誰も来ない。

なぜなら、それは夢だからだ。とはいえ、夢でよかったなどということはない。

ときどきは眠ることもあるが、そうでないときも、目を覚ましていないことはわかっている。わたしは底なし井戸の水面をめざして泳ぐ。水はどろりと濁っている。光は見えない。足元でうねる暗闇にひそむものへの恐怖だけで、わたしは泳ぎつづける。だが、水面に近づいたところで向きを変える。頭上のもっと恐ろしいものから逃れるために。

水の向こうでは、誰かが痛みや怒りの叫びをあげている。拷問の苦しみに悪態をつき、苦痛にわめいている。頭上の地獄。外国語の阿鼻叫喚。涙が流され、女や子どもが悲嘆にくれ、怖がっている。だいじょうぶ、かならずなおりますよ。それでも泣き声はやまない。ただ遠ざかっていく。

目に見えない魚に手の甲を嚙みつかれ、腕が冷たくなる。腹の中にヒルがとりついているみたいに、身体の内側からひっぱられる感じがする。肩がこわばり、足が痙攣《けいれん》し、首が痛む。市場の牛を撫でるみたいに誰かの手で撫でられ、わたしは牛のように恥じることもなく便を垂れ流す。

上のほうで声が聞こえる。バケツやいろんな器具を持った人々が井戸のそばを通りすぎているようだ。その声がゆっくりと近づいてきて遠ざかっていくのがドップラー効果で聞こえる。誰だかわからないが、その人々は自分のすべきことがわかっているようだ。とても忙しそうで、とてもてきぱきしている。だが、なんと言っているかまではわからない。

声は行きつ戻りつし、わたしの意識も夢とうつつのあいだを行きつ戻りつする。何日も、何週間も、ひょっとすると何年も。だが意識のあるときはずっと、知っている声が聞こえないかと耳をすます。それが聞こえたときこそ、水面から顔を出して叫ぶときだ。わたしがここにいるのを伝えるときだ。

わたしは声をあげる。おーい、おーい！　わたしはここだ！　すると彼らは井戸を覗きこみ、中にいるわたしを見つけて驚いて手を振る。そして助けを呼んできて、大きな木製のバケツで、迷子の子猫のようにわたしを引きあげてくれる。

おーい、おーい！　わたしは目を覚ましている！　きみたちの声も聞こえる！　わたしは目を覚ましてるぞ！

その言葉はいつも、麻痺した舌の先にある。言葉を音にする空気と、それを口から押しだす力さえあれば、目的は果たせる。

だが、なぜかそれを試すのが怖い。

自力で夢から覚めることができないなら、必要なときに声をあげることもできないのではないか。あるいは、声をあげたとしても、誰にも聞いてもらえなかったら？　みな深く暗い井戸のふちをかすめて通りすぎるだけで、わたしがどれだけ必死に叫ぼうと、誰も中を覗きこんでくれなかったら？

それはもう夢ではない。
悪夢だ。

＊

トレイシー・エヴァンスは気づいたことがある。昏睡患者のところには、〝早くよくなって〟のメッセージカードと果物を持った見舞い客は来ない。昏睡患者には、その患者を愛しているか、義務感をおぼえている者が付き添うだけだ。どちらかを見分けるのはむずかしくない。患者を愛している者は何時間も病室にいて、身体にさわったり、拭いたり、話しかけたり、ｉＰｏｄのイヤホンで好きな音楽を聞かせたりする。子どもにはおもちゃ、大人にはちょっとした飾りや置物を持ってきたり、香りのいい花を鼻に近づけたり、目に涙をため、涙声で〝ハッピー・バースデイ〟を歌ったりする。

患者を愛している者は、回復を願っている。

義務感で来ている者は、どのような形でもいいから、早く終わってほしいと願っている。読書をするか、持ってきたラップトップ・コンピュータで電子メールをチェックし、無料Ｗｉ‐Ｆｉのパスワードを繰りかえし尋ねる。爪を嚙み、足で床を叩き、ガーデニング雑誌でもなんでも手近にある雑誌をかたっぱしから読む。窓の外に目をやり、駐車場の屋根の向こうに広がる町をじっとみつめる。目の前のベッドに横たわり、生きるか死ぬかを決めかねている人物を見るよりはまだましだというように。

トレイシーはそっちの人々のほうが好きだ。花瓶がほしいだの、ブラインドをあげてくれだのと言わないし、患者がぴくっと動いたとか、まばたきをしたとか、レモン色の毛布を指で叩いてSOSのモールス信号を送ってきたと訴えたりもしない。

愛情で来ている者のほうは少々厄介だ。まだここに来て二週間ほどにしかならないのに、すでにボーイフレンドのために実物大の豹のぬいぐるみを持ってきた少女や、電気フライパンを持ちこんで夫のベッドのかたわらでベーコンを炒めた女性、もう働いていない脳に刺激を与えようと、大きな掛け声とともに型《かた》の稽古を始めた四人の空手クラブのメンバーを見た。ほかの患者が目を覚ますからやめてほしいと注意することさえできない。この病棟では、患者の目を覚まさせることこそがある種の目的なのだから。

それらはまずまずの見ものではあったが、ローズ・マッケンジーの人生の行くすえに対するトレイシーの興味にまさるものではない。

唯一の楽しみは、ミスター・ディールだ。

ミスター・ディールは、毎晩仕事が終わると妻に会いにくる。カルテによれば、妻は階段から転落して脳内出血を起こし、もう一年近くここに入院しているらしい。ミセス・ディールの年齢は四十歳。ということは、ミスター・ディールも、トレイシーが金曜の晩に〈エヴォリューション〉で出会う若い男たちよりずっと神秘的な魅力を感じるほどに大人だということだ。若い男は集団でナンパをして、ドブにゲロを吐く。ミスター・ディールがそんなことをしているところは想像できない。

彼はどことなく威圧感があって、陰がある。そう、まるでラフト・アンカースみたいに。ミスター・ディールが来るのが、決まって自分のシフトのときだということに気づいて、トレイシーは少しぞくぞくした。

彼は週末には来ないし、平日の晩にやってきても、妻にそれほど関心がなさそうな様子なので、ちょっとモーションをかけるくらいならさほどの罪でもないだろう——それに空振りにもならないだろう——とトレイシーは考えた。まだ実行していないが、もうまもなくそうするつもりだ。ミセス・ディールが死ぬか、回復しないかぎり。いや、問題になるのは回復した場合だけだ。ミセス・ディールが死んだとしても、チャンスはある。男の人はひとりで暮らすのが嫌いだし、苦手なのだ。トレイシーにはわかっている。なぜなら、トレイシーの父は、一度母を捨てて出ていこうとしたのに、結局ひとりではやっていけないことに気づいて、たった二週間で帰ってきたからだ。両脚のあいだのタマがあるはずの場所に尻尾をはさんで。

ミスター・ディールはパイロットでも医者でもないが、お金を持っていて地位も高いようだ。お金を持っていると思うのは、メルセデスのキーを持っているからだ。よく、妻に背を向けて駐車場を見ながら、それを指で回している。地位が高そうだと思うのは、彼が電話で仕事の話をしているとき、命令を受けるのではなく与えているような口調だからであり、国連でも動かしているような様子で眉をひそめたりため息をついたりしているからだ。

お金持ちで地位が高く、ほんの少し危険な香りのする男。

トレイシーは丸くなったミセス・ディールの身体に新しいシーツをかけ、きつくマットレスの下にたくしこみながら、彼女があまり早く回復しないことを願った。

5

まだ八月の第一週だというのに、パトリックはもう大学生活のための荷造りをすませている。

ひとつきりの荷物。

サラ・フォートは傷だらけの古いスーツケースを見おろした。それは窓からブレコン・ビーコンズの緑の丘を望む部屋のベッドの上に、開いて置かれている。一学期の十二週間に必要なものを全部持っていくようにと言ったら、息子はラップトップと教科書と〝パーカー〟というロゴ入りのパーカーをスーツケースに詰めた。

たったそれだけ。

サラはため息をついて、パトリックのたんすから、必要と思われるものをスーツケースに入れていった。セーター、下着、靴下。洗面具入れには、歯ブラシと歯磨き粉、安物のシャンプー、そして五枚刃だか六枚刃だかのカミソリが入っている。サラはそのカミソリを見て微笑んだ。パトリックは広告の嘘にひどく怒る。最高だとか一番長もちだとか八割の人が云々という宣伝文句は理屈に合わないと言って。それでも、結局はカミソリを買う。広告の力に負けて、いままでのものよりよく剃れるという触れこみの新製品を。普通の人と同じように。

普通。

サラが息子に望むのはそれだけだ。普通であること。もちろん、仕事に就いて結婚して家庭も築いてほしいが、とりあえずは普通であればいい。普通であれば救われる。

眼下では、車寄せとは名ばかりの雑草の生えた砂利道で、朽ちかけた納屋の前に立ち、パトリックが小さなフォード・フィエスタのエンジンの上にかがんでいる。晴れた日に車の修理をする若者。これ以上に普通の光景はない。サラはかすかな希望を感じた。機械いじりが好きなのは父親のマットゆずりだが、パトリックは運転ができない。だが二十年ものフィエスタは、パトリックのおかげでいまも問題なく走る。サラは息子をみつめた。ここからだと、少年と大人の男の特徴が両方見える。変わったところと、変わりつつあるところ。大きな手にひょろ長い腕、広い肩幅に細い腰。オイルの量を見ようとかがんだ拍子に、短く刈った髪が首筋のあたりだけ子どものようにカールしているのが見える。

サラはため息をついた。赤ん坊のころのパトリックはとびきり可愛かった。幼児のころは元気だった。でもそれからしだいに、奇妙な少年になっていった。抱きしめようとすると身体をこわばらせ、話しかけると目をそらすようになった。学校の教師は、算数の成績はクラスで一番です、と言ったあと、下を向いて手を見ながら、話しにくそうに続けた。細部や日課への異常なこだわり、まわりから孤立していること、人と目を合わせようとしないこと……。

マットが死んだあとはもっとひどくなった。サラが触れようとすると甲高い声をあげ、ろくに口をきかなくなった。ただとりつかれたように、「お父さんに何があったの？」と訊くほかは。

それも無理からぬことだ、と医者は言った。

それが一年続くと、医者はなだめるように手をあげ、慎重に言葉を選んで言った。

そうしたこだわりを持つのも無理からぬことでしょう。

サラは〝こだわり〟という言葉が嫌いだった。〝段階〟と呼ぶほうがよかった。

でも、その段階はあまりに長く続いた。

パトリックは動物の死骸を持ち帰るようになった。鳥、リス、ウサギ……それを何時間もじっとみつめていたり、棒でそっと転がしたり、死んだ鳥の翼を広げて羽毛の動きを観察していた。しばらくすると、解剖のまねごとを始め、動物の体を切りひらいて中を覗きこんだり、からまった腸をほぐしたりするようになった。ある日、サラが息子のベッドを整えていると、枕の下から皮を剝がれたトガリネズミが出てきた。それ以来、動物の死骸を家に持ちこむのは禁止になった。すると、あるとき納屋の扉の南京錠をいじっている息子を見つけ、サラは尻を叩いた。

――だめって言ってるでしょ、パトリック！

動物の死骸の段階は数年続いた。その後、パトリックは機械いじりに熱中するようになった。自転車のギアを調整していないときは、サラの車か隣人の車のエンジンルームを覗きこみ、スパナを魔法の杖のように操って、死んだ鉄の塊を生き返らせた。いまや指紋が油で黒くなったパトリックの手は、マットの手にそっくりだ。

サラは眉根を寄せた。大学で解剖学を学びたいと突然言いだすなんて、昔のこだわり――もとい、昔の段階に逆戻りするみたいで、いい兆候とは思えない。

息子がスパークプラグを締め、取りかえた古いプラグをボール紙の筒に戻して、それぞれがきっちり平行になるように地面に並べるのをみつめた。捨てるときには、最後にもう一度筒から出して、ひとつひとつチェックしてからゴミ箱に入れるのだ。

息子の頭の中はどうなっているんだろう。

十八年間というもの、同じ質問を自分に問いつづけてきた。きっとこれから五十年間もそうだろう。もしそれだけ長生きできたとして。Tシャツがきついといってパトリックがパニックを起こすのはなぜなのか。本を刊行日順に並べ、食べ物をアルファベット順に食べるのは、脳の何がおかしいのか。

息子にそれを尋ねたことはない。会話といえば、〝洗濯物を出して〟とか、〝コートを忘れないで〟といったものだけで、重要な話はしない。それを物足りなく思う自分がいるいっぽうで、深い話や込みいった話を避けている自分もいる。結局のところ、知りたくないのだ。息子がどうしてああなのか。自分にできることが何かあったのか。

あるいは、しないほうがよかったことが。

窓に映る自分の顔を見る。引き結んだ唇、化粧気のない顔、くすんだ茶色のひっつめ髪。ともに目覚める者のいない女の顔。

パトリックがマットの古い自転車を引いて砂利道を横切り、道路の向こうに姿を消すのがぼんやり見えた。数時間は帰ってこないだろう、と思うとなんだかほっとした。

パトリックのベッド脇のテーブルには、埃をかぶった額入りの写真が二枚置かれている。一枚目は、ブレコン・ビーコンズにいるマットの写真だ。子どもの目線で撮影され、大柄な体格がきわだって見える。

夫はとてもハンサムだった。そしてふたりには夢があった。大それたものではない。ささやかな夢だ。もっといいソファを買うとか、スコットランドで休暇をすごすとか、息子のラグビーの試合や学校の劇を一緒に見にいくとか。そんなつつましい望みさえ、かなえてはもらえなかった。

もう一枚は、サラとパトリックがぎこちなく——身体を触れあわせることなく——並んで、古いブルーのフォルクスワーゲンの隣に立っている写真だ。大好きだったのに、マットの死後、見るのも耐えられなくなってしまった車。パトリックはまだ七つか八つだろう。ひょろっとした身体に、濃いブルーの目、時間とお金の節約のためにいつも短く刈りこまれた茶色の髪。それを額に入れたのは、息子がカメラのほうを見ている数少ない写真の一枚だったからだ。間違いなく、マットがカメラを構えているからだろう。そう考えて、不意に忘れていたいらだちがよみがえってきた。パトリックはずっとお父さん子だった。マットは低い穏やかな声でパトリックにものごとを説いて聞かせた。パトリックがひと言も返事をしなくても、話の途中で急に立ちあがってどこかに行ってしまっても、気にしなかった。

どちらも、サラには耐えがたかった。

——せめてうなずくぐらいしたらどうなの、パトリック！

——ちゃんとすわってられないなら、ごはんはめったに食べさせないわよ！

パトリックがサラと目を合わせることはめったにない。写真を持ちあげて指で埃を拭い、息子の目を見ると、十年前もいまと変わらなかった。むっつりして、どこか警戒したような目。パトリックはサラを信用していない。幼いころから、サラが何か言うと、そのつど確認を求めるようにマットのほうを見た。息子が自分を見るたびに、その視線が針のように心に突き刺さる。

サラはふとした思いつきで、写真をパーカーの下にすべりこませた。そこなら着くまで気づかれることはないだろう。すると、厚手のスウェット地にくるまれた何かにあたった。

取りだしてみると、それは背表紙に赤い布が張られた黒いノートだった。パトリックはもう解剖学の授業用のノートでもつくっているのだろう。何しろ勉強熱心な子なのだ。

だが、そこには何ページにもわたり、濃い鉛筆書きで、几帳面なブロック体の大文字が並んでいた。

……チャージャー、ベラドンナ、ホスティリティ……

なんの脈絡もなく並んだ単語に、サラは眉をしかめた。

……イグジット・ストラテジー、スリーパー、コモン・グッド……

ところどころ、単語の隣に日付や＊のマーク、サラには意味のわからない印などが書きこまれている。印だけではない。すべて、サラにはまるで意味がわからない。というより、パトリック以外に意味がわかる者などいないのではないか。めくってもめくっても、同じようなページが何十ページにもわたって続き、サラはどんどん不安になってきた。理由は自分でもよくわからない。そのノートを見たことがなかったからというのも理由のひとつだ。それはパトリックが隠していたということであり、それだけで気がかりではある。でも、理由の大半は、その内容がひどく奇妙に思えるからだ。奇妙なものごとはできるかぎり遠ざけてきた。奇妙なものごとがパトリックにとっていいことはなかったし、これからも決してないだろう。

ノートを閉じようとしたとき、偶然後ろのほうのページが開いた。そこはまだ白紙で、白いワンピースを着た幼い少女の白黒写真がだしぬけに目に飛びこんできた。

パニックに喉が締めつけられ、腕に鳥肌が立った。これはいったい何？　つねに最悪の事態を覚悟しているサラの心は、花火のように発射され、狂ったように回転しながら破滅の未来に向けて突きすすんだ。警察官が玄関をノックし、サラは弁護士の費用の工面に奔走し、人に道で唾を吐きかけられ、窓ガラスを割られ、パトリックに有罪が宣告され……。

そこで気づいた。その写真は、白黒というよりセピア色だ。

そして少女は死んでいる。

サラは息を呑んで写真に顔を近づけた。ベッド脇の目覚まし時計の針の音が急に大きくなったように感じた。

これは奇妙どころではすまない。

写真の少女は五歳くらいだろう。頬がこけ、貧しそうだが、亜麻色の髪はきちんととかされ、片方のこめかみのあたりに黒いリボンが結ばれている。着ているレースやフリルやギャザーでいっぱいの長いワンピースは、注意深く整えられているように見える。たぶん、こういう写真用のワンピースなのだろう。きっとカメラマンが持ってきた貸衣装で、この幼い少女が生涯でただ一度着たきれいなワンピースなのではないか。

少女は椅子にすわらされている。真っ白なワンピースの裾から、光沢のある黒い靴の爪先だけがのぞいている。少女は目を閉じている。でもそれは写真を撮った瞬間だけかもしれない。旧式のカメラでは、被写体は長いあいだじっとしていなければならないが、子どもにはなかなかむずかしい。まばたきをしたり、身動きしたり、あくびをしたり。それでぶれてしまう。だからこの写真も、たまたままばたきをした瞬間だったのかもしれない。

いや違う。それがはっきりわかるのは手だ。

安物の人形が少女の膝にのせられ、少女の腕が、大切なおもちゃをかかえるようにそれを囲んでいる。でも、その手はとても人形をかかえているようには見えない。手首が内側に曲がり、指はだらりと垂れている。しかも、カメラマンは気づかなかったようだが、少女の左手の小指が人形の下で後ろに反りかえっている。生きた子どもがこの状態でじっとしていられるはずがない。

この少女は死んでいる。

こういう写真のことは、どこかで聞いたことはあるが、見るのははじめてだった。死んだ家族の思い出のよすがとして撮られる写真。生前にそんな贅沢ができる人がかぎられていた時代の話だ。

サラはほっと胸を撫でおろし、それから短く神経質な笑い声をあげた。息子の持ち物の中に死んだ子どもの写真を見つけてほっとできるなんて。

ほんの一瞬抱いた普通への希望が、石鹼の泡のようにはじけて、サラはブレコン・ビーコンズに目をやった。太陽がペン・イ・ファンの山頂を照らし、急峻《きゅうしゅん》な山肌に不気味な影が落ちている。パトリックが学校を停学になった日のことを思いだす。サラはあの日、山頂の岩の上にすわって足をぶらぶらさせながら、切り立った崖の下を覗きこんでいた。もやが指を伸ばしてふくらはぎを撫で、もっと近くでごらんとささやいていた。

それ以来あそこには行っていないが、いまはそのときに近い気分だ。

マドック教授の人あたりのいい、教養豊かな声が脳裏によみがえる。パトリックの面接から数日後にかかってきた電話で、教授は慎重に言葉を選びつつ、いかにも親身そうに、だがどことなく恩着せがましい口調で、特別な要件やら何やらについて長々と話した。でも、ほとんど耳に入ってこなかった。たったひとつ、〝受け入れ枠〟という言葉以外は。ようするに、パトリックは障害者受け入れ枠のおかげで大学に入れてもらえたのだ。生物学と動物学の上級学力試験で史上最高点をとったからではなく、アスペルガー症候群だから。

マドック教授にどれだけ恩を着せられようとかまわない。だが、サラもばかではない。ちゃんと学校も出ているし、かつては人並みの人生を送っていた。どれだけ言葉を取りつくろっても、事実は隠せない。解剖学を学ぶことは認めても、パトリックの何かがひどくおかしいと、教授は思っている。

あのときは涙が出てしかたなかった。でもいま、息子のベッドにすわり、片手に暗号めいたノートを、片手に死んだ子どもの写真を持って、サラにはわからなくなった。

教授が間違っていたのかどうか。

6

パトリックはあおむけに寝ころがって、風に流される雲を眺めた。背中の下の草はあたたかく、谷の牧場から干し草のにおいが漂ってくる。すごく気持ちがいい。

まぶたをなかば閉じながら考える。今日みたいな晩夏の午後には、父がまだ生きていて、隣に寝ころがっているのを想像したくなる。ときどきひと言ふた言しゃべるか、穏やかないびきをかくほかは静寂が破られることもない。

でも、このあたたかな繭の中にいても、父のことを思いだすと、あの日のことがいやおうなくよみがえってくる。

パトリックは父を追って校門を出た。青いオーバーオールの背中と、ドクターマーチンのブーツをみつめながら。ブーツの爪先は鉄板入りで、ボードゲームの〈ディープ・シー・ダイバー〉で遊んでいるときにうっかり踏んだら、鉛が入っているみたいだった。

父がこんなに速く歩くことはめったにないので、自分があとをついてきているのを忘れてしまったのかもしれない、とパトリックは思った。置いていかれないためには、数歩ごとに小走りにならなければいけなかった。

学校から帰れたのは嬉しかった。みんなが自分を見て、大声で何か言っていた。マーク・ベネットがパトリックの背中にパンチを喰らわしたところは誰も見ていなかった。少なくとも、大人は誰も。そのくせ、みんな走ってきてパトリックよりも身体の大きな少年を助け起こし、血が出ているのを見て血相を変えた。ジェンキンス先生に、自分がどんなに悪いことをしたのかわかっているのか、と大声で問いただされたが、パトリックは悪いことをしたと思っていなかったので、正直にそう言うと、先生はさらに大声を張りあげた。父が来ると、先生は父のことも叱りつけた。父も八歳の子どもだというように。

「ついてこい」帰るとき、父はパトリックを見ずに言った。だからパトリックはそのとおりにした。父のあとについて校門を出て、町に向かって歩いた。

父の勤めるハリス自動車整備工場は、ブレコンの町の反対側にある。たぶんすすけた狭い事務所で、ミスター・ハリスの壊れた椅子にすわって待つことになるんだろう。事務所はいつでもピンク色の請求書と黒い指紋だらけで、カレンダーはずっとミス二月のままだ。ジャスティーンという名前で、ビーチバレーと子猫が好きで、乳首は濃い茶色だ。

賭け屋の店のそばで、父は振り向いてパトリックの手を握り、道を渡ろうとした。パトリックは身をこわばらせた。ふだん、父は警告もなくいきなり手を握ったりしない。気持ち悪くて叫びだしたくなった。パトリックは手を振りはらって歩道のほうにあとずさった。父が振りかえった。

「おい、パトリック！　いいから手をつなげ！」

そのとき、車が勢いよく父を跳ね飛ばし、その衝撃で靴が脱げた。手を差しだしながらこっちに向かってこようとしていた父が、次の瞬間には宙を飛んでいて、ドクターマーチンのブーツだけがその場に残された。片方は横向きに倒れ、もう片方はぶかっこうに道を転がっていた。帰り道を探そうとする捨て犬みたいに。

車は一度も停まらなかった。

パトリックはその長い衝撃の一瞬、茫然と息を呑んでいた。それから、ゆっくりと転がったブーツのあとを追った。道の先では、人が走っていた。店や車からも、賭け屋からも、人が走りでてきて、パトリックを追いこして走っていく。

パトリックは片方のブーツに追いついた。ブーツは白線の上にまっすぐおとなしく立っていた。毎晩、父が廊下にそれを置くときのように。

走っていた人々は、道のさらに先でみな止まった。何本もの脚のあいだから、アスファルトに横たわる青いものが見えた。青くて、くしゃくしゃで、おかしな角度に曲がったもの。

「その子をこっちに来させるな！」と前にミルキーウェイをくれた男が叫んだ。「近づかせちゃいかん！」

ストライプのシャツを着た若い男が前に立ちふさがったので、パトリックは触れる前に立ちどまった。

「この子の名前は？」ストライプの男が振りかえって言った。

「知らん。とにかくこっちに近づかせるな」とミルキーウェイが答えた。

「ぼうや、名前は？」

パトリックはその質問を無視して、みんなが見ているものを見ようと必死に男の脇から首を伸ばした。誰かが動いた拍子に、ほんの一瞬、父の目が見えた。

その目は何も見ていなかった。

パトリックは真夜中近くまで警察署で待っていた。ようやく母に連絡がついたが、迎えにこられないというので、警察の車で家に帰ると、その理由がわかった。母は立っているのもやっとだった。年かさの警官が事情を説明しようとしても、話が耳に入らないようだった。結局、その警官がふたりに熱くて甘い紅茶を淹《い》れてくれ、それからパトリックのためにビーンズのせトーストをつくってくれたあと、満月の下を帰っていった。

「お父さんに何があったの？」パトリックは母に尋ねた。

「お父さんは死んだのよ」母がしわがれた声で言った。

「どうして？」

「あんたのせいで」母の声がひび割れた。「あんたのせいで！」

母が泣きわめき、自分の頭を叩き、キッチンの床を這いずるのを、パトリックは見ていた。母は自分の質問にちゃんと答えてくれていない、と思いながら。

その日から長いこと、パトリックは父を捜しまわった。ブレコン・ビーコンズを歩き、ハリス自動車整備工場を覗きこみ、〈ロークス・ドリフト〉から追いだされ、賭け屋にこっそりもぐりこんでラブラドールの隣で膝をかかえながら、父の青いズボンの脚が通りすぎるのを待ちつづけた。夜はベッドで目をあけたまま、そわそわしながら神経をとぎすませた。玄関の鍵があいて、父が月明かりを頼りにそうっと入ってくるのに気づけるように。朝になると、階段の一番上に立ち、息を詰めて廊下を見おろした。ドクターマーチンのブーツがいつもの場所に置かれているのを期待しながら。

父はそこにいた次の瞬間にはいなくなっていた。まるで手品みたいに。正しい袖口を覗きさえすれば、タネがわかるかもしれない。

夢の中では、パトリックは毎回、差しのべられた父の手をとり、一緒に何ごともなく通りを渡る。

母はカードショップに仕事に行かず、パトリックも学校に行かなかった。母は毎日眠ってばかりいた。顔を見ることさえまれだったが、そのほうがなんだか落ち着いた。食事は自分でつくった。毎日、朝も昼も晩もサンドイッチ。わざわざジャムに蓋をするのはやめた。

事故から二週間後、女と男がふたりで家に来て、膝にファイルを置いて母と話をした。パトリックはドアの隙間から覗いていた。車はまだ見つかっておらず、運転していた人物の行方もわからない、とふたりは言った。ナンバーを見た者もいるが、間違っておぼえていた者もいると言った。捜査は続けるが、手がかりは乏しくなりつつある、と言った。母はぬいぐるみの人形みたいにだらりとソファにすわり、ときどきうなずくだけだった。顔をあげたとき、その目はあの父の目のようにうつろだった。

医者がやってきて、母に注射をした。パトリックは裏口から外に出て、ブレコン・ビーコンズを走った。驚いて散り散りに逃げる羊のあいだを。

そのあと、パトリックはまた学校に通いだした。最初の数日は、隣の〝不気味なニック〟と一緒に、ニックの母親の車で送ってもらった。ある日、家に帰ると、ブルーのフォルクスワーゲンのかわりにフィエスタがあって、新しいジャムの瓶があった。ある種の日常が戻ってきた。少なくとも表面上は。

スクールカウンセラーにどんな気分かと尋ねられて、パトリックには質問の意味がわからなかったので、そう言った。

「悲しいんでしょう。それは普通のことよ。大好きな人を亡くしたんだから、泣いたっていいのよ。赤ちゃんみたいとは誰も思わないわ」

パトリックは泣きたくはなかった。ただ、父に何があったのか知りたかった。

カウンセラーはため息をついて言った。「あのね、パトリック、誰かが死ぬっていうのは、ドアの向こうに行ってしまうようなものなの。いったんドアが閉まったら、その人はもう戻ってこられないの」

一方向にしか行けないドアなんて聞いたことがない。それに、ドアが開くのも閉まるのも見ていないし、父がそのドアに向かっていくのも見ていない。父はただ、そこにいたあとにいなくなったのだ。でもカウンセラーは自信満々だった。

「じゃあ、そのドアを見つけて、あければいいんだね。そうすれば何があったのかわかるんだね」

「まあ、パトリック」カウンセラーは目に涙をため、両手を広げてパトリックを抱きしめようとした。

それから逃れるには、カウンセラーを殴るしかなかった。

7

ベーコンのいいにおいがする。炒めたベーコンだ。ジュージューという音さえ聞こえる。記憶の波とともに、塩味が口に広がる。

ガウアー半島の晴れた朝、キャピングカーの外で。

家を売り、こうやって暮らそう。アリスといつもそう言いあったものだ。朝食がすみ、あとかたづけをする前の時間に、古びたストライプのデッキチェアにすわって。

レクシーとパッチは、追いかけっこをして緑の丘を走りまわり、歓声をあげている。ビーチボールやバケツが並ぶ小さな店でレクシーに買ってやったピンク色のビニール製の凧をあげながら、糸の先で凧が躍ったり引いたりするのを感じている。すると突然、手の中の糸が抵抗をなくす。自由になった凧が、ウェッジウッドの陶器のような青い空に舞いあがる。まるで自分のめざす場所がわかっていて、早くそこに行きたくてたまらないように。凧が豆粒ほどになると、レクシーが小さな手をわたしの手にすべりこませて言う。「凧、飛んでいくね、パパ」わたしは喜びでいっぱいになる。凧が飛んでいくのを見るほうが、引き戻すよりずっといい。もう二度と帰ってこないとしても。

ふたたび娘の手の感触を感じる。指をぎゅっと握られて痛いほどだ。それでも、手を振りはらったりしない。娘と手をつなぐのは、かけがえのない特別なことだから……。

あのベーコンのにおい。あの幸福と喜び……。

誰かが、愛してる、とわたしに言っている。アリスの声ではないが、それでも心があたたかくなる。愛は素晴らしい。いつどこで出会おうとも。アリスがそれを教えてくれた。

ふたりはどこにいるのだろう。アリスとレクシーは。わたしがここにいることを知っているのだろうか。知らない人間に手を握られながら、ふたりが見つけてくれるのを待っているということを。ふたりがいなければ、わたしは何者だというのか。夫でもなければ父親でもない。

ふたりがいなければ、自分を見失ってしまう。

聞こえるのは、ピッ……ピッ……というかすかな音と、わたし自身の息遣いだけだ。吸って吐いて……吸って吐いて……吸って吐いて……吸って吐いて。正確なリズムで胸が上下する。それはレクシーのピアノの練習を思わせる。〈トトトの歌〉ではメトロノームを追いこし、〈きらきら星〉では遅れてしまう。それでも、レクシーは諦めなかった。ピアノの名手になるには指が短すぎたが。それはわたしのせいだった。短い指はわたしゆずり。穏やかな気性とユーモアのセンス、そして顔立ちはアリスゆずり。

それに悲しげな目も。

あれはいつのことだったか。わたしのせいなのか。

夫婦のベッドの隣に置いたベビーベッドで、レクシーが泣いている。胸が張り裂けんばかりに。

ひどく悲しそうに。

身体を起こし、あやしてやりたい。アリスが目を覚ます前に。頭の中ではそうしている。

――よしよし、だいじょうぶだ。いい子だからおやすみ。

だが、眠っているのはわたしのほうだ。何年も、暗闇の中で。

ふたたび目を覚ますと、スライスした食パンがきれいに並べられ、バターを塗られるのを待っている。パーティでもあるのだろうか。この食パンはケータリングのサンドイッチ用で、ツナとチーズとチキンサラダを待っているのかもしれない。空腹ではないが、サンドイッチくらいなら食べられる。サンドイッチをひと切れとソーセージロール、それにブレインズ・ビターのビールを一パイント。口の中がからからだ。

目をあけて、それが食パンでないことに気づく。天井のタイルだ！

嬉しくなる。こんなありきたりな景色が、現実でないはずがない。苦悶するキリストも、巨大な鳥人もいない。金属のフレームに取りつけられた、ただの四角いタイル。歯科医院の診察台から見えるような。

つまり、わたしは目を覚ましているということだ。

いまは夜らしい。前はオフホワイトで、だからこそ食パンのように見えたタイルが、いまは灰色だ。一カ所、タイルが剝がれたか割れたかしたのか、小さな黒い三角形も見える。

どこか近くで哀れっぽい音がする。雨の中に置きざりにされ、寒さに震える子犬の鳴き声のようだ。

頭を動かせなかったので、目だけを限界まで左に寄せると、天井が――少なくとも頭上の部分が――視界から消え、かわりに左側の景色が目に入る。

水差しがあり、その向こうにベッドがある。ということは、わたしもベッドに寝ているのだろう。というのも、わたしは何かの上に横たわっているので、それはもう一台のベッドと考えるのが自然だ。ひとつの部屋に二台のベッドがある場所といえば、病院だ。あるいは、学生寮か。しかし、わたしはもうブリストル大学を卒業したような気がする。寮では、アーティ・リンカーという、へそ笛を鳴らせる学生と同室だった。

つまり、ここは病院なのだ。

無音で流れていく雪空、窓に向けて伸ばされる腕。

隣のベッドには男が寝ている。そばには機械があって、灰色のスクリーンがほのかに光っている。ピッ、ピッという音はこの機械から出ている。スクリーン上で光点が上下に動くのと同じタイミングで音がしているようだ。男の腕と腹にチューブがつながれていて、誰かがその脇に立っている。こちらに背を向けているが、スクリーンのほのかな明かりでも、その人物が青い手術着を着ているのがわかる。

ということは医者だろう。

いまだ。

わたしは目を覚ましていることを知らせようと、声をあげた。少なくとも、声をあげたつもりだった。だが、自分の声が聞こえない。咳払いをしようとしたが、舌はねばついて重く、かすかなヒュッという音を出せただけだ。もう一度声を出そうとして気づいた。唇は動いているが、それ以外は何も動いていない。肺から空気が送りだされることも、それが言葉になって口から出ていくこともない。新生児にもできることができない。

身体を起こそうとしてみたが、それもできない。

パニックになりかけたが、できるのは天井の黒い三角形をみつめて、落ち着けと自分に言い聞かせることだけだ。わたしは努めて厳しく自分を叱った。落ち着け、サム・ゲーレン。何も緊急というわけじゃない。時間はある。たっぷりある。もう千年はここにいるのだから、あと数分ぐらいなんでもない。

分別を働かせ、いまわかることに集中する。ののしったり懇願したりしていたのは、隣のベッドの男に違いない。そして泣いたりしていたのは、見舞いにきた彼の妻や子どもだろう。かたことでしゃべったり泣いたりしていたのもレクシーではありえない。レクシーはもうすぐ十三歳で、ゆりかごの赤ん坊ではない。その部分は、たぶん夢だったのだろう。

人生のかなりの部分がそうであるように。

それに、ここが病院なら、隣のベッドの男は患者のはずだ。わたしもそうなのだろうか。たぶん。夢に見た事故が本当だったとしたら。そしてわたしたちが患者なら、叫んだりしなくても、医者はわたしを無視しないはずだ。わたしが患者なら、注意を向けてもらえるはずだ。それが医者の仕事だ。だから叫んだりする必要はない。手を振って注意を引く必要もない。医者が隣のベッドの患者の診察を終えてこちらを向くのを、そしてわたしが目を覚ましていることに気づくのを、落ち着いて待てばいいのだ。

カランコロン鐘が鳴る　子猫ちゃんは井戸の中

簡単なことだ。

カチッ。

小さいが聞き間違いようのないスイッチの音がして、灰色の光が消えた。

ピッ、ピッという音も止まった。

目を横に向けると、医者が機械の上に手を置いていて、ベッドの男は動いている。最初はかすかに、やがて激しく。身体をつっぱり、毛布の下で足をばたつかせている。ひきつけを起こしたように。あるいは、息ができなくてあえいでいるように。

死にそうになっているみたいに。

なんてことだ、彼は死にそうになっている！

今度こそパニックになった。だが、叫ぶことも走ることも腕を振りまわすこともできず、感情を伝えることができない。かわりに、それは電気のように胸に広がり、腕や脚に伝わって、最後に背骨から後頭部に達し、全身がショックで感電したようになる。心の中では、わたしはすでに男のかたわらにいて、救急救命法の講習で習ったとおりに、気道を確保し、鼻をつまんで口に息を吹きこんでいる。だが実際には、指一本動かせない。

頭の中では叫んでいる。彼を助けてくれ、彼を助けてくれ！

だが、医者は彼を助けていない。

彼の上にかがみこんで、苦しむ姿をみつめている。永遠に思えるほど続いたあえぎと身もだえがついにやむと、大いなる静寂が訪れた。聞こえるのはこめかみが脈打つ音だけだ。それから、またカチッとスイッチの音がして、ふたたびほのかな光がともった。わたしはまばたきをした。ピッ、ピッという音が聞こえてくるのを待ったが、聞こえてこなかった。

二度と。

これも夢なのだろうか。そうであってほしい。灰色のタイルに願う。どうか、どうか夢であってくれ。現実だと言わないでくれ。

静かな足音が近づいてくるのが聞こえて、わたしはとっさに目を閉じた。医者を見たくないし、医者に見られたくもない。

もはや、わたしが目を覚ましていることを彼に知られたくはない。

第二部

8

パトリックは死体が並ぶ広い空間に足を踏みいれて、美術館みたいだと思った。カーディフ大学の解剖実習室は、想像したよりずっと明るく、白く、まばゆい。映画の『フラットライナーズ』や『フランケンシュタイン』で誤解していた。それは研究室というより、飛行機の格納庫のようで、高い天井の下の空間は明るく広々としている。天井にはいくつもの天窓が並んでいるが、壁に窓はない。にぎやかなパークプレイスの並木道は望めないし、当然、外から中も見えない。

天窓ごしに十月の薄青い空をしばらく眺めたあと、パトリックはようやく死体に目を移した。

死体ではなく、解剖体だ。そう呼ぶのに慣れなければならない。

それがこの美術館の展示品だ。防腐液で膨れ、不思議なオレンジ色をした三十の静物が、解剖台の上に横たわり、モナリザよりもトリノの聖骸布《せいがいふ》よりも徹底的に分解され分析されるのをじっと待っている。

どの死体も、繭の中の蛹《さなぎ》のように、綿の布にくるまれている。頭部には生成《きな》りの布が巻かれている。解剖学の入門講義で学んだところによれば、それは皮膚の乾燥を防いで、顔が干からびたり、眼球がレーズンみたいにしなびたりしないようにするためであり、ついでに、学生をおびえさせないためでもある。

部屋はあたたかく、奇妙なにおいがする。ホルマリン臭がするだろうと思っていたが、それよりも甘い。そして、かぐわしいとは言いがたい妙なにおいもまじっている。

「気持ち悪くなりそう」背後で誰かのささやきが聞こえた。

「だいじょうぶだって」べつの学生が励ますように言った。

隣にいた黒髪の女子学生がパトリックの腕をつついた。「あなた、だいじょうぶ？　顔色が悪いけど」

パトリックはうなずいて腕を遠ざけた。顔色が蒼白なのは気分が悪いからではなく、興奮しているからだと言ってもよかった。この解剖実習室は、自分の探求の成否が決する場所なのだと言ってもよかった。八歳のときからずっと探してきた答えの探求。誰も答えたがらないか、答えられなかったから、いつしか口に出して尋ねるのをやめてしまった疑問の。

パトリックはそれを女子学生に言わなかった。誰彼かまわずなんでも話すような性格ではない。

学生はおのおの『ムーア臨床解剖学』を手に持ち、紙製の白衣——医者が着る厚い綿の白衣の安っぽい模造品——を身につけている。紙袋で配られた二十枚のうちの一枚だ。ひとりひとりに、解剖実習室への入室用の四桁の暗証番号が割りあてられている。実習室に入るときには、入口のキーパッドでそれを入力しなければならない。パトリックの暗証番号は４０１７だったが、見た瞬間から気にいらなかった。連続性も規則性もないし、見た目もよくない。ほかの学生に番号を取りかえてもらえないか頼んでみる価値はあるだろうか。

入口を入ってすぐのところに、鮮やかなブルーのラテックス製手袋が入った大きな容器が三つある。SとMとL。手袋をはめる学生たちのあいだから神経質な含み笑いがいくつかあがった。パトリックは左手用のLの手袋をとり、そのあと六枚目でやっと右手用のLを見つけた。その確率を計算してみようと思ったが、容器に入っている手袋の数がわからない。

明るいブルーのラテックスは、この解剖実習室では、葬儀場の紅白幕みたいに場違いに見える。

手袋の隣には、白いプラスチックの箱があり、そこにはこれから使う道具が入っている。ノコギリ、フック、メス、鉗子《かんし》、鋏にスプーンまでが、雑然と放りこまれている。まるで便利屋の道具箱か何かに見える。手にマメができ、爪に土が入ったそこらの労働者が使うような。それは、彼らの最初の患者がすでに救いようがないという事実を、はっきりと思いださせた。

学生たちは紙袋と教科書を手に、おずおずとした足どりでマドック教授の前に集まった。百五十人の学生は、横を通っても解剖体をなるべく見ないようにしている。切り刻む許可をもらう前にじろじろ見るのは、無作法なことだとでもいうように、死体から目をそらして、マドック教授に注目している。

教授は背が高く、洗練された物腰で、年のころは六十代、髪は白く、船乗りのようによく日焼けしている。まず歓迎の挨拶を述べ、解剖学講座の内容を簡単に説明し、学生たちがこの実習室で学ぶ作業の基本的な性格と、それが医学を学ぶうえでどのような意味を持つか、大学病院での病棟実習の際にいかに役に立つかを強調した。次に、〝人体の尽きせぬ神秘〟に学生たちを導くべく戻ってきた退職後の教授や若手医師たちに礼を述べ、部屋の後ろに並んだ白衣姿の男女にうなずきかけた。

続いて、ゴールドマン賞のことを口にした。毎年、解剖学でもっとも優秀な成績をおさめた学生に与えられる賞で、それを聞いた学生たちはこっそり目を見かわして、にやりとした。教授は最後に、言うまでもないことだが、医学のために献体してくれた人々への敬意を忘れぬようにと言って、こう続けた。

「諸君はマティーニグラスに入った眼球だとか、腸で縄跳びをしたとかの噂を耳にしているかもしれないが、それは昔の話だ。ありがたいことにね。きみたちの前にある三十の解剖体は、きみたちが立派な医者となるべく学ぶことに役立ちたいと望んで、みずからの身体を提供してくれた人々のご遺体なのだ。彼らはきみたちのことを知らなくても、それを望んだ。だからきみたちも、彼らのことを知らず、これから知ることもないとしても、どうか感謝の心を持ち、将来きみたちが生きた患者に払うのと同等の敬意を払ってほしい」

パトリックは教授の話をほとんど聞いていなかった。学生たちの中でただひとり、そばにあった解剖体を堂々と凝視していた。それは年とった女だった。しなびた乳房に、厚い腹回りの脂肪、磨かれた爪。はげかけたマニキュアも残っている。パトリックは十八歳だが、生きた女の裸を見たことがない。そして目の前のこれと、インターネットで見た画像とは似ても似つかない。同じ種だとすら思えない。

手を伸ばして太腿を指で押してみる。ローストする前の生肉のような感触だ。冷たくてぐにゃっとしているが、その下は固い。母が特別な行事の日に子羊の肉を突いて穴をあけ、肉の裂け目にニンニクとローズマリーを擦りこんでいたのを思いだす。

女の身体の中身を見たいかどうかよくわからない。

マドック教授の声がやんで静かになったので、パトリックは我にかえった。名前が読みあげられ、しばらくして、パトリックはほっとしながら、中年の男とおぼしき解剖体が横たわる台のそばに立っていた。顔が布にくるまれているので年齢ははっきりしないが、身体を見るとさっきの老女のものよりは張りがあり、より筋肉質でしわも少なく、腹部は脂肪ではなく防腐液で膨らんでいる。

パトリックと同じ班にはあと四人の学生がいた。その中にはさっきの黒髪の女子学生も含まれていて、パトリックを見ると知りあいに会ったように笑いかけてきた。

班の指導役は若い医師だった。学生たちといくつも年が違わないような若い男で、本物の白衣を着て、デイヴィッド・スパイサーと名乗った。スパイサーは男の死体の足もとにぶらさがっていたクリップボードをとり、患者のカルテを見るようにそれをめくった。

「オーケー。みんな、十九番を紹介しよう」

「男は嫌だ」分厚い眼鏡をかけた背の低いアジア系の男子学生が言った。「ぼくは産婦人科医になるんです。誰かと代わってもいいですか」

「だめだ」とスパイサーが答えた。

「どうしてですか」

「ぼくは最高に嫌なヤツで、きみなんて落第すればいいと思ってるからさ」

アジア系の学生は不満そうに口を尖らせた。

「ちゃんと講座の中で必要に応じて女性の解剖体も標本も見られる。それに、病棟実習ではいろいろな科に行くことになるから、本物の患者も症例もたっぷり見られるさ。わかったかい」

学生がうなずき、スパイサーはクリップボードに視線を戻した。

「さてと……十九番は白人男性。享年四十七だ」

「死因は?」パトリックは尋ねた。

「それを言っちゃあ楽しみがない」スパイサーが笑みを浮かべた。「解剖しながらきみたちで死因を突きとめるんだ。ただし、どうしてもわからなくて、落ちこぼれと言われてもかまわないなら、オフィスにいるミックに訊いてもいい」と言って、入口脇のガラス張りの小部屋のほうに首を傾ける。ガラスの向こうにはファイル・キャビネットが並んでいて、死体のように青白い顔をした中年の男がこちらをぎろりと睨んだ。あれがミックだろう。

ミックにも誰にも訊く必要はない。死因は自分で突きとめる。

「この人、名前はなんていうんですか」女子学生が解剖体に顎をしゃくって言った。

「それは明かせない。彼のことは十九番とおぼえておけばいい」スパイサーが解剖体の手首につけられた四角い金属製のタグを指で弾いた。その一方の角に番号が刻印されている。

「解剖体から取りだしたり切りとったりしたものはすべて、袋に入れてタグをつけること。実習が終了したら元に戻して、埋葬もしくは火葬できるようにだ。脂肪と皮膚は、あそこの冷蔵庫の中の十九番と書かれた黄色い容器に入れる」全員、スパイサーの青い指が指し示す、壁際の大きな白い扉のほうを見た。「実習が終わったら、脂肪と皮膚も十九番の身体に戻す。そして埋葬もしくは火葬する」

パトリックはうなずいた。理にかなっているし、ルールがはっきりしていていい。

スパイサーは手を叩き、そのままテレビの司会者がやるように両手を揉みあわせた。

「よし、われわれはこれから半年間、毎週二回、この紳士のもとに集まる。だからおたがいのことも少し知っておいたほうがいいだろう」

自己紹介だ。パトリックはこの手のことが好きではないが、ほかの学生たちはそれを待ちかねていたようだ。

産婦人科志望の学生はディリップと名乗った。背が高くずんぐりして、ブロンドの髪が薄くなりかけた赤ら顔の男子学生はロブと名乗り、外科医志望だと言った。

「この実習しだいだけど」ロブは付け加え、皮肉っぽく笑って解剖体を指さした。

黒髪の女子学生はメグと名乗り、小児科医をめざしていると言った。

四人目のスコットは整形外科医になりたいと言った。

「豊胸手術とか、脂肪吸引とか」と言って、親指と人さし指をこすりあわせるしぐさをする。「スコッティって呼んでくれ。『スタートレック』みたいに」

パトリックは混乱した。『スタートレック』のスコッティが直すのは宇宙船で、胸じゃない。

スコッティはえせモヒカン刈りにしている。ジェルで立てているだけなので、必要なら簡単に撫でつけてまともな髪型にできる。そう考えていると、全員が自分を見ているのに気づいた。

「きみの番だよ」とスパイサーに言われ、パトリックは自分の内側にもぐりこみたくなった。さわると触手を引っこめるイソギンチャクみたいに。

「パトリック・フォート。解剖学専攻の」

「パディだな」とスコット。

「パトリックだ」パトリックは言った。

「解剖学だけ？」とメグ。

「そう」

「医者にならないってこと？」とロブ。

「ならない」

「なら、パットは?」

「パトリックだ」パトリックはふたたび言った。

「じゃあ何になるの?」

パトリックは混乱して眉をひそめた。「学位をとる」

みんながその先を待っていたが、パトリックはじっと死体を見おろしたままでいた。もう言うべきことは言った。

「スペインの異端審問にかけられるとは思ってなかったようだね」スパイサーが言った。

「思ってません。スペイン語も話せないし」

ディリップとスコットが笑った。

「ぼくも話せないよ」スパイサーが言った。「きみのような解剖学専攻の学生は自由時間がたくさんあって、病棟実習はない。でもここでやる作業は、医学部の学生とまったく同じだ。いいね」

パトリックはうなずいた。自分がしたいのはここでの作業だけだ。本物の、生きた患者のそばに行くなんて、考えただけでぞっとする。

「よし」スパイサーが続けた。「自己紹介は終わりだ。いまからメスの使い方をやってみせる」と言って、解剖体の胸にさわる。そこには縮れた黒い胸毛が生えていて、喉にかけてわずかに白いものがまじっている。だが、これ以上白くなることはない。

「まず、この胸筋の位置からH状に切開する。そのとき、切るというより、なぞるようなつもりでやることだ。メスはとてもよく切れる。ちょっと力を入れると、すぐ背骨までいってしまうからね」

刃が皮膚に触れ、胸に細い血の扉が開くと、パトリックはかつてない純粋な希望が胸に満ちるのを感じた。これが終わりの始まりだ。とうとう答えが見つかるのだ。ついに自分の探求がゴールを迎えるかもしれない。この部屋で、この科学の聖堂で、この白い死のギャラリーで――。

何か重いものが脚の後ろにあたり、パトリックは軽くよろめいた。振りかえってみると、ロブが床にしゃがみこんでいる。

「おやおや」スパイサーが楽しげに言った。「外科医は断念かな?」

9

わたしは浮かんでいる。穏やかな気分で、ふわふわと。クスリでもやっているような気分だ。こんなにいいものなら、どうしてもっと早く試さなかったのか。同僚のマーク・ウィリアムズはしょっちゅうクスリを楽しんでいた。それで大学をクビになったことは楽しくもなんともなかったろうが。でもこれはいい。音楽の雲にのって漂っているようだ。ひょっとすると本当にクスリをやっているのかもしれない。なにしろ、ここは病院なのだ。

「ただそっと息を引きとるでしょう」女の声が冷静に言った。

「苦しむことはないんですか」別の女の声。同じく左から聞こえてくる。隣のベッドの男のことを話しているようだ。ということは、彼は死んでいないのか。よかった。あれもただの悪夢だったのだろう。巨大なカラスだの、日本のどこかの崩れかけた建物から降ってくる石だのと同じように。いや、モーリシャスだったか。夢の地理関係はたいてい滅茶苦茶なものだ。

「ありません」最初の女が言った。「薬の量は慎重に監視していますから、患者さんには何もわかりませんよ」どうやら医者のようだ。

ぼんやりした意識の中で、わたしは何もわからない男のために腹を立てた。そもそも、連中こそどうしてわかるのだ。彼は何もかもわかっているかもしれない。彼はおびえているかもしれないし、苦しんでいるかもしれない。彼自身の深い井戸の底で。

「隣のベッドにいた男性もそうだったんですか」

「ミスター・アトリッジですか。いいえ、ある晩突然亡くなりました。ときどきあることです」

なんと、やはり彼は死んだのだ。彼はミスター・アトリッジという名で、わたしは彼の死の瞬間を見ていたのだ。

「死因はなんだったんですか」

わたしは必死に耳をそばだてた。

長い間があって、医者が慎重に言葉を選んで話しだした。

「悲しいことですが、昏睡状態の患者さんはあっけなく死んでしまうものなのです。感染症にかかったり、発作を起こしたり、食べ物や唾液を喉に詰まらせたりして。様々な複合的要因で心臓が耐えられなくなってしまうこともあります」

その複合的要因には殺人も含まれるのか？

「昏睡状態が長引くほど、完全に意識を取りもどす可能性は低くなります。突然の死に思えるとしても、実際には、予期せぬ、原因不明の死というのはまれです」

「もう二カ月になります」もうひとりの女が言って、誰かがゴムのようなにおいのするものでわたしの額に触れた。「まだ望みはあるんでしょうか、この人が……」

「覚醒する？」

「そう。覚醒する望みはまだあるんですよね？」

そのとき、はたと気づいた。ふたりが話しているのはわたしのことだ。このサム・ゲーレンのことだ。わたしが覚醒するか、死ぬかを話しているのだ！

わたしは焦って雲から抜けだした。とはいえ、まったく動けず、声も出せないのは変わらない。必死に目をあけようとする。おい、しっかりしろ、動け！　だが目はあかない。まぶたは動かない。額がバナナの皮みたいにむけそうなほど懸命に眉を持ちあげようとしても、まぶたの裏はあいかわらず暗いえび茶色のままだ。

ひょっとすると、隣のベッドの男もそうだったのかもしれない。〝そっと息を引きとらせよう〟と誰かが思ったとき、彼は必死に目をあけようとしていたのかもしれない。

「症状はそれぞれ違いますから」医者が答えをはぐらかす。

「先生の経験に基づく推測でいいんです」もうひとりの女が懇願する。「診断でなくてかまいませんから、どうか」

「そこまでおっしゃるなら……」

長い沈黙が流れる。医者がペンの背で歯をコツコツ叩きながら、わたしの生きながらえる望みについて、経験に基づく推測をする姿が見えるようだ。わたしは目をあけようとするのをやめ、なめらかなゴムに包まれた指が頬を撫でるのを感じながら、耳の中で空気が渦を巻く音が聞こえそうなほど、懸命に耳をすました。

「残念ですが」医者が口を開く。その声は職業的な悲しみをたたえて重く沈んでいる。「たとえ覚醒するとしても、なんともなく元どおりというわけにはいかない段階に近づきつつあると思います」

指が頬を離れ、長いあいだ返事はなかった。やがて、小さなすすり泣きが聞こえてきた。

わたしはなんともない！　声にならない叫びをあげる。わたしは覚醒している！　なんともない！

本当にそうだろうか。

10

通りは雨に洗い流されていても、ブレインズ・ビールの醸造所から立ちのぼるモルトの香りで、早朝のカーディフは深夜に飲む麦芽粉乳《ホーリックス》のようなにおいに包まれている。パトリックは自転車のタイヤが濡れたアスファルトをこする音を聞きながら、夜明けの街を一周した。

ザ・ヘイズの一帯では、鳩が食堂の屋根でのんびり鳴いていて、ふと故郷を思いだす。

カーディフは古い街だが、新しい富のメッキが雨あがりのウェールズの太陽に輝いている。ぴかぴかの店舗の背後の建物はみなすすだらけの石造りで、城壁が町の中心にそびえ立ち、石の毛皮や羽を持つ動物たちに守られている。ヴィクトリア朝時代のアーケードが秘密のトンネルのように街路をつなぎ、そこには古いヴァイオリンや靴や量り売りの菓子を売る店が並んでいる。

カーディフは小さな街でもあり、まわりを自然に囲まれているので、丘や森や海にも簡単に行ける。パトリックはときどき、西のペンアルスまで自転車を走らせ、かすかに魚のにおいがして、釣り人の釣り竿がつけた無数の傷のある桟橋にすわっていることもある。またあるときは、街の北側を守っているおとぎ話に出てきそうな城まで走ることもあれば、東の干拓地まで行くこともある。そこは海がすぐそばまで迫り、張りめぐらされた水路がかろうじて土地の浸水を防いでいる。

どこへ行くにも、道案内の標識はすべてウェールズ語と英語で書かれている。それは古《いにしえ》の圧制者が、国の学童たちからウェールズ語を奪うことができずにとうとう諦めた証《あかし》だ。

パトリックが借りている部屋は、玄関に掲げられた白いプラスチックの7の文字で隣家と隔てられた小さな家の中でも、もっとも狭い。家の裏には鉄道の線路があって、乗客を乗せて南ウェールズの谷とのあいだを往復している。それに乗れば、ブレコンに帰る道の途中まで行けるが、自転車があるので乗る必要はない。

ベッドの枕もとには壁があり、足もとには温水ヒーター用のタンクがある。そのあいだを測ってみたら百八十三センチで、パトリックの身長よりきっかり三センチだけ長かった。頭も足もぶつからないように、横向きで膝を曲げて寝ることに慣れるのに一週間かかったが、それでも毎朝暖房がついて足が熱くなるので、五時半ごろには目が覚めてしまう。寝るのは寝袋だ。草と土のにおいがして、ブレコン・ビーコンズにいるような気分で起きられるからだ。

窓枠の下に取りつけられた細い合板が机がわりだが、狭くてラップトップと一緒に広げられるのは教科書一冊までだ。本やCDはたんすの上に置いた。スーツケースの中に入れたおぼえのない写真があったので、そのまま入れておいた。壁紙は薄いピンク色のウッドチップで、絨毯は茶色だが、はじめからその色だったとは思えない。

窓は十五センチほどしかあかないようになっている。防犯のためだろうが、線路を乗りこえて高い塀をよじのぼり、下に生えるイバラの茂みに落ちる危険を冒してまで、ここに忍びこむ泥棒がいるとも思えない。どこからどう見ても盗む価値のあるものなどなさそうな、この薄汚れた小さなテラスハウスより、もっと盗みに入るのによさそうな家はまわりにいくらでもある。それでも、パトリックは毎晩、自転車を二階の自分の部屋まで運びこんでいる。プジョーの十段変則のロードバイクで、パトリックが生まれる前からのものだが、父の唯一の形見だ。だからベッドの上の壁に丈夫なフックをふたつ取りつけ、夜は自転車に見守られて眠る。それは輝くブルーのお守りみたいだ。

家にはほかにふたりの学生が住んでいる。ジャクソンとキムといって、どちらも芸術学部だ。キムは小柄なブロンドの女子学生で、筋金入りのレズビアンだ。股間からナットとボルトが生えた小鬼の石膏像をつくっている。ジャクソンは退屈な映像作品をつくっていて、それはパトリックの目には、撮影者が死んで薄暗い部屋の隅に落ちたカメラが撮影したもののようにしか見えない。ジャクソンは細い手首の先でひらひら動く長く青白い手と、染めた黒髪の持ち主で、髪は後ろを短く刈りあげ、前を長く伸ばしているので、ぐるっと回して前後を逆にしたくてうずうずする。ジャクソンはアイライナーをしてカウボーイブーツをはき、トーストを焼いているときでもアラファト議長みたいにスカーフを頭に巻いている。

三人は共有部分を使ったらきれいにすると申しあわせたものの、ジャクソンはずぼらで、キムも大差なく、かたやパトリックは潔癖症で、同居人のどちらかが約束を果たすまで、汚れたものをほうっておくのは耐えられなかった。だから、ふたりより早起きするか、遅くまで起きていて、キッチンやバスルームを掃除した。キムはときどき、冷蔵庫のパトリックの段に、味のしないベジタリアン料理の皿をお礼に置いていったが、ジャクソンのほうは散らかったキッチンにも、それがなぜかピカピカになっていることにもひと言も触れなかった。

居間にはジャクソンが家から持ってきたテレビがあって、ジャクソンはそのチャンネル権を絶対に譲らず、リモコンをトイレにまで持っていくほどだった。パトリックは美術のターナー賞とテレビドラマの『ホリーオークス』のことにはすっかりくわしくなったが、競馬を見たければ通りの向こうの賭け屋まで行かなければならなかった。

家でパーティを開くこともあった。パトリックではなく、ジャクソンとキムが。はじめのうち、ふたりは計画や買い物にパトリックも参加させようとしたが、パーティに興味はないので部屋にいる、と言った。

ジャクソンは疑りぶかそうに目を細めて言った。「だったら、途中で下におりてきて、おれたちのものを食べたり酒を飲んだりするなよ」

「酒は飲まない」パトリックは答えた。「きみのものも食べない。サルモネラ菌に感染するといけないから」

「なんだよ、その言い方」

「正直に言ってるだけだよ。冷蔵庫のきみの段にはいつも肉汁がついてる。時間の問題だ」

「なら来るなよ」ジャクソンは不機嫌そうに言った。

「わかった。競馬を見てもいい?」

「だめだ。あんな残酷な競技」


携帯電話を持っていないのは、地球上でパトリックただひとりのように思える。一度試してみたが、脳がフライにされるような感じがした。いまでも、近くで携帯電話が鳴るとびくっとする。でもそのおかげで、賭け屋の外の公衆電話はほぼ独占状態だが、それでも毎週木曜日に母に電話するときには、受話器に黴菌《ばいきん》がついているかもしれないので、かならず大学で失敬してきた青い手袋をはめる。母が週に一度は電話しろと言ったので、もし自分が死んでも、ひどくにおいだす前に見つけてもらえるだろうと思って従っている。

「ちゃんと食事してる?」母のひと言目はたいていこの質問だ。

「うん。月曜日はジャムトーストを食べて、昼はチーズのサンドイッチを食べて、夜はパスタを食べた。火曜日はマーマイト（ビール酵母を主原料とするペースト状の食品）のサンドイッチにしたほかは同じ。水曜日はピーナッツバターのサンドイッチにしたほかは同じ。木曜日はピーナッツバターがなくなった。パンも」

「買ってきたの？」

「うん」

「そう、よかった。食事するのを忘れないで」

「忘れない」と答えるが、たまに忘れることもある。

そのあと、訊いてもいないのに母が庭のことと猫のことを話す。どちらもたいした話でもないのに長々と。

それから沈黙が流れる。パトリックはこの会話の間《ま》が好きだ。間は心地いいし、別のことを考えられる。母に言ったところでわからないようなこと。自転車のギアの一段目がスポークに嚙んでいるので変速器を調整しなければいけないこと、皮膚の下の脂肪が黄色いクリームコーンの塊みたいに見えること、水曜日の夜にウィンカントン競馬場で死んだカスタムロッジとクインジーのこと。

「自転車に乗るときはヘルメットをかぶってるでしょうね」

パトリックは上《うわ》の空でうなずいた。

「パトリック？」

「なに？」

「ちゃんとヘルメットをかぶってる？」

「かぶってる。そう言っただろ」

一頭目の死はあっというまだったし、二頭目は画面に映っていなかったから、どちらも役には立たなかった。

「ごめんなさい」

「それじゃあ」さらに数瞬の沈黙のあと、母が言う。「電話ありがとう。身体に気をつけて、しっかり勉強するのよ」

「うん」

「愛してるわ、パトリック」

「うん」

「じゃあ、また来週」

「うん、じゃあ」

電話を切ると手袋をはずして、家に帰る途中のゴミ箱に捨てる。

電話の切れる音がいつもあまりにも早いので、息子が別れの言葉を言いおわらないうちに切っているのがサラにはわかる。母との会話を早く終わらせたくてたまらないのだ。

自分に息子を責められるだろうか。

よく責めている。

毎週、息子に尋ねようといくつもの質問を考えている。でもパトリックがいないと、息子と会話を続けるのがどれだけ大変かをすぐに忘れてしまう。そして声を聞いた瞬間、普通の息子にするような質問のすべてが出かかって止まる。

夜遊びしすぎてない？

仲のいい友達はできた？

素敵な女の子に出会った？

パトリックは夜遊びなんてしない。少なくとも、パトリックの年頃の男の子がするようなことは。パトリックが好きなのは、ブレコン・ビーコンズに行くことと、競馬を見ることと、車に轢かれた動物の死骸を集めること。パトリックの友達と呼べる存在にもっとも近いのは隣の〝不気味なニック〟で、あとは推して知るべしだ。それに、息子が女の子に話しかけているところさえ想像できない。まして誰かに身体に触れさせたり、キスしたりなんて。そういう質問をしても、パトリックは平然としているかもしれない。でも、サラ自身が平然とはしていられない。なぜなら、息子がいまだにどれだけ奇妙なのかを思いださせられるからだ。そしてその理由も。

だから毎週、決まりきった会話を交わし、それに安心するかわりに、電話のあとは罪悪感と腹立たしさに襲われる。これだけの年月がたっても。

マットがまだ生きていたとしても同じだったのだろうか。

いまとなってはわからない、とサラは苦い顔つきで思う。思わず強く撫ですぎた猫が、とがめるように爪を立てて膝から逃げていく。その様子に、三歳のパトリックが誕生日プレゼントをあけるのを手伝おうとしたら、身をよじって逃げたときのことを思いだす。息子がそばから離れないように、ぽっちゃりした小さな腕をきつく握っていたことも。

それでも結局、息子を見失った。

毎週木曜日が来るたびに見失っている。

11

モーションは効いた。ミスター・ディールは最近、やってくるとかならず、トレイシーに笑いかける。トレイシーはいつもとびきり美しく、親切そうに見えるように気をつけている。それはけっこうな努力を要する。

もちろん、少々奇妙な感じではある。それはたいてい、ミスター・ディールの妻が昏睡状態で横たわるベッドのそばで繰りひろげられる。そのうえ、普通のモーションではない。胸の谷間をちらっと見せたり、バーのカウンターに立っているミスター・ディールのズボンの前にさりげなくお尻を押しつけたりできないのはわかっている。これは秘密のゲームなのだ。ミセス・ディールをそれとなく使っておたがいの気持ちを伝えあうという。

「奥さんの手に保湿クリームを塗っておきました。このあたりがすごく乾燥してたから」

「ありがとう」

「素敵な結婚指輪。あなたが選んだの？」

「一緒に買いにいったんだ」

「まあ、ロマンチック。最近はロマンチックな人がいなくて」

ミスター・ディールはうなずいただけで、ロマンチックさに対する意見はとくにないようだったので、トレイシーはより実務的なことに話題を変えた。

「先生がモルヒネの量を増やしたこと、ご存知ですか」

「いや。どうして？」

「奥さん、よく顔をしかめてるから。わたしがそれに気づいて、先生に相談したんです。奥さんは苦しいんじゃないかって」

本当は、気づいたのはジーンだ。トレイシーは何も気づかなかった。

「顔をしかめてる？」

「そうです。ほら、いまも」

「ああ、本当だ」

ミスター・ディールは気遣わしげに妻をみつめた。「妻は何か言ったりは？」

「いいえ。でも顔をしかめるのは、身体に不快感があるせいかもしれないので、体位を変える回数を増やして、薬の量も増やすことにしたんです。先生が、ですけど」

「どの先生？」

ミスター・ディールがどの医者かと訊いたことに、トレイシーはいらっとした。この話のポイントは、自分がどれだけ注意深く面倒見がいいかということと、看護師として命を預かる重い責任を負っているということなのだ。とはいえ、いらだちを見せるわけにはいかない。いらだちは魅力を失わせる要素であり、少なくとも性的関係を持つようになって二、三週間のあいだは控えなければならない。ガミガミ言ったり、ベッドの中でおならをしたりするのも同様。

「えーと、たしかBのつく先生よ」トレイシーはくすっと笑った。「先生がおおぜいいるから。そのうえ研修医も医学生もいるし、わたしはまだこの病棟に来たばかりなの。だからまだ全員おぼえていなくて」

「ここの前はどこに？」

「小児科よ」

「小児科は好きだった？」

どうだろう。彼はどんな答えを求めているんだろう。ディール夫妻に子どもがいるかどうか調べておかなかったのは痛恨のミスだ。とはいえ、それを知っていても正解はわからない。夫妻に子どもがいるなら、気楽に遊べる相手を求めているかもしれない。子どもがいないとしたら、原因は妻のほうにあるかもしれず、ミスター・ディールはべつの誰かと新しい家庭を築きたがっているかもしれない。

「ええ。だけどどこも好き。べつの意味でね」これでどちらの場合でもだいじょうぶだろう。ミスター・ディールはうなずいただけで、手がかりは何も得られなかった。

だが翌日の晩、彼は箱入りのチョコレートを持ってきて、これはきみに、と言った。残念なことにトリュフだったが、大げさに礼を言い、秘密にするわと言った。チョコチョコレートはその週末の妹の誕生日にあげてしまったが、ミスター・ディールとの関係が前進していることに悪い気はしなかった。

前進も進歩もないここの患者たちと違って。

一番厄介だった悪い患者が死に、その人が暴れたり叫んだりしなくなったおかげで、仕事はだいぶ楽になった。看護師はみなほっとした。とくにアンジーは。いまではアンジーの曲がった指だけが、彼のいたことを示す唯一の証《あかし》だった。

とはいえ、やっていることは、患者の一方の穴から食べ物や水分を入れて、もう一方の穴をきれいにしているだけに思える。人というより、カロリーを処理して便に変える肉のトンネルみたいだ。おぞましい。

　意思疎通ができる患者も幾人かいるが、それにはうんざりするほど時間がかかる。忙しい仕事のあいまに、そういう患者の間延びしたうなり声や不明瞭な言葉を解読し、小さな画面にアルファベットの並んだポッサムというコミュニケーション支援ツールを使って、意味不明のメッセージを書きだすのも手伝わなければならない。

「T……Hと。Hでいいのよね？　それともG？　Hならまばたきしてくれる？　それ、まばたき？　痙攣しただけじゃなくて？　なるべくはっきりやってくれる？　オーケー、Hね」

T……H……これじゃいつまでかかるかわからないし、しかもおもしろいことなんて何も言わない。そのうえ、病棟のポッサムのひとつは調子が悪くて、よく文字化けを起こす。そのたびに振ったり、スイッチを切って入れなおさなくてはならない。

　患者がまばたきでアルファベットを伝えるのを待ちながら、トレイシーはぼんやり壁のテレビを見た。『バーゲン・ハント』をやっていて、青チームが趣味の悪い緑の花瓶を品さだめしている。母がちょうど同じような花瓶を持っていたが、ひょっとするとあれもお宝なのかもしれない。今度母の家に行ったら、忘れずに褒めてみよう。

ひょっとしたら母がくれるかもしれない。視線を戻すと、患者は頑張ってさらに三つのスペルを並べていた。〝T……H……I……R……S……〟

「木曜日《THURSDAY》？　残念、違うわ。今日は金曜日よ。花の金曜日！　今夜は〈エヴォリューション〉に繰りだすの。飲んで踊って。でもそろそろ仕事に戻らなきゃ。貧乏暇なしだから」

トレイシーは水差しの横にポッサムを置いてナースステーションに戻り、回転椅子に腰をおろした。昏睡病棟は退屈なくせに疲れる。ゴルフみたい。

それから立ちあがると、新しい差し入れのチョコレートの箱をあさり、下の段からヘーゼルナッツ入りチョコレートを見つけだした。

12

わたしは井戸の底からシャチのように上昇する。何もかもが深海の黒から、まばゆい白に変わっていき、わたしは水面に飛びだす。目をあけると、白い縁どりのあるブルーの布に包まれた乳房が鼻に触れそうなところにある。巨大なネームプレートには

〝看護師　トレイシー・エヴァンス〟と書かれている。

看護師は上体を起こしてわたしを見ると「あら！」と言った。

助けてくれ、トレイシー！　誰かが隣のベッドの男を殺したんだ！　だが聞こえてきたのは、「アアアア……ウウウウ……アアアア」という、耳ざわりな羊の鳴き声のようなものだけだった。

「あら」看護師がまた言った。「目を覚ましたのね」それからかがみこんで、十五センチほどの距離からわたしの目を覗きこんだので、彼女の青い虹彩の中の斑点まですべて見えた。

「目を覚ましたの？」と疑りぶかそうに言う。

わたしにできるのは、ゆっくりまばたきをして、願うことだけだ。いますぐ殺人を通報しなければならないことを、どうか理解してくれと。

だが、彼女はあわただしく出ていき、わたしは腹が立ったがそのまま眠ってしまった。

ふたたび目をあけると、女がいた。母ぐらいの年配だが、母ではない。ベッド脇ですすり泣いている。青い手袋をはめ、マスクをしている。髪には白いものがまじり、目が赤く、マスクの前に鼻水の染みができている。

どうして泣いているのだろう。どうかしたのだろうか。
一瞬、わたし自身がどうかしたのかと考える。
「マァァァァ！」
女は泣きやんで顔をあげ、息を呑み、なかば喉を詰まらせた。それから「先生！」
「マアアア！」
としゃがれ声で言った。
内心たじろぐ。一番会いたくないのが医者だ。とはいえ、どうしようもない。わた
しが目を覚ましていてなんともないということを知らせないかぎり、そっと息を引き
とらされてしまう。
青い手術着の上下が視界に入り、恐怖で胃がひっくりかえりそうになる。クリップ
ボードをかかえてわたしを見おろした男は、わたしよりも若そうだ。
「目を覚ましたんですね」と男が言い、今度は安堵と嬉しさに泣きたくなる。悪意や
脅しではない、親切で親しげな言葉をかけてもらえたからだ。
うなずきたかったが、男はすぐに振り向いて誰かに呼びかけた。「おーい、ちょっ
とぼくらに手を貸してくれ」
ぼくら。ぼくらに手を貸してくれ。わたしと彼は同じ側なのだ。手術着を着ていて
も、彼はわたしの味方なのだ。
大きな青い胸のトレイシー・エヴァンスがやってきて、大騒ぎが始まった。わたし

は爪をつままれ、名前を言えと言われ、イエスならまばたきを一回、ノーなら二回しろと言われ、若い医者はできたことを読みあげていった。

「痛みに手を引っこめる……明瞭な言葉は出ないが、これから出るかもしれない……自発的に目を開く。素晴らしい！」

医者はすばやく計算して、わたしのグラスゴー・コーマ・スケールは十点だ、と泣いていた女に言った。どういう意味かわからないが、十点というのは完璧な点数に思える。それから医者は真顔になり、声をひそめた。わたしに聞かせまいとするように。

「ただし、言っておきますが、期待しすぎないでください。まだ安心はできません。これ以上よくならないかもしれないし、逆行する可能性もあります。覚醒についてはよくわからないことが多く、一概には言えないし、まだきわめて危険な状態であることに変わりはありません」

女がうなずいて、手の甲でマスカラを拭う。期待がややしぼんだように。

わたしの期待は目いっぱいふくらんだ。殺人犯であろうとなかろうと、この医者は新たな味方だ。何しろ、わたしに十点をつけてくれたのだ。自分が裏切り者になったような気がするが、医者への感謝の気持ちが大きく、隣のベッドの男のことなど気にしていられない。男の心配はまたあとですればいい。

しないかもしれないが。

男は死んだが、わたしは生きている。いま重要なのはそれだけだ。

トレイシー・エヴァンスと医者がようやく部屋を出ていくと、マスクの女がゴム手袋をした手をわたしの頭に置いた。

「わかってたわ。戻ってくるって。わかってたのよ」と熱っぽい声で言う。

それから、かがみこんで青い紙のマスクごしにわたしにキスをした。「愛してるわ、あなた」

それはどうも。ところであんたは誰だ？

13

心臓にはがっかりした。パトリックも、オンとオフのスイッチがあると思っていたわけではない。でも、肉とゴムみたいな血管でできた、たんなるポンプだったとは。期待を裏切られたような、なんだかだまされたような気分になった。いまのところ、人間は外側から見て不可解なのと同じくらい、内側も不可解だ。

ほかの班では、傷や合指症《ごうししょう》やタトゥーが見つかっていた。四番はくるぶしのまわりに〝ダイアン&マリア、1966〟と彫られていて、様々な憶測を呼んでいた。これまでのところ、十九番で多少なりとも興味を引く点といえば、脇腹の穴だけだった。

「栄養管だ」ディリップが自信たっぷりに言った。「ばあちゃんが死ぬ前につけてた」

「てことは、病院で死んだのかもな。古い傷じゃなければ」

パトリックは黒い穴に慎重に小指を差しこんでみた。肉と皮膚のあいだにすんなり指が通った。「傷はなおってない」

「気色わりい！」とスコットが笑い、スパイサーに睨まれて口を閉じた。

その穴も、胴体の皮膚のほとんどとともに姿を消し、白い解剖台の上の身体は、イタリア料理の開いた鶏のローストのように見える。十月下旬には、電気ノコギリで肋骨を切断にかかった。最初はためらいがちだったが、骨のかけらや肉片が目に入らないようゴーグルをかけ、だんだん汗をかきかきの大工仕事のようになった。スコットが率先して、嬉々として電気ノコギリを振るい、パトリックは鉄の刃から吐きだされる十九番のかけらを逐一袋に入れてタグをつけていった。パトリックの班の解剖台のまわりは、実習室全体で一番きれいで清潔だった。

最初に死因が突きとめられたのは二十二番だった。

「あんなの見落とそうったって見落とせない。心臓が頭よりでかかったんだぜ」スコットが不機嫌そうに言った。

さらに五つの解剖体に心血管系の疾患の兆候が見つかり、それぞれの班が下した診断がミックによって確認された。ミックは厳重にガードしているリストを見て、死因のわかった解剖体にチェックを入れていった。

パトリックは死因を知るためにここにいるわけではないが、一番に死因を突きとめられなかったことは気にしていた。たぶん脳腫瘍だろうと考え、貝の中の真珠のように灰色の組織に包まれたピンク色の塊を見つけるところを想像した。

メグもまったく同じことを考えているように、まだ布に包まれている死体の頭をじっと見た。

「タイの医学生は、花を持ってきて解剖体に供えるそうよ。感謝と敬意のしるしとして」

「へえ、じゃあ花屋に電話して注文してくれ。金はおれたちも出すから」ロブが言った。

「ぼくは出さない」パトリックはすばやく言った。生活費は一週間に二十ポンドしかないのだ。

「そうかよ」スコットが言った。

ロブは初日以来、倒れていない。いまは手首から前腕にかけて伸びる太い腱の下にスプーンの柄《え》を差しいれて持ちあげている。解剖体の指がてのひらに向けて曲がる。

「見てくれよ、これ」

「浅指屈筋《せんしくっきん》」パトリックは、背後の台に広げて置いてある『ムーア臨床解剖学』を見ずに言った。

「この人に名前をつけたらどうかしら」とメグ。

「誰に？」とディリップ。

「十九番に」

パトリックは眉根を寄せた。「これは死体だ。名前なんてない」

「スティンキー（嫌なにおいがする、臭いという意味のｓｔｉｎｋから）は？」スコットが言った。「こいつ、におうから」

「あなたもにおうわ」とメグ。「この部屋全体がにおう」

そのとおりだ。解剖実習室には妙に甘ったるいにおいが漂い、それが学生たちの身体にも染みついている。学食の列で五人先に並んでいるクラスメイトのこともにおいでわかるし、夜、脱いだTシャツからもそのにおいがする。毎朝、赤くなるまでごしごしこすっても、シャワーから出た自分の肌もにおう。

「ホルムアルデヒドだな」ディリップが言った。

「いや、グリセリンだろ」とロブ。

「枯れた花にクソをかけたにおいだ」パトリックは言った。

全員がパトリックを見て、それから顔を見あわせ、嫌そうに顔をしかめた。

ディリップが言った。「そのとおりだな」

わかりきったことなので、パトリックは返事をしなかった。

「なら、ミスター・クソだな」スコットが言った。

「だめよ、そんなひどい名前。十一班では女性を〝信義《フェイス》〟って呼んでるそうよ。いい呼び名でしょ。そういうのじゃないと」

パトリックはため息をついた。においの問題は解決したのだから、先に進みたかった。ピンク色の筋肉を指さして言った。「長掌筋《ちょうしょうきん》」

スコットがもう片方の前腕の筋肉と腱のあいだに鉗子《かんし》を入れながら言った。「そりゃあ最悪な名前だな、死体にしても」

「解剖体よ」メグが言った。「やっぱり顔も見ないで名前をつけるのはむずかしいわね」

「じゃあ見ればいい」ディリップが肩をすくめた。

メグはその場でかたまり、室内を見まわした。まだどの班も解剖体の頭の布ははずしていない。指導医のドクター・スパイサーはいくつか離れた台でドクター・クラークと話している。

メグが十九番のてのひらの胼胝《たこ》を見た。それももうすぐなくなる。手のほかの皮膚とともに。「この人、建築の仕事をしてたのかもね」

「いや、ボクサーだろ」スコットが言って、手の腱をひっぱり、指を曲げて拳をつくらせた。

「深指屈筋《しんしくっきん》」パトリックは言った。

スコットが繰りかえし腱をひっぱっては放す。

ロブが笑った。「レモンの搾り屋かも」

「やめなさいよ」メグが小声で言った。

「きみこそ」スコットが言って、十九番の腱をひっぱり、メグに向かって中指を立てさせた。

パトリック以外の全員が笑った。パトリックは解剖体の顔に巻かれた布をはずしはじめた。

「何してるの？」メグが鋭く言ったが、見ればわかることなので、パトリックは返事をしなかった。

全員が固唾を呑んで、男の顔があらわれるのを見守った。最初に喉が見え——薄くなった短い傷跡がある——次に顎が見えた。髭の剃り残しが目立つ。

「やめて」メグがおびえたように言った。

「わかった」パトリックは手を止めた。

「いや、続けろ」スコットが言い、メグも何も言わなかったので、パトリックは続けた。

男の唇はわずかに開いていて、突然布をはずされて驚いているように見える。先だけのぞいている歯はそこそこ白いが、やや不揃いだ。

鼻はまっすぐで小さく、狭い鼻孔にはまばらに黒い毛が生えている。

パトリックは急に落ち着かない気分になった。解剖体の頭の布をはずしはじめたのは、みんなの無駄話をやめさせて解剖を先に進めたいからだ。そのつもりだった。でももうよくわからない。なぜこんなことをしたのか、自分は何を望んでいたのか。パトリックは手を止めた。布は鼻梁《びりょう》のあたりにかかっている。妙に不安な気分だ。

「じらすなよ！」とロブが言い、ディリップが笑った。

「よし、目を見ようぜ」スコットが言って、布に手を伸ばした。

「やめろ」パトリックはその手を払った。その拍子に、手がスコットの顔にあたった。

「何すんだよ、おれはこいつの目が見たいんだ。邪魔すんなよ」

パトリックもそんなつもりはなかった。スコットの手が男の顔にかかるまで、自分がそんなことをするとも思っていなかった。

「喧嘩はやめろ。死者への敬意が足りないぞ」ロブが言った。

「敬意が足りないっていうなら、ペニスを半分に切るのもそうだけどな。おれたちが先週やったみたいに」ディリップが控えめに言った。

「こいつに殴られたんだぜ。みんな見てたろ」スコットがパトリックを睨んだ。「変人め」

「やめなさいよ」メグが言った。パトリックはスコットの言葉を無視した。もっとひどいことを言われたこともある。

気づくと、スパイサーもそばに来ていた。

「なんの騒ぎかな?」

誰も口を開かなかった。やがて頭の布がはずされかけているのに気づいたスパイサーは、さっと表情を変えた。

「布を元どおりにしなさい」

パトリックはゆっくり解剖体の顔に布を巻いた。ほかのみんなはばつが悪そうに顔を見あわせている。

「わたしが言いだしたんです、ドクター・スパイサー」メグが言った。「顔が見たいって。彼に名前をつけたかったので」

「彼の素性なら、タグに書かれていることがすべてだ。きみたちはぼくの指示に従って、決められた順番どおりに解剖を進めるんだ。わかったね」

「はい」メグが返事をして、みんなうなずいた。パトリック以外は。

「違いはありますか」

「なんだって？」

「顔をいま見るのと、あとで見るのとで」

「きみ、名前はなんといったかな」

「パトリック・フォートです」

「そうか」スパイサーは怒りを含んだ声で言って、部屋から出ていった。

ほかのみんなは去っていくスパイサーを見送った。

「あんなふうに怒るの、らしくないな」ロブが言った。

パトリックは返事をしなかった。円回内筋《えんかいないきん》、もしくは手根屈筋《しゅこんくっきん》と思われるものの下に注意深くメスを差しいれる。

「やばいかな、おれたち」とディリップ。

「やばいのはこいつだ」スコットがパトリックを指で突いた。「二度とおれにさわるな。その首をへし折ってやるぞ」

ロブが鼻を鳴らした。「なんだよ、その芝居がかったセリフ」

スコットは音をたてて教科書を閉じると、荒々しく手袋を脱ぎながら部屋から出ていった。

「しょうがないわね」メグが冷静に言って、ロブとディリップが笑った。

「円回内筋だ」パトリックは言った。

暗くなりかけた午後六時、パトリックは解剖実習室の外のスロープの手すりにつけていた自転車のロックをはずした。ていた自転車のロックをはずした。学生たちが十月の小ぬか雨の中を足早に通りすぎていく。薄い煉瓦の壁一枚向こうには、三十体の膨れた死体が、胸腔の中で爆弾が爆発したような姿で横たわっていることを知るよしもなく。

パークプレイスに向かって自転車を引いていると、メグが隣に並んだ。

「パトリック、さっきのことだけど、スコットは悪い人じゃないわ。ただびっくりしたのよ、あなたに手を払われて」

パトリックは当惑した。メグはなぜ一緒に歩いているんだろう。なぜ話しかけてくるんだろう。パトリックにというより、自分のために話しているだけかもしれない。母みたいに。

黙っていると、メグはおかまいなしに続けた。

「どうして医者になりたくないの？」

黙っているほど、人は自分に話させたがる。いまもそうだ。でも、メグが何を聞きたがっているのかまるでわからない。メグは母でもないし、医学部の面接官でもない。パトリックが何になろうとなるまいと、なぜ興味を持つのかわからない。

「ただ気になったの」心を読んだようにメグが言った。「あなたは充分医者になれるほど賢いのに、どうしてならないのかって」

まだ質問してくる。答えないわけにはいかないようだ。

「興味がない」

「興味がないって、何に？」

さらに続けざまに質問されて、パトリックは面食らった。

「何に興味がないの？」パトリックが最初の質問を理解できなかったかのように、メグが重ねて言った。

「人の身体をよくすることに」と言って、話が終わったという合図にペダルに足をのせた。

メグはまだ話を終わらせるつもりがなかった。「それじゃあ、解剖学だけ学ぶのはなんのため？」

メグが眉根を寄せたので、怒っているのかと思ったが、確信は持てない。表情から人の感情を読みとることなんてできたためしがない。言葉から推測するのさえむずかしいのだ。とにかく、質問に答えないかぎり解放してもらえないようだったので、しかたなく答えた。

「人体のしくみを知りたい」

メグはさらに深く眉間にしわを寄せた。「だけど、そのしくみをなおしたり、よりよく働くようにしてあげたいとは思わないの？」

「思わない」

「あらそう。患者さんの扱いはすごくうまいのに」

「うまくない」そう言ってから、メグがにやっとしているのに気づいた。「ジョークか」

「笑っていいのよ」

「またの機会に」

「今晩、パーティがあるの。来ない？」

「行かない」

「あら、来てよ。きっと楽しいから」

「楽しくない」

「どうして」

「パーティは好きじゃない」

「じゃあ何が好きなの？」

パトリックは口をつぐんで通りの向こうの信号に目をやった。メグを置きざりにして、もうあそこにたどりついていられたらどんなにいいか。

「好きなものってあるの？」

「ある。いくつか」

「トップファイブを教えて」

パトリックは返事をしなかった。できなかった。好きなものは三つしかない。

メグは大げさにため息をついて、見えないマイクをパトリックの鼻先に突きつけた。

「謎の男でいるのはどんな気分?」

パトリックは無表情にメグの拳をみつめた。「わからない」

メグがにっこりした。「気が変わったら連絡して。これ、わたしの電話番号」

メグがペンを取りだして、パトリックの手に近づけてきたので、避けるために両手をポケットに突っこんだ。

メグが顔を赤くした。「いいわ。07734111317よ」

「わかった」

メグが眉を持ちあげる。「わかったの?」

「うん」

「じゃあまたね、パトリック。十九番のところで」

「うん」と言って、パトリックは自転車にまたがった。

帰り道、頭の中でメグとの会話を再生した。他人とあれだけ長く話したのはかなり久しぶりだ。それを分析しようとした。母がいつもしろと言っているように。

——人が何か言うのには理由があるの。注意深く聞けば、相手の言っていることだけじゃなくて、その理由もわかるわ。

だが、人が話しているときはいつも、相手に早くどこかに行ってほしいと思うことで頭がいっぱいで、自分の考えをまとめることさえむずかしいのに、まして人の言葉を解読することなどできやしない。メグにあれ以上何を話せばよかったのかもわからない。好きなもののうち、ふたつは動物と写真だ。その理由を言う必要はなかっただろう。でもそのふたつを教えたら、三つめのことを訊かれたかもしれない。でも三つめは秘密だ。

三つめこそ、探し求めているものだ。

嘘はできればつきたくないが、メグには嘘をついた。母や大学の面接官にも嘘をついた。

人体のしくみそのものはどうでもいい。

その機能が停止したとき、何が起きるのかに興味があるのだ。

14

わたしがいったい何をしたというのか。なぜこんな目にあわなければならないのか。それはもっともな疑問に思えて、記憶が抜けおちているので、意味のない質問でもある。どうせ答えはわからないのだ。

ずっと手がかりを探しているが、いまわが身に起きていることへの筋の通った説明を思いつくまでは、人生の釣り銭をごまかされているような気分を拭えない。

わたしのベッド脇には写真がある。そこに写っているのは知らない人々だ。長いことそっちを見ていると目が痛くなるので、左向きに寝かされているとき以外は、ときどきちらっと見ることしかできない。それは中年の男と中年の女の写真で、男のほうは少し父に似ているが、女のほうは母ではない。それは間違いない。たとえ、毎日病室にやってくるその女が母親のようにふるまったとしても。わたしの手をさすったり、髪にキスしたり、理学療法士に教わったとおりに足をマッサージしたり、持ってきた花瓶にブルーベルやアネモネの花を生けたり。その花瓶には見おぼえがあるが、どこで見たのだったか。

やはりわからない。

母ではない女はマスクをするのをやめたが、青い手袋はまだつけている。

「用心しないと、恐ろしい感染症になったりするらしいから」と女は秘密を打ち明けるように言った。「ほら、おなかをこわすとか」

ああ、わかってるさ。そう思いながら、わたしはオムツの中に糞をする。女が鼻にしわを寄せるが、気にしない。女がここにいて、アリスとレクシーがいないことが気にかかる。ふたりはなぜ来ないのか。悲しみと同時に、怒りと疑念が湧いてくる。もちろん元気でいてほしいが、元気ならなぜ会いにきてくれないのか。

ひょっとすると、だまされているのかもしれない。わたしはもう死んだと嘘をつかれ、いまもその悲しみの中にいるのかもしれない。わたしがここに人知れず閉じこめられ、誰かが決めた運命を待っているあいだも。ときどき、あの事故のことさえ疑わしくなる。わたしは本当に、ラジオをいじっていて凍った路面でスリップしたのだろうか。誰かに道路から転落させられたのではないか。すべて誰かの計略なのではないか。わたしを愛する人々から引き離し、ここに連れてきて、なんらかの実験材料にする――あるいは殺す――ために。誰にも知られず、誰にも気にかけられることなく。

隣のベッドの男がそうだった。次はわたしの番なのではないか。

あるいは、ふたりが来ないのは、アリスの目がいつも悲しげなのと同じように、言葉にはできない理由によるのかもしれない。その恐怖で泣いてしまうこともある。それはわたしにできる唯一の感情表現だ。

看護師たちはわたしの涙の理由を勝手につくりあげる。かつての人生を懐かしんで泣いている、というのがお気にいりだ。悪気はないのだろうが、本当の理由を知ろうともしないのは腹立たしい。

目があいているあいだは、あらゆるものを見ようとしている。備えつけのテレビは、あおむけのときには、頰が邪魔して画面の上三分の一だけしか見えない。しかもそれは最悪の三分の一だ。『バーゲン・ハント』の上三分の一では、見えないお宝を眼鏡ごしにためつすがめつする宝石商の目しか見えない。ラグビーの試合の上三分の一は、観客席と高くあがったボールがたまに見えるだけで、『トップギア』の上三分の一は、ほぼジェレミー・クラークソンの頭だ。

一日おきに看護師がわたしの姿勢を変え、あおむけから左右どちらかを向かせる。左向きだと病室がよく見える。看護師が外のナースステーションでチョコレートを食べているのが見える。夜に妻の見舞いにくる背が高く身なりのいい男に、トレイシー・エヴァンスが色目を使っているのも見える。掃除夫を部屋の真ん中あたりまで目で追うこともある。もっさりとして鈍重な男だが、それでも床はつるつるに光っていて、その上を靴下ですべりたくなる。小さな白いステレオも見える。それは白いコードでわたしとつながっていて、わたしがかつて好きだった曲が五十曲ほど入っている。全部流すと三時間ほどかかり、終わるとまた頭に戻る。二十四割る三は八。一日に八回、同じ曲を聞かされる。一週間に五十六回、一カ月に二百四十回。おかしくなりそうになる。

反対の窓のほうを向かされると、空と壁しか見えない。わたしは恐ろしくて震える。

——まだきわめて危険な状態であることに変わりはない。

医者の言葉が頭の中でこだまする。きわめて危険な状態。右向きのあいだはつねにそう感じている。部屋に背を向け、背後の世界で何が起こっているかわからない。斧を持った殺人鬼がほかの患者を惨殺していても、狼が部屋に侵入し、わたしに忍び寄ってきても、看護師がわたしの点滴に何かを——インシュリンか殺鼠剤《さっそざい》でも——入れてもわからない。苦痛が始まるまで。

——きわめて危険。

わたしは壁をみつめ、ジェレミー・クラークソンの不快な頭を恋しく思う。

右向きで唯一いいのは、空が見えることだ。夏が近いらしく、わたしは空が灰色でも白でもなく、雨も降っていない、青空の日を数える。一度は三日に達した。青空が丸三日続いたのだ。職場の連中がいまごろつまらないジョークを言っていることだろう。暑さはこのくらいでいいか？　楽しい夏をすごしたか？

　ああ、最高の夏だ。自分の糞にまみれて横たわり、ぴくりとも動けず、脇腹の冷たい管から栄養を流しこまれて。

　ときどき、トレイシー・エヴァンスが、画面にアルファベットの並んだ小さな機械を持ってきてくれる。ポッサムというその機械があれば、小説だって書ける、というのは冗談だ。トレイシーが適当に指さすアルファベットにまばたきで合図して、音楽を止めてほしいと伝えるのに一週間かかった。そのあとで後悔した。警察に電話して不審死を通報してくれと伝えることにそのエネルギーを使うべきだったのだ。しかし、わたしはもうくたくたで、トレイシーは行ってしまった。

　だが少なくとも、音楽は止めてもらえた。うわごとを言ったり叫び声をあげたりする隣の男も殺されたいま、耳に大きな化粧パフをあてられたような心地よい静寂がしばしば訪れ、頭に浮かんだ様々なものごとに思いをめぐらせることができる。アリスがセクシーなグリーンのドレスで職場のクリスマスパーティに出席し、そのひと月後にわたしの給料があがると、自分のおかげだと主張したこと。レクシーの四歳の誕生パーティで、隣のケリス・ジョーンズがプレゼント交換の最中に盛大におもらしをして、ほかの三人の子たちまで借り物のパンツで帰らなければならなかったこと。産まれたばかりのパッチを家に連れてかえったとき、あまりに小さいのでレクシーがハムスターだと思ったこと。庭にオオハシがいると叫びながらレクシーが家に駆けこんできて、それは結局クラッカーをくわえたカササギだったこと。ガウアー半島の風を髪に感じ、涙が出るまで笑い、ピンク色の凧の最後のひと引きの感触を思い浮かべていると、何時間ものあいだ狭い病室にいることを忘れられる。

トレイシー・エヴァンスのことは好きではないが、もう慣れた。彼女にも、ほかの看護師にも、冷酷にわたしを拷問する理学療法士のレスリーにも。医者は名札をつけていないし、同じ医者を二回見ることもまれなので、おぼえていられない。だが看護師はみな名札をつけている。ペットみたいだ。ジーン、アンジー、トレイシー。ココ、モコ、モモ。看護師はほかにもいるが、いつもいるのはその三人だ。

ジーンが一番いい。一番年かさで、痩せていて、疲れのせいかしわが目立つ。アンジーは大人しく可愛らしい。怪我をしたらしく、二本の指に包帯を巻いているが、それを言いわけにしたりはしない。一番悪いのはトレイシーだ。真面目に仕事をするのは医者がそばにいるときだけで、それ以外は怠けている。わたしがずっと水差しを見ていても、乾いた口の中をうるおしてくれたことは一度もない。ナースコールが鳴っても、ナースステーションでマニキュアを塗っている。もらったチョコレートを隠して独り占めする。トレイシーのような娘なら会ったことがあるし、よく知っている。学校には毎年五、六人のトレイシーがいた。かしましくて派手で頭がからっぽ。異性に媚《こび》を売り、同性をいじめる。
先生、彼女いるの？　その人可愛い？　友達が先生のこと好きだって！
当時、彼女たちには少々いらいらさせられるだけだった。
いま、トレイシーはわたしの生死を握っている。

15

メグはまだ解剖体に名前をつけていないが、つけた班もいくつかある。四番は胸毛が赤いからルーファス、初日にパトリックが脚にさわった七番は、ピンクのマニキュアからキューティー、二番は死後肥大したペニスから、ボッキーと名づけられた。「ボッキーは毎回かならずひとりはいる」とスパイサーが言って、目をきょろきょろさせた。パトリックの反抗のことを忘れたように、いつもの茶目っ気たっぷりの態度に戻っている。
学生たちの緊張もしだいにほぐれてきて、解剖実習室はいまではもう気詰まりな沈黙に満たされてはいない。どちらかというと、工場の組み立てラインならぬ解体ラインで作業しているような感じだ。

さらには、競争しているような雰囲気もある。誰が一番きれいに切開できるか、誰が一番手際よく足を解剖できるか、誰が一番すばやく手を切除できるか。実習室に来るたびに、今日こそ死因がわかるかもしれないという期待もある。青白い顔をした技師のミックが、ときどきガラス張りのオフィスから出てきては学生たちをなじる。というか、ミックが死神のように解剖台のあいだを歩きまわっては、濃い眉を持ちあげたり、小さく舌打ちしたりするたびに、なじられているような気分になる。ミックはクリップボードを持っていて、誰かが死因を特定するたびに、あからさまに落胆した素振りを見せる。自分だけのものだった秘密が明かされてしまったことを嘆くように。

二十二番を皮切りに、あちこちで腫瘍や血栓や肺水腫が見つかりだした。癌や動脈閉塞も流行だ。

「自殺体もあった」ある日、十九番を見おろしながらミックが不意に言った。恋人との甘い海辺の休暇でも思いだしているようなうっとりした目つきで。

「首吊りだ。でも首は折れていなかった。痣《あざ》と目の充血だけで。だから献体を受けいれた」

ミックがため息をついた。昔を懐かしむように。

「女だったんですか」パトリックは尋ねた。

「そうだ」

「だから首が折れなかったんですか」

ミックはうなずいてから、はじめて見るようにパトリックを見た。「体重が三十八キロしかなかった。だから純粋に窒息死した」

メグが顔をしかめる。「かわいそうに」

ミックが肩をすくめた。「死ぬより悪いこともある」

「ほんとに？」とメグ。

「もちろん。生きていてもしかたないような人生なら」

パトリックは解剖体の死因にたいして興味があるわけではない。ただし、パズルを解けないまま放りだすのは嫌だ。ずっとそうだった。いつもそうやって、ものごとの論理的結論に到達することにこだわってきた。その作業に人の助けは借りたくないし、だから十九番の謎を解くことにも熱中している。文化祭でアマチュア・マジシャンの手品のタネを見やぶろうとしたときみたいに。

――ウサギの耳が出てる！

――黙ってろ、ぼうず。

異常が見つからないまま各臓器を調べおえるたびに、パトリックのいらだちは募っていく。どこも問題のない肝臓をビニール袋に入れ、音をたてて口のチャックを閉じると、十九番のほかの内臓が置かれているテーブルの下に投げる。

スパイサーがウィンクする。「あとのお楽しみさ」

パトリックは眉間にしわを寄せた。無意味な言葉なので返事はしなかった。

＊

十九番をひっくりかえすのは大変だった。胸腔から肉や組織のかけらがこぼれて床に落ちた。パトリックの左手が尖った肋骨にひっかかった瞬間、骨が青いゴム手袋を突き破って皮膚に刺さるのを想像し、パニックを起こしそうになった。過去三カ月間というもの、自分たちがこの死体にしてきたこと。

報復……。

パトリックは歯を嚙みしめて荒く息をしたが、それは起こらなかった。その瞬間をくぐり抜けられたことを誇らしく思いながら、すばやく手を抜くと、床に落ちたかけらをすべて拾ってビニール袋に入れ、口を閉じて金属の番号札をつけた。パトリックはいつも几帳面に掃除をするので、もうほかの班の倍以上の袋と番号札を使っている。ミックは十九番の番号札を特別に追加発注しなければならなかった。それを告げたミックの顔に浮かんでいたのは、優れた仕事ぶりへの賞賛の表情だったとパトリックは思っている。

血液の循環のないまま何カ月も横たわっていた身体の下側は、砂袋のように平らになり、ひっくりかえした尻は妙に平たかった。

ロブがまずメスをとり、これまでの学習の成果をうかがわせる確信に満ちた手つきで、一気に切開する。

「土曜日はわたしの誕生日なの」メグが言った。「みんなをパーティに招待するわ」

「いいねえ」スコットが言った。

「どうも」とロブ。

「やった」とディリップ。

「パトリックは？　来るでしょ？」とメグ。

「行かない」

パーティは嫌いだとこのあいだメグには言ったのに、なんて記憶力が悪いのか。そんな記憶力でどうやって試験をパスするつもりだろう。ドクター・スパイサーは、頭の悪い学生のためにたくさんの語呂合わせの暗記法を用意している。たとえば、豆《とう》状骨《じょうこつ》、三角骨《さんかくこつ》、月状骨《げつじょうこつ》、舟状骨《しゅうじょうこつ》、大菱形骨《だいりょうけいこつ》、小菱形骨《しょうりょうけいこつ》、有頭骨《ゆうとうこつ》、有鈎骨《ゆうこうこつ》とある手首の骨をおぼえるための語呂合わせは、〝父さん月収大いに少ない頭にくる〟という具合だ。前腕と指のあいだの様々な屈筋にまつわるものでは、下ネタの語呂合わせもあり、スコットは大笑いして何度も繰りかえしていたが、パトリックからすると、かえって混乱するだけだった。

16

「アー、アー、アー、アー、アー」と太い声で。

「イー、イー、イー、イー、イー」と高い声で。

これがいまのわたしだ。他人に世話をされ、アーとかイーとか興奮した羊のような声をあげている。思い描いていた人生とはまるで違う。

これをやらせているのは理学療法士のレスリーだ。痩せた無口なスコットランド人で、ユーモアのかけらもないが、わたしの舌を鍛えることにかけては、オリンピックの百メートル走の選手を指導しているような鬼コーチぶりを発揮している。もちろん、わたしの身体にも容赦ない。磔《はりつけ》にして脚をひっぱり、サディスティックな床屋のように頭を押してそのまま押さえつける。腕にテニスボールを転がし、お手玉をいきなり投げつけて「とれ！」と命令する。お手玉はわたしの胸にあたり、脚の上を転がって床に落ちる。レスリーは肩をすくめて拾いあげ、「次はとれるさ」と言う。

だが、レスリーの本当の専門は舌だ。話し、食べられるようにすることが彼の最終目標なのだ——わたしに関しては。彼自身は、そのどちらもろくにしていないように思えるが。レスリーは二、三日おきにやってきては、舌を突きださせて動かさせたり、頰を膨らませたり、ストローで息を吹かせたり、家畜小屋の動物みたいな音を果てしなく出させる。八月《オーガスト》の〝オー〟。銃《ガン》の〝ガ〟。力みすぎて屁が出ても、レスリーは笑わない。屁をしても笑わないなんてどういうやつだ？

「アー、アー、アー」

「もっと太く」とレスリー。

「アー、アー、アー」

「もっと太く。腹《ディグ》から声を出して」

「ホー、ホー、ホー」ジョークのつもりだった。掘る《ディグ》ときたら鍬《ホー》だ。

だがレスリーは、わたしの指をねじるのをやめて顔をあげ、眉根を寄せた。「ホーじゃない。アーだ」

冗談も通じないのか。わたしの言い方のせいかもしれないが。

空が青みを増すにつれ、わたしはますますリハビリに精を出した。いまは、話せるようになり、食べられるようになることが何よりも重要だ。言わなければならないことがあるし、尋ねなければならないことがある。舌が動けば、あのいまいましいポッサムと、まばたきの合図と、味のしない食べ物以上の未来を手に入れられる。だから舌の機能を取りもどすことに全力を費やしている。レスリーがいないときも、唇をすぼめたり、顎に力を入れたりと、教えられたトレーニングを繰りかえしている。看護師たちはもう舌を出してみせても感心してくれないが、アンジーだけは、おまるを運んだり点滴のスタンドを押したりしながら通りかかると、いまでもときどき舌を出しかえしてくれる。ほかの患者の見舞い客は、わたしが歯を剝きだしてうなったり、鼻を鳴らしたりしているのを見ると、目をそらす。

トレーニングはいい。くたくたに疲れてよく眠れる。医者につねられたりつつかれたりしているときも、子どもみたいな学生たちがぞろぞろとやってきてわたしのベッドを囲み、人生がもたらしうる悪夢に言葉を失っているときも、産気づいたクジラのように息を吸ったり吐いたりしていれば、自分がここにいる理由や、失った人々のことを考えないでいられる。

殺人のことも。

＊

クリスマスが近づき、誰かがプラスチック製の笑うサンタクロースの顔を解剖実習室のドアに、切りとった手足を部屋のあちこちに飾った。

「ばかだな」ロブが言った。

「たしかに」パトリックは答えた。「番号札がついてない。あれじゃ顔と手足が同じ人間のものだってわからない」

メグは班の全員にキラキラしたクリスマスカードをくれた。十九番は、空の胃袋とたっぷり中身の詰まった腸、そして汗だけしかくれなかった。

学期の最後の週の背中の解剖は、建築作業のようだった。筋肉の層を古い壁紙のようにはがし、脊椎と脊椎のあいだにノコギリで切れ目を入れ、最後にハンマーと鑿《のみ》で脊柱を割って脊髄を取りだす。

パトリックは肘の内側で額の汗を拭いながら思った。なぜ人間は、あっさり死ぬわりに、解体するのはこんなに大変なのだろう。

17

パトリックは家まではるばる自転車で帰った。それはブレコンの町はずれの、名もない小さな集落に建つコテージの一軒だ。七十キロの道のりは上り坂が続き、ずっと雨が降っていたが、それでも街中《まちなか》をあてもなくぐるぐる回るより、ちゃんとした目的地をめざして走るほうが気分がよかった。

十二月のみぞれはすぐに雪に変わったが、それでもほぼ毎日出かけた。母と家にいるよりはましだった。

隣のニックの家に行って、一緒に〈グランド・セフト・オート〉のゲームをすることもときどきあった。ほとんどの日はひとりでブレコン・ビーコンズに行った。雪の下の、羊がつけた細い踏み分け道をたどり、ペン・イ・ファンの平らな山頂まで行くこともあった。お気にいりは、空が山肌と見分けがつかないほど白く、どこまでが山で、どこからが空なのかわからないような日だ。その幻想的な景色の中では、鼻の中であたたかい空気が冷たい空気と入れかわるのと、ブーツの下で音をたてる霜と、指先や耳の冷たさだけが世界になる。ある種のノスタルジーとともに、雪が解けてあらわれる動物の死骸のことを思う。それはもう自分には必要ない。いまはもっといいものがあるからだ。

あるとき、ロバでも腰が曲がりそうな大きな荷物を背負った兵士の一団が、向こうから駆け足でやってきたので脇によけて通した。

「迷ったのかい」最後尾の男が足を止めずに言った。

「いいえ」パトリックは答えた。ブレコン・ビーコンズで迷ったことはないし、迷うなんて考えたこともない。兵士はそのまま駆け足で通りすぎ、その姿が丘の向こうに消えるまで見送ると、パトリックはまた白い世界にひとりきりになった。

家にいるときは、ほとんど自分の部屋ですごした。山あいではよくテレビの電波が乱れる。そういうときは、雪にタイヤの痕を刻みながらブレコンの町までの八キロを自転車で走った。

賭け屋にまつわる記憶を思うと、できれば近づきたくはなかったが、レースを見たいという気持ちが勝った。店に自転車を入れると、かならずカウンターの下を見た。あのラブラドールはとっくに死んでいるだろう。それはわかっているが、つい見てしまう。ただし人間のほうは、同じ顔ぶれもいる。十歳年をとり、太ったり、白髪が増えたり、やつれたりして、生きていれば父もそうなっていたであろう姿で。ミルキーウェイの男はいつも挨拶をしてくるので、パトリックも挨拶を返す。でもそれだけだ。男たちの粗野な冗談に加わることはないし、カウンターの女に「気前のいいお兄さん!」とウィンクされても、金を賭けることもない。パトリックはばかではない。購入窓口の前の床はリノリウムがはげてコンクリートが剝きだしになっているのに、払い戻し窓口のリノリウムはきのう張ったみたいにぴかぴかだ。

だから、黒いノートを膝に置いてすわり、ただじっとレースを観る。死を目のあたりにできる瞬間を待ちながら。

*

ミスター・ディールがトレイシーにキスをした。表向きは〝いつも妻の世話をしてくれてありがとう〟のキスだが、そのじつ〝今度どうかな?〟のキスだということは、腕に置かれた手と、頬に触れた唇が離れるまでの少しだけ長い間《ま》でわかった。閉じこめ症候群（意識があり覚醒しているが、眼球以外は動かせず、言葉も話せない症状の障害）の患者のために、アルファベットの並びを解読する関心も忍耐もろくに持ちあわせていないいっぽうで、トレイシーの全身のあらゆる細胞が、どんなかすかな性的シグナルも見のがさない精密な探知力を持っている。〝もちろんオーケーよ〟と伝えるために、ミスター・ディールの股間をさわるのはすんでのところで思いとどまった。それはナイトクラブでやることで、ここは職場だから、もう少し慎み深くしなければならない。そこで、なんのアフターシェーブ・ローションをつけているのかと尋ね、思ったとおりつけていないという返事が返ってくると、まつ毛をしばたたかせて「あら、アルマーニの香りがしたわ」と言った。といっても、本物のアルマーニをかいだことはなく、父の日のプレゼントにスプロット・マーケットで買った偽物の香りしか知らなかったが。

これはほんの手はじめだ。男はおだてるにかぎる。いい車、たくましい二の腕、お金、そしてもちろん、大きなアソコ。男におぼえられ、選ばれたいなら、そういうものを褒めて、持ちあげなきゃならない。ミセス・ディールが夫をつかまえるのにこの手を使ったかどうか知らないが、夫をつなぎとめておくのにもうこの手は使えない。ミスター・ディールのキスを受け、おだて作戦を開始したいま、トレイシーはついに、病院のベッドに横たわったまま徐々に忘却の彼方に消えつつある女よりも、優位に立てたと思った。

＊

サラは、七面鳥《turkey》じゃなくてチキン《chicken》でごめんなさい、と謝った。

「わたしたちふたりだけだから」と付け加える。父親が死んだことを息子が——またも——認めない場合に備えて。

少なくともチキンなら、パトリックにアルファベット順のことをぶつぶつ言われずに、デザートのトライフルが食べられる。

サラは息子に、競馬のチェルトナムゴールドカップについての本をあげた。息子は何もくれなかった。プレゼントを贈りあうという概念など頭にないのだ。

食べながら、学校はどうかと訊いてみると、驚いたことに息子は話しだした。最初はぽつりぽつりと、だがしだいに熱を帯びた口調で、脂肪を筋肉からこそげ落とすのが大変であることや、防腐処置された動脈の中の血液が黒い粒子状だということ、胃の中から見つかった宝物のことを話した。十一番の胃からは丸くなった小さなニンジンのかけらが、二十五番からは何かの種が出てきて、それはブドウの種だとわかったという。

「うちのからは何も出てこなかった」とパトリックが少し残念そうに付け加える。

サラは聞かないようにした。お酒が飲みたかった。クリスマスはいつもつらい。クリスマスと大晦日とバレンタインデーとイースターは。自分の誕生日とマットの誕生日とふたりの結婚記念日も。土曜日の晩と日曜日も。楽しいはずの日はすべてつらい。

それはパトリックが三歳のころから始まった。サラの両親はほとんど酒を飲まなかった。特別な日にシェリーを飲む程度で、父がウィスキーを飲みだすと、母が小言を言った。だから最初は、本当につらいときにウォッカのオレンジジュース割りを一杯飲むだけだった。それで強い気持ちと理性を取りもどせた。パトリックが五歳になるころには、オレンジジュースは抜くようになった。六歳になるころには、グラスもいらなくなった。でもやめた。マットが……死んでからは。きっぱりと。そのほうが楽だと人は言うけれど、実際には想像を絶するほどつらい。

いま、目の前の息子は、過去三カ月間の作業を正確に身振り手振りで再現しつつ、熱っぽく語っている。その目はチキンの残りにじっと据えられている。その小さな突起に覆われた冷たい皮の感触と、今朝その中に手を突っこんで臓物を取りだしたことを思いだす。胃がむかつき、音のないげっぷをすると、死んだ鶏の味がこみあげてきた。

ふたたび息子の言葉に注意を戻すと、パトリックはディリップが腸に穴をあけたとき、硬直した解剖体の中で一番生々しい人間のにおいがした、と話している。

「いいかげんにして、パトリック！」サラはテーブルを叩き、ナイフが揺れた。「食事中なのよ」

「ぼくは違う。もう食べおわった」

思わず息子の頬を張りとばしたくなった。口の中でウォッカの味がした。

立ちあがってもう一度テーブルを叩く。今度はさっきほどうまくいかず、フォークが音をたてて床に落ちた。

「ここにいるのはあなただけじゃないの。ディナーはまだ終わってない。だからまだ食事中なの。わかった？」

「わかった」

「ついでに言っておくわ。プレゼントをもらったら、せめてありがとうぐらい言いなさい！　あなたからお返しに何かもらおうなんて思ってない。でも最低限のマナーは守ってちょうだい」

「わかった。ありがとう」

それでもまだ言いたりなかった。「あなたは自分のことばっかり。いつだって、もらって、もらって、もらうだけ！」サラは気づけとばかりに息子を睨みつけた。

息子は何ひとつ気づいた様子もなく、フォークを拾いあげてサラの皿に戻すと、ちょっとずつ押してナイフと平行にした。

サラは諦めた。無意味だ。いままで何も変わらなかった。これからもどうせ何も変わらない。

「ごめんなさい」

パトリックが冷蔵庫を見た。「デザートは何？」

サラはため息をついた。これがパトリックなのだ。サラが払っている犠牲のことも理解できないが、怒りや憤懣の感情も理解できない。ある意味、それが救いだ。おたがいにとって。

「トライフルよ」サラがテーブルを片づけるそばで、息子は本を読みだした。サラがボウルを置いてすわると、ようやく顔をあげた。

「それで」デザートを食べながら、サラはふたたび口を開いた。「そのスコットとメグと、あと……？」

「あと何？」

「同じ班の学生はあと誰だったかしら」

「ああ、ロブとディリップ」

「ロブとディリップね。その子たちとは友達になった？」

「うん」カスタードを頬張ったままパトリックが言った。

訊いてよかった。いままでにない答えが聞けたのだ。これまで、パトリックが誰かを友達だと認めたことはない。自分の友達であれ、ほかの誰かの友達であれ。あのしぶとい感情――希望――が頭をもたげる。

サラは慎重に尋ねた。「メグはどんな子？」

「メスの扱いが苦手だ」

「そうじゃなくて、性格は？」

パトリックは眉間にしわを寄せ、しばらくしてようやく言った。「センチメンタル」

「どんなところが？」

「名前をつけたがってる」

「何に？」

「解剖体」

「まあ」むしろ初日につけていないのが驚きだ。「彼女、きれい？」

「男だよ」

「違うわよ、メグはきれいなの？」

パトリックがふたたび顔をしかめて考えこむ。ひも理論（宇宙誕生のメカニズムを解明するといわれる先端物理学の仮説）についてかいつまんで説明しろと言われたみたいに。

ようやく返ってきたのは、「わからない」という返事だった。

息子を叱りつけたい衝動をおさえ、努めて明るく言う。「まあとにかく、友達ができてよかったわね。みんなで何をするの？　パーティに行くとか？　それともパブ？」

パトリックは肩をすくめて、ボウルに残ったラズベリージャムを指ですくいとった。

「何も。死体を切り刻むだけ」

18

Where is my wofe?（わたしの妻はどこだ）

トレイシー・エヴァンスはばかだ。どうやって看護師の試験に通ったのかわからないが、読み書きの能力と注意力の持続性は落ち着きのない幼児並みだ。どうやったら〝wife〟を〝wofe〟に間違えられるのか。そもそもwofeってなんだ？

トレイシーが小さなスクリーンを見て声を出さずに口を動かす。「わたしの……wofe？」それから困った顔をした。「wofeって何かしら」

まさに。

「もしかしてwifeのこと？」

まばたきをする。

「ああ、あとで来るわよ」

トレイシーは、妻がいつも来ているかのような調子で軽く言うが、わたしは興奮のあまり心臓が胸から飛びだしそうになる。アリスが来る！　アリスが会いにきてくれる！　レクシーも一緒に来るのだろうか？　ずいぶん久しぶりだ。少なくとも、わたしにはそう思える。レクシーが化粧なんかしていないといいが。近ごろの子どもは本当にませているし、あっというまに変わってしまう。レクシーは変わっただろうか。

アリスは？

わたしは？

わたしはぱちぱちとまばたきをしてトレイシーの注意を引くと、ＭＩＲＯＲと綴った。ただし、わたしはちゃんとRをふたつにしたのに、ひとつはトレイシーに無視された。

「鏡がほしいの？」

まばたきで皮肉を表現するのはかなりむずかしいので、ただ肯定の意を伝える。

トレイシーが部屋を出ていく。待っているあいだ、ふたりの看護師が、垂直に立てられる特別なベッドに向かいの女性をのせているのを眺める。パジャマ姿のキリストはべつの患者だったことがいまではわかる。あのころはほかにどんな幻覚を見ていたことやら。いまはわたし自身もあの傾斜起立台に乗ることもある。それは幼児向けの遊園地の乗り物のようなものだ。怪我の心配なく小さな子どもを乗せられるような。いまわたしの心が乗っているもののほうが、ずっとエキサイティングだ。希望と恐怖と期待のジェットコースター。たぶん髭を剃ったほうがいいだろう。髭をはやした男はうさんくさく見えるとアリスが言っていたし、おやすみのキスをするとき髭がこすれて痛いとレクシーは言っていた。

トレイシー・エヴァンスが鏡を手に戻ってきた。

「はいどうぞ」トレイシーのぞんざいな構え方のせいで、ぶれた顔が半分だけしか見えない。

だがそれで充分だ。恐怖で胃がさしこむ。

これはわたしじゃない。こんなのわたしじゃない！

鏡の中の男はずっと年をとっている。十歳、いや二十歳も。それはベッド脇の写真の男の顔だ。

だがそれはありえない。わたしは三十五歳だ。アリスは三十三歳で、レクシーは十二歳、パッチは七歳、金魚は──金魚は入れかわっているか──とにかく、自分の年齢は知っている。自分がそこまで長く眠っていなかったことも知っている。それはたしかだ。ゴムのにおいのする女も言っていた。わたしは二カ月も昏睡状態だと。二十年じゃない。

ありえない。

目から涙があふれて、中年男の顔がぼやけ、わたしはぱちぱちとまばたきをする。

「もういい？」トレイシーが陽気に言う。

ああ。いや。わからない。警察を呼んでくれ。警察を呼んでくれ！　誰かにわたしの人生をごっそり盗まれた。その喪失感は、手足を失ったほどのショックだ。トレイシーが鏡をおろす。「少し眠ったほうがいいわ。奥さんはあとで来るから」

叫びたい。叫んでわめいて、テーブルを殴りつけ、誰かの顔に拳を叩きこみたい。わたしに何が起きたのか。誰のせいだ。誰か責任をとってくれ。こんなの間違ってる。何もかも間違ってる。わたしは変えられた。欺かれた。それなのに、誰も理解もしてくれなければ、心配もしてくれない。

頭の中のわたしは、復讐に燃える修道僧《ダルヴィーシュ》であり、怒れるハルクであり、文明を破壊するゴジラだ。

現実のわたしは、肉塊のようにただ横たわっている。

「アアアア、アアアア、アアアア！」それはわたしの叫びではない。なぜなら、わたしはわたしではないからだ。

そしてわたしがどこに行ってしまったのか、わたしにはわからない。

19

寒い一月のある日、解剖実習室ののっぺりした灰色の照明の下で、ついに十九番の顔があらわにされた。

腰や手や胃は、『ムーア臨床解剖学』のたんなる3D版だった。人体を切り刻むことへの嫌悪感さえ克服してしまえば、それはルーティンであり、退屈ですらある。だが、これはまるで違った。みな無言で、母親や恋人以上にその身体をよく知るようになった人物の顔をみつめた。

予想していたとおり、中年の男だった。髪は防腐処置の前にミックの手で剃られていたが、まっすぐな鼻の中に白髪まじりの毛が生え、ホルマリンとグリセリンで膨れた顔には、それでも消えない深いしわが目尻に刻まれている。

男の目が閉じられていることにパトリックはほっとした。スコットもそれをあけようとはしなかった。パトリックはメグの下唇が震えているのに気づき、そのせいで顎がゆがんでいるのを興味深くみつめた。

「どうして泣いてるの？」

「泣いてないわ。うるさいわね」

「目に涙が浮かんでる」

「黙れよ、パトリック」ロブが強い口調で言った。

パトリックはまわりを見て、誰もが自分の感じていない何かを感じているようだと気づいた。みんなの顔に浮かんでいるのは……怒り？　いや、違う。

不意に、ペルシアンパンチが死んだ日の父の顔が思い浮かび、そのつながりに気づいて心臓が跳ねた。悲しみだ！　ほかの学生の顔に浮かんでいるのは悲しみだ。ドクター・スパイサーでさえ、蒼白な顔でいつになく黙りこんでいる。記憶にあるかぎり生まれてはじめて、他人の気持ちを理解できたと思った。それはきっと正しいはずだ。おさえきれない興奮をおぼえる。みんなの顔に浮かんだ手がかりを頭に刻みこもうとする。もう一度目にしたとき、それが悲しみだとわかるように。

「この顔はビルって感じね」メグが言って、紙の白衣の袖で鼻水を拭った。それはもう黄色い脂肪と茶色い血ですっかり汚れている。

「そうだな」と返事をしたスコットに、メグがちらっと笑いかけた。

スパイサーがメスを手に頭側に立つと、全員が初日のような緊張を少なからず浮かべて、そのまわりに集まった。みな始めたくなさそうだ。これまでさんざん切り刻んできたとはいえ、顔があらわになった状態で喉にメスを入れるのはやはり違う。殺人を犯しているような気分になる。

スパイサーが最初のメスを入れようとして、気を変えた。

「パトリックにやってもらおうか」

ほかのみんなが安堵のため息をついてちらっと視線を交わす。これが前に口答えしたことに対するパトリックへの罰だとすれば、全員それに賛成のようだ。

メスを受けとるとき、スパイサーの手がかすかに震えているのに気づいた。飲酒癖があるんだろうか。医者には多いと聞く。パトリックの母は医者でなく店員だが。

スパイサーが指で示すとおりに、舌骨《ぜっこつ》の下の開始点にメスをあて、喉を横に切開してから、盛りあがった甲状軟骨の上から、薄い傷を突っ切って首の付け根まで一気に刃をすべらせた。

「お見事」ロブが言って背中を叩いた。一瞬の出来事で、パトリックがぴくりとするまもなかった。

スパイサーの指示のもと、交代で切ったり拭ったりこそげたりして、首の筋肉の層を剝いでいくと、やがてビルの首は、驚いたセビレトカゲのトサカのように広がった。

「食道に何かある」とディリップが言い、筋肉の管を十五センチほど切りひらいて留めるのを全員で見守った。内側のピンク色の膜に黒い染みのようなものが点々と散っている。

「咽頭部の残留物は珍しくない」スパイサーが言った。「たいていは血液か嘔吐物だ。脱脂綿で拭いておいてくれ」

「死因と関係があるんでしょうか」とスコット。

「あるかもしれない」

「よし」とスコット。「喉を詰まらせたか、内出血したとか？」

スパイサーはうっすら微笑んだだけで、何も言わなかった。パトリックはそうでないことを願った。真珠のような腫瘍説を信じたかった。

メグが染みを拭うと、喉の内側のひだがあらわになった。防腐液で奇妙なオレンジ色に変わっている肉と違い、膜や臓器はピンク色でまだ生きているようだ。

軟口蓋と喉の奥にいくつか小さな傷がある。ディリップがメスでつけたのだろう。さらに青いラテックスの切れ端が見つかり、パトリックはあわてて自分の手袋を調べた。手袋をしていても安心はできない。尖った肋骨や歯で破れることもある。どこも穴があいていないのを確認してようやくほっとしたが、それでも手袋を脱いで新しいものをとりにいった。

戻ってくると、メグが拭きおえた喉が、見違えるようにぴかぴかになっていた。舌の根元は味蕾《みらい》と乳頭でざらざらしている。

「なんだあれ？」パトリックは言った。

「どれ？」とメグ。

パトリックはメグと肩が触れあったことにも気づかず、かがみこんで、とりわけ大きな白っぽい塊に手を伸ばした。さわってみると少し動いたので、鉗子《かんし》でつまみとって日にかざした。

「なんだそれ？」とディリップ。

「ばか、おまえ、扁桃腺をとっちまったんだろ」とスコット。

「違う。くっついてなかった」

パトリックは塊を午後の日ざしの中でゆっくり回してみた。薄い黄褐色で、小指の爪の半分ほどの大きさだ。片側がドーム状に盛りあがり、反対側は平らになっていて、上下に一本の溝が走っている。

「腫瘍かしら？」メグが心配そうに言った。悪いニュースを告げられなければならない死体のことを案じているように。

「どっちかっていうと嚢胞《のうほう》じゃないか」とスコット。

「それか結節《けっせつ》だな」とロブ。「声帯にはよくできるんだ」

「ピーナッツだ」パトリックは言った。

みんないっせいに笑ったが、パトリックは真面目だった。

スパイサーがやってきて、パトリックの診断を認めた。「たぶんほかの残留物と一緒に胃からあがってきたんだろう」

「胃の中は空《から》だった」パトリックは言った。

「だからだろ」とロブ。

「これを喉に詰まらせたんだ」とスコット。

「小さすぎるだろ」とディリップ。「これぐらいの大きさなら、気道に詰まったりしないで、まっすぐ肺に吸いこまれちゃうんじゃないか？」

「窒息死の特徴にはどんなものがあるかな？」スパイサーが質問した。

「目の充血とか？」メグが言った。

スコットが顔にかがみこみ、落ちくぼんだ眼球を調べるあいだ、パトリックは目をそらしていた。

「はずれだ」とスコット。「くそっ。もう降参だ。ミックに訊いてくる」

スコットが解剖台を離れ、パトリックはピーナッツを新しい袋に入れた。

「それは必要ないんじゃないかな」スパイサーが笑って言った。

「解剖体から取りだしたり切りとったりしたものはすべて、袋に入れてタグをつけること。実習が終了したら元に戻して、埋葬もしくは火葬できるように」とパトリックは言った。スパイサーは自分の言葉が一字一句たがわず繰りかえされたことにぎょっとしたようだった。

「ジョークのつもりかい」と用心深く言う。

「いいえ」パトリックは言って、袋の口を閉じて番号札をつけ、すでにビルの左腕と両足、その日の皮膚と脂肪が置かれた解剖台の下に入れた。スパイサーは首を振って、台の上に注意を戻した。

スコットがオフィスから戻ってきた。眉間にしわを寄せている。全員が期待のこもった目でスコットを見た。「窒息じゃないってさ。でも死因は教えてもらえなかった。あいつ、おれたちが困るのを見て楽しんでるんだ」

全員、ガラス張りのオフィスのほうを見た。禿頭の技師がこちらに手を振る。見たこともないほど楽しそうな顔をしている。

時計が五時を回ると、学生たちは手袋を脱いで部屋をあとにしはじめた。

「また明日ね、ビル」メグが言った。

パトリックは帰らなかった。

解剖体の口に指を入れ、こわばった唇の内側とざらざらした舌の下をなぞる。次に反対側に移り、人さし指で軟口蓋の奥から鼻腔の中までを調べる。

「何してるの？」メグが解剖台に戻ってきて言った。

「嘔吐物を探してる」

「それで、運には恵まれた？」

パトリックは死体ごしにメグを見た。「死体の口の中に指を突っこんで、嘔吐物がついたとしたら、運がいいのかな、悪いのかな」

メグが一瞬絶句し、それからにっこりした。「ジョークね」

「笑っていいよ」

メグが肩をすくめた。「またの機会に」

パトリックはすみずみまで調べおえて、何もついていない青い指をかざしてみせた。

「運がいい」と言うと、メグが笑った。

20

今日、わたしは口を閉じて上下の歯をくっつけることができた。力を振りしぼり、汗をかき、うなり、顔をゆがめ、ついにエナメル質どうしが触れるのを感じたときには、嬉し泣きをした。レクシーが生まれたとき以来の嬉し泣きだ。泣きすぎて、ジーンにスポイトのようなもので鼻水を吸いとってもらわなければならなかった。

「よくやったわね！」ジーンはわたしの目もとや頬を拭きながら、心からそう思っているように笑いかけてくれた。

これには大きな意味がある。自分の身に何が起きたのかを知るには、話せるようにならなければならない。自分がどれだけのあいだここにいて、事故のあと何があったのかを聞きださなければならない。事故の前に何があったのかも。さらには事故の最中にも。わたしの事故の記憶さえあてにはならない。

わたしの妻だと名乗る女はあいかわらずやってくるが、あいかわらず見おぼえがない。アリスとレクシーはあいかわらず来ない。わたしが何かしたせいかもしれない。ずっと、何か悪いことをしてしまったような気がしているが、それがなんだかわからない。

そしてまばたきだけではそれを知ることはできない。最できることが増えるたびに、やらなければならないと思うことがさらに増える。最初は目をあけることだったが、それはすぐに体得した。次は舌を出すことが目標になった。いまは、言葉を発音するために口を閉じることに必死で、歯がくっついて有頂天になっている。

泣いていることを恥ずかしいとも思わない。それだけ嬉しいのだ。

レスリーは当然ながらわたしの歓喜に心を動かされたりしなかった。

「大きな赤ん坊だな」と鼻を鳴らし、お手玉をわたしの心臓めがけて投げてきた。

＊

パトリックはパークプレイスを自転車で走りながら、頭の中は今日あったいろいろなことでいっぱいだった。

まず、同級生の悲しみを感じとった。人の気持ちを理解したのだ。いままではとくに関心を持てないか、混乱するだけだったのに。それは妙な過程ではあったし、父の記憶が浮かんだことにやや落ち着かない気分にもなったが、それでも、それが特別な瞬間だったという気分は消えない。

それに、まだ死因はわかっていないが、消去法で答えに近づきつつあるのを感じる。脳腫瘍の可能性は高まっているし、自分の考えがどうやら正しそうだと思うと気分がいい。そのうえ、むずかしい喉の切開の一刀目を任された。それはドクター・スパイサーが、自分のことを班の誰よりも――スコットよりも――優秀だと思っている証拠だ。解剖学で一番の成績をおさめた学生に与えられる賞をもらえるかもしれないと思うとわくわくする。

それから、ロブにさわられて、肩がむずむずしたものの、パニックにはならなかった。解剖体の口の中に嘔吐物がないこともたしかめた。どうしてあんなことをしたのか自分でもよくわからないが、調べずにはいられなかった。

最後に、メグを――はからずも――笑わせた。驚いたが、それ以上に、べつの興味深い感情が湧いてきた。それが嬉しさだとわかるまでに少し時間がかかった。

そんなあれこれに興奮して、まっすぐ帰る気にはなれなかった。店やオフィスの明かりが次々に消えていく中、何時間もあてもなく街を走りまわり、カーディフ城に乗りいれて、バラの生け垣のあいだの暗い小道を疾走し、とうとう肺と脚の燃えるような感覚のことしか考えられなくなると、樫の木に自転車をもたせかけて、隣の芝生に腰をおろした。呼吸が落ち着くと、木の幹によりかかって熱が引いていくのを待った。

目を閉じて、揺れる葉のざわめきや小さな生き物のたてる音に耳をすます。暗闇の中で草と土のにおいをかいでいると、羊の遠慮がちな咳払いが聞こえそうな気さえする。そのままいつのまにか眠ってしまった。足を組み、頭を後ろに傾け、てのひらを上に向けて膝に置き、昇る月からの天啓を求めるような姿勢で。

ぶるっと震えて目を覚ましたのは明け方で、目の前に白いジャージの上下を着た若い男がすわっていた。パトリックとほとんど同じ姿勢だが、上に向けたてのひらには長いスクリュードライバーが載っている。

「きみが寝てるあいだに殺すこともできたよ」男がどこか楽しそうに言った。

パトリックはゆっくり立ちあがり、自転車に乗って走り去った。後ろを振りかえったとき、豆粒ほどになった若い男は、まだ木の幹のほうを向いてすわっていた。

家に帰ってみると、留守のあいだにパーティがあったらしい。誰かが玄関のドアの後ろに倒れていて、中に入るのに五分、床の上の女の子が死んでいないことをたしかめるのにさらに二分かかった。

廊下にはプラスチックのカップと空《から》のボトルが散乱し、階段の途中に置かれたポップコーンのボウルには靴が片方入っていた。

キムは居間のソファで、四十がらみの男とトーストをかじっていた。男が身につけているのは、キムの短いキモノ一枚きりだ。

「あら、おかえり、パトリック。彼はピート。わたしのボーイフレンドよ」キムが含み笑いをする。

パトリックは混乱した。「きみはレズビアンだと思ってた」

キムがまた含み笑いをして、ピートがウィンクをした。「キムもそう思ってたんだ」

「わかった」パトリックは言った。今日はいままでで一番おかしな日になりそうだ。

ピートがキムの頰についたバターを舐めとった。パトリックはテレビのほうを見た。

「照れることないわ」とキム。

「照れてない。ただ、ピートのタマが見える」

パトリックは自転車を廊下に置いて、シャワーを浴びようと二階にあがった。階段の一番上に着いたところで、ジャクソンが声をかけてきた。

「見たか、あいつ？」と芝居がかったひそひそ声で言う。

「あいつ？」

「ピートだよ」

「見た。上から下まで」

「キムはレズビアンのはずだろ！　宗旨替えするなら、おれに話してくれたっていいはずだ」

どうしてキムがそんなことを──どんなことであれ──話さなきゃならないのかわからなかった。パトリック自身は、キムがレズビアンだということも、ベジタリアンだということも、妙なアート作品のことも、陰毛の濃いボーイフレンドのことも、むしろ知りたくなかった。どれも余計な雑音でしかない。

「どうしてきみが知る必要あるの？」

ジャクソンはむっとした顔で、パトリックにひらひらと手を振ってみせた。「おまえにはわからないよ」

それはパトリックが短い人生のあいだで何度となく聞かされてきた言葉であり、自分でもそのとおりだと思っていた。でも、かならずしもそうではないのかもしれない、とはじめて思った。いまは理解できないかもしれないが、いずれ理解できるようになるかもしれない。悲しみを理解できたし、メグを笑わせることもできたのだ。生きた人間を理解することも、ひょっとして学べるかもしれない。解剖学やアルファベットみたいに。

「わかるかもしれない」パトリックは慎重に言った。あまり思いきったことは断言したくない。

ジャクソンが鼻を鳴らす。「ああそうだな、わかるかもな」

さらに気分が高揚した。ジャクソンも賛成してくれたのだ。学べるかもしれないと。学ぶことのできるものなら、自分にはかならず学べる。

やる気さえあれば。

21

目の解剖の日、パトリックは大学を休んだ。その次の回の実習に行くと、すべての解剖体の頭蓋骨の上部が切りとられていた。

巨大なクルミを思わせる三十個の脳が剝きだしになっていて、削ったばかりの骨のにおいが漂っている。扉のそばのカウンターにミックが置いた電動の丸鋸《まるのこ》が、ホラー映画の小道具みたいに鎮座し、ギザギザの刃に皮膚や肉片がひっかかっている。

解剖も最終段階に入り、パトリックは期待に胸が高鳴るのを感じた。急に自分の頭を強く意識し、その中で起こっているあらゆることに思いをめぐらせる。あらゆる電気信号と接続と創造に。無から生まれでた何かが、暗闇でパッと光り、宇宙への道すじを照らすさまに。

そのすべてがどのようにして終わったのか。

それはどこに行ったのか。

いったんそのスイッチが切れたあと、ふたたび入れることはできないのか。

これまでのところ、十九番は完全に死んでいた。それでもなんらかの生の痕跡——あるいはたんなる痕跡以上の何か——が見つかるとすれば、このもっとも興味をそそってやまない器官の中にあるはずだ。

午前中いっぱいを使って、スプーンで脳を掻きだした。両手で持つと、水風船のような感触がした。パトリックは少し震えながらそれをひっくりかえし、そこにあるはずの心の手がかりを目と指で探した。ほかのみんなはパトリックの肩ごしに覗きこんで、青い手袋をした指でつついた。

興奮がしだいに落胆に変わるのを感じた。お菓子をもらえない子どもの落胆ではなく、あらゆる希望がついえたときの、胸が痛み、胃がむかついて吐き気がするような落胆だ。

何もない。

みっしりとした脳が硬膜に包まれ、神経網で飾られ、太い動脈に覆われている。ピンクがかった灰色のひだが、完璧な謎を解いてみろとパトリックをあざわらう。十九番をかつての十九番たらしめていたものが、いまこの手の中にあるのに、もうどこにも彼の痕跡はなく、彼がどうやって消えてしまったのかの手がかりもない。真珠も、腫瘍も、あの世への秘密の通路もない。

希望が消えていくのを感じた。

死はビッグバンの反対だ。ありえない手品のように、何もかもが一瞬にして無になり、ある状態がべつの状態に完全に入れかわって、最初の状態の痕跡はあとかたもなくなり、その反応の触媒も新たな状態が生じた衝撃で消えてしまう。

顔が熱くなり、てのひらからあふれそうな悪い冗談の塊を呆けたようにみつめる。

ここに答えが見つからないなら、もうどこを探せばいいのかわからない。

パトリックは脳をディリップに押しつけると、茫然としたまま解剖実習室を出た。

パトリックは学食で、目の前のチョコレート・プディングとポテトチップスとツナ・サンドイッチをアルファベット順に食べるのも忘れてすわっていた。

いつも見ている窓の外には、いつも自転車をつないでおく手すりが見える。自転車に乗って家に帰ってしまおうか。もうここに用はない。死んだ人間も死んだ鳥と――死んだ父とも――変わらないのを知ったいまとなっては。

もし手を握ったままでいたら、父は生きていたんだろうか。

車はよけていっただろうか。

それとも、ふたりとも轢かれて、ひとりではなくふたりに真実を知らしめていただろうか。

「すわっていい?」メグが言って、パトリックが返事をする間もなく目の前にすわった。

「あなたの考えに一ペニー」

「え?」

「あなたの考えに一ペニー」

パトリックがまじまじと見かえすと、メグが顔を赤くした。

「おばあちゃんがよく言ってたの。一ペニーあげるから何を考えてるか教えて、って」

そのゲームは気にいらなかった。「教えなきゃいけないの？」

「そんなことないわ、もちろん」

「きみは一ペニーをくれてもいない」

「ただの言いまわしよ。言葉どおりにとらないで」

「それに一ペニーなんて安すぎる。一ペニーじゃ何も買えない。もっとたくさん払ってもらわないと」

メグがため息をついた。「無理に話さなくていいわ」

「わかってる」

「ただ、あなたがだいじょうぶかなと思っただけ」

「だいじょうぶじゃない」

「どうしたの？」

パトリックは機械的にチョコレート・プディングを掻きまわした。スプーンが容器にあたってきしるような音をたてる。

「あそこには何もなかった。ただの肉だ。肉とクソだ」

「まあ」メグが言葉を選んで言う。「何があると思ってたの？」

「もっと違う何かが……」なぜか泣きたくなって、胃が締めつけられるように痛んだ。

あの日みたいに。背中にパンチを入れられて、マークの顔にバットを叩きこんだあの日。人が悲しんでいる様子はわかるようになったが、悲しいというのはこういう感じなんだろうか。いい気分ではない。

「でも、それだけじゃない何かがあるわ」メグが強調するように塩入れをぎゅっとつかむ。「わたしたちにわからないからって、その神秘が薄れるわけじゃない。そう感じない？」

「感じない。誰かが死んで、それが見えなかったら、本当は何が起きたのかどうやってわかる？」

「それって？」

「この世とあの世で変わるもの。生と死のあいだで。ぼくにはそれが感じられない。それをこの目で見たい。それがなんなのか知りたい」

「いつかわかるわ。わたしたちみんな」

「いま知りたいんだ！」

メグはしばらくのあいだ、黙って塩入れの穴の中をみつめていた。

それから咳払いをした。「あなたってちょっと違うわよね、わたしたちと」

「きみと違うだけだ。ぼくとは違わない」

「そうね」メグが微笑んで、そっと塩入れを傾け、テーブルの上に小さな塩の山をつくった。

「あなたでいるのって、どんな感じ？」

パトリックは驚いた。自分が自分でいるのはどんな感じかなんて、誰にも訊かれたことがない。母親にも。

どんな感じだろう。自分でも考えてみたこともなかった。それについて結論を出して、人に話すよう求められたこともない。でもメグはパトリックをののしっていないし、急《せ》かそうともしなかったので、生まれてはじめて、パトリックは自分の内側を探ってみた。メグに伝えられること、示せるものが何か見つからないかと。十九番が切りひらかれ、解体されるのを黙って受けいれてきたように。

「それは……」

容器の底のチョコレートをゆっくり掻きまわしながら、懸命に感情を言葉にしようとする。

メグは待っている。

「すごく……」

パトリックは歯を食いしばった。こんなのおかしい。そこにはたくさんあるのに。頭の中では山ほどの感情が駆けめぐっているのに、何も出てこない。金魚でいっぱいの水槽に手を突っこんで、捕まえようとしているみたいだ。昔、ペットショップでやったことがあるが、全然捕まえられず、母に脚を叩かれた。

メグはまだ待っている。急に、どんな感じかを言葉で説明できないことへのもどかしさでいっぱいになる。

「すごく」力をこめて言う。「すごく、すごく」

「すごく？」メグが静かにうながす。

でも、どれだけ頑張っても何も出てこない。

スプーンを容器に強く押しつけすぎて、派手な音とともにチョコレートがテーブルに飛び散る。

「すごく」

人が口をつぐみ、いっせいにふたりを見る。やがて顔を戻し、低い話し声とフォークやスプーンの音が再開する。

メグはうなずいた。「そうでしょうね」

22

連中はわたしを殺そうとしている。

思いすごしではないはずだ。しかし、医者はわたしの妻だと名乗る女にそう言っている。いまでは女のことを心の中でウォーフ《Wofe》と呼んでいる。妻《ワイフ》ではなく。

「被害妄想は珍しくありません……昏睡から覚めて……」医者はわたしに聞かれまいと声をひそめるが、だいたいの話はわかる。「普通の反応です……状況では」

ふたりとも同じ表情を浮かべてわたしを一瞥する。その顔にはこう書かれている。かわいそうに、心配だ、わたしのためにも本当のことは伏せておかなければ。

被害妄想になるのは、怪しい連中に囲まれているからだ。しょっちゅう電気カミソリを使うためにわたしの心拍モニターのプラグを抜くトレイシー・エヴァンス。モップをベッドにぶつけておいて、わたしが目を覚ますと睨みつける掃除婦。わたしのベッド脇にぴったりと油断なく立ち、ベッドにぶらさがったカルテに何か書きこむ医者。そのカルテを見たくてたまらない。誰でも見られるのに、わたしだけは見られない。

医者がそばに立つたびに、汗が目に入って警告するようにしみる。わたしが年をとったことに気づいているウォーフもそうだ。彼女はわたしの味方のはずだ。わたしを愛していると言い、わたしを〝あなた〟と呼ぶ。

〝誰かが隣のベッドの男を殺した〟

ウォーフはポッサムの画面を見て、それから隣のベッドを見て、眉間にしわを寄せた。男がもうそこにいないことが、わたしの主張に疑いを抱かせるとでもいうように。秘密だ、と彼女にまぶたで訴えかけた。どうか秘密にしてくれ。

彼女は英語を理解できないのだろうか。

いま、医者はわたしを見ながら、ウォーフにひそめた声で言っている。「……感染……数日……ときには……突然の心臓発作……危険……」

また出た。危険。

おまえらが陰でわたしのことをこそこそ言っているのが一番危険だ。あの医者もその中にいるかもしれない。あいつは殺人犯かもしれないんだぞ！　あいつはもう、わたしが何か見たことを知ってしまったに違いない。そうとも、知ってしまったんだ！　次にどうするだろう？

なんでもやりたい放題だ。

医者め、看護師め、ウォーフめ。もう二度と信用するものか。もう二度と秘密を打ちあけたりするものか。

ウォーフがやってきて、また嘘を繰りかえしはじめる。

「サム、あのね、先生の話では――」

「アー、アー、アー。イー、イー、イー、イー……」太い声と、高い声で。

「ねえあなた、わたしはただ……」

「アー、アー、アー。イー、イー、イー。ガッ、ガッ、ガッ！」妻を取りもどしたい。わが子に会いたい。しゃべり、食べ、自分の足で歩きたい。隣のベッドの男に何があったのか知りたい。自分の身に何が起こったのか知りたい。それをすべて自分でやらなければならないなら、やってやる。ほかの誰も頼ることはできない。それはもうわかった。

「ガッ、ガッ、ガッ！」ありったけの力をこめる。わたしがどれだけ怒っているのかを知らしめるために。

「サム、お願いだから……」

ウォーフがわたしの手を握る。わたしは目を閉じる。それが彼女を傷つけるのはわかっている。

ウォーフが泣きだすが、わたしにはどうでもいい。

23

パトリックは力をこめて部屋の絨毯《じゅうたん》をこすった。こすればこするほど、死体に裏切られたという気持ちが強くなってくる。十九番はウサギやカラスじゃない。人間だったのだ、父と同じく。それなのに、解剖体が自分の求めている答えを与えてくれないのは、同じ種どうしの約束を破られたような気がする。人体の機能が停止したら何が起きるのかを明かすかわりに、十九番はなかなか死因を突きとめさせず、余計に混乱させるばかりだ。追いうちをかけるように、メグは自分たちがどれだけ無知なのかを強調した。パトリックがそれを知らないみたいに。

混乱はもうたくさんだ。何についてであれ。

父を亡くしたとき、それは最初、ある種の混乱のように思えた。手袋や靴下を片方なくしたときみたいな。それらは、見あたらないからといって、存在しなくなったわけではない。かならずどこかにある。ベッドの下とか、洗濯機の中とか、ソファの背の後ろとかに。そしてそのうち出てくる。

探せば、〝そのうち〟より早く見つかる。

だから探した。スクールカウンセラーに一方通行のドアのことを聞いてから、そのドアのある場所を、それをあける方法を探してきた。最初は、ブレコン・ビーコンズで拾ってきた動物や鳥の死骸の中を探した。次に、不気味な葉書に写っていた死人の顔や、十時のニュースに登場するアフリカの救援施設で死にかけている人の顔を探した。最後に、競走馬の目の中を探した。死が日常的にテレビに映しだされる唯一の競技で、脚を折った馬がじっと銃弾を撃ちこまれるのを待っている目の中を。転倒事故のたびに、避けがたい結果への衝撃とともに、ほのかな期待に胃がうずくのを感じた。これがそうかもしれない、この馬がそうかもしれない、今度こそすべてが明かされ、ドアが少しだけ開いて、向こう側の死のナルニア国を覗けるかもしれない。

だが、覗けたことはまだない。

アップインアームズ、マラガ、フリーズアウト、ラックボックス。どの馬もいまは、パトリックが知りたくてたまらない秘密を知っている。でも、それらが死ぬのを見るたびに、前よりもむなしい気分になる。それでも、パトリックはその馬たちの名前をリストに書き加える。ほかに誰がその死を記録するだろう。父はビールとコーラでペルシアンパンチを偲んだ。だから自分も何かするのが正しいように思えた。

絨毯は汚れていた。バケツの水をもう二回も替えたのに、三十センチ四方ほどしかきれいになっていない。焦げ茶色の下はさえない薄茶色で、およそ気にいらないが、それでもその色になるまでやると心に決めている。

黒くなった水を風呂にあけ、バケツに水を入れて漂白剤を足す。

「何してるんだ」ジャクソンが訊いた。

「きみにはわからない」

「は？」とジャクソンが言ったので、パトリックは床磨き用のブラシを見せた。

「掃除してる」

「ハハハ、こりゃおもしろい」と言うと、ジャクソンはパトリックの部屋までついてきて戸口に立った。スポーツ観戦でもするみたいに。

「最近、ピートを見たか」

「最近ってどのくらい最近？」

「そうだな、この二週間くらい」

「見てない」一度に全部やるのは無理そうなので、頭の中で絨毯を区切っていく。

「あのふたり、別れたのかもな」とジャクソン。

返事をする必要があるとは思えなかった。それに、どうせ答えられないし、とくに意見もない。ただ、キムがあのキモノを洗濯したことを願うだけだ。

「おれにもチャンスがあるかな？」

パトリックは上体を起こして考えた。ジャクソンがなんの話をしているのかよくわからないが、競馬から学んだのは、あらゆるものにチャンスがあるということだ。栄光と死のチャンスが。

その考えに力づけられ、急に裏切りの泥の中から決意が頭をもたげた。自分はもっと大きな謎を解こうとしているのだ。十九番の死因なんていう単純なものに屈してなるものか。手に入れるべき情報がある場所もわかっている。

「うん、あると思う」

ジャクソンが「ありがとよ!」と言って、それから珍しく気前よく付け加えた。

「絨毯、きれいになったな」

まだなってない、でもなる、とパトリックは思った。立ちあがると、バケツの中にブラシを投げいれた。新たな希望に満たされ、頭も鼻も急にすっきりしてきた。漂白剤のせいだろうか、とちらりと思った。

壁から自転車をとって、階段をおりはじめる。

絨毯にも、死体にも、負けるつもりはない。

4017。

不快なまでになんの規則性もない番号を入力しなければならないのは、少し腹が立つ。

解剖学棟の扉が背後で閉まり、ほかの学生の入ってこられないしんとした廊下に、パトリックはひとりで立っていた。廊下の先には解剖実習室があり、さらにその先には、ミックがほとんどの時間をすごす地下の防腐処置室に通じる階段がある。

くたびれたタイルの床の上でプーマのスニーカーが低く鳴る。

実習室の白い観音開きの扉には鍵がかかっていない。今日は解剖の日ではないので、解剖体はじっと解剖台の上に横たわり、かまってくれる学生がいなくて途方にくれているように見える。十九番の丸く盛りあがった身体が入口からでもわかる。以前には感じなかった敵愾心《てきがいしん》のようなものを感じる。

かならず秘密を暴いてみせる。

ミックはオフィスにおらず、ガラスのはまったドアにメモが貼られていた。それによれば、午後三時半に戻るらしい。時計を見るとまだ午前十一時だった。三時半に出なおすつもりはさらさらない。三時半なんて何光年も先だ。

ドアの取っ手を引いてみると開いたので、中に入った。

ミックは几帳面な性格のようだ。棚は整頓され、床にはゴミひとつ落ちていない。ファイル・キャビネットの上に鉢植えがひとつ置かれている。デスクの上も片づいていて、二本のペンが入った小物入れと、三段のレタートレーがあるだけだ。トレーには数枚の献体同意書と火葬許可書が入っている。その整然とした室内に感心したものの、これでは死因のリストをはさんだクリップボードがそこらへんに放りだしてあるとは期待できない。

デスクの隣に灰色のファイル・キャビネットがふたつある。ひきだしを引いてみたが、どちらも鍵がかかっている。揺さぶってみたが、開きそうにない。

決意がまたたくまにいらだちに変わる。解剖体はこの期《ご》におよんでもまだ自分をごまかそうとしている。まだ秘密を隠そうとしている。死人にはなんの役にも立たない秘密だというのに。

でもパトリックはずっと待ってきたし、懸命に努力してきた。だから答えを知る権利がある。間違っていないはずだ。自分にはその資格がある。

テレビや映画で、登場人物が悪者の本拠地に忍びこんで極秘情報を発見する場面を見たことがある。だからそれは可能なはずだが、映画を見るかぎり、それは衛星通信機とか引っかけ鉤《かぎ》とかがなければ不可能な一大作戦のようだった。最低でも黒のタートルネックのセーターが必要だ。そしてパトリックにはどれひとつとしてない。殺風景な狭いオフィスを見まわしたあと、実習室に出ていって、扉のそばの白いトレーから大きなフォークを拾いあげた。

ひきだしの隙間にフォークの歯をこじいれてあけようとしたが、その最中に、キャビネットの上に置かれた鉢植えがほんの少し傾いているのに気づいた。そのままにはしておけない。それは見た瞬間にわかった。傾きをなおさないかぎり、目の前の作業に集中できない。

パトリックはフォークを置いた。

鉢植えの下には受け皿があって、受け皿の下にファイル・キャビネットの鍵があった。

ひとつめのキャビネットの一番上のひきだしにクリップボードがあった。

簡単だ。

クリップボードには書類がはさんである。ミックが学生たちの不運を祈りながら解剖台のあいだを歩きまわっているとき、ちらっと見たきりの書類だ。真っ先に一番端の〝死因〟と書かれた欄に目を走らせる。

十九番は心不全で死亡したことになっている。

でも、それはおかしい。

この手で十九番の心臓を持ったのだ。狭窄《きょうさく》もなかったし、血栓も動脈瘤もなかった。秘密を知ろうとここに来たのに、その秘密は嘘だった。パトリックは書類を睨みつけた。ごまかされたような気がして、もっと何かないかと目を走らせると、最初の欄に〝氏名〟と書かれていることに気づいた。その欄の名前を目で追っていく。

「ここで何してるんだ」

振りかえると、ミックが戸口に立っていた。

パトリックは時計を見た。「あなたこそ、ここで何してるんですか。メモには三時半に戻ると書いてあったのに」

ミックが口をあんぐりとあけ、髪があればその生え際にくっつきそうなほど、眉を吊りあげた。それからつかつかと近づいてきて、パトリックの手からクリップボードをひったくった。「これは秘密情報だ」

「死因を知ろうとしただけです。それは秘密じゃありません。ドクター・スパイサーは、いつでも訊いていいと言っていました。それで訊こうと思ったら、あなたがここにいなかったので、探したんです」

「鍵のかかったファイル・キャビネットを壊して？」

「鍵を使いました」

「隠してあった鍵だ」

「もし隠してあったら見つけていません。探してもいなかったんだから」

ミックがパトリックを押しのけてクリップボードをひきだしにしまい、勢いよく閉めて鍵をかけると、その鍵をポケットに入れた。

「きみの名前は？」

どうしてみんなかならず名前を訊くのだろう。

「パトリック・フォートです」

「きみは困ったことになる」

「どうしてですか」

「どうしてかはいま言ったとおりだ」

「なぜ？」パトリックは混乱した。すべて説明したのに。

「ばかなことを言うな。このことはマドック教授に報告する」

「わかりました」

パトリックがたいして困っていないことにミックはがっかりしたようだ。「もう行きなさい」

「わかりました」パトリックは言ったが、出ていかなかった。「死因が間違っていると思います」

「死因がどうしたって」

「十九番の死因です。心不全と書いてあったけど、心臓に疾患はなかった」

「死亡診断書にそう書かれていたなら、それが死因だ。わたしは医者じゃないし、きみも違う。まるで違う」

「わかってます。でも――」

「でもじゃない。この話は終わりだ」

「わかりました」パトリックは言って、べつの話を始めた。「人が死んだら、あなたが防腐処置をするんですよね」

ミックはパトリックを見たが、答えない。だからそのまま先を続けた。「そのあとはどこに行くんですか」

「ここに来る」ミックが言った。「それから、きみたちの作業が終わったら、わたしが全部袋に入れる。その後、家族のもとに帰り、葬られる」

「身体のことじゃなくて、人のことです」

「なんだって?」

「出口があるんですか」

「なに?」

「出口です。頭の中に。通り抜けられるドアみたいな」

「わたしが鍵をかけておくべきだったドアみたいな?」

「そうです。そういう、人が死んだときに通り抜けるなんらかの壁みたいなものです」

ミックは目を細めてパトリックを見た。それから首を振り、顔をしかめた。そして「いや」とようやく言った。

「じゃあ、死んだ人はどうなるんですか。どこに行くんですか。戻ってこられないんですか」

ミックはしばらくじっとパトリックを見て、それから手を伸ばして電話の受話器を持ちあげた。「ちょっと待て。警察に訊いてみるから」

「わかりました」パトリックは言って、警察に訊いてみるのを待った。

ミックがパトリックを睨んだまま、もったいをつけてまずふたつの九を押し、それからため息をついて受話器を置いた。

「もう出ていってくれ」

「わかりました」


夢中のあまり手袋を忘れて出てきたので、自転車で家に戻ったときには指が真っ赤で感覚がなくなっていた。キッチンの流しの蛇口でお湯を出し、その下に手を出したまま、隣の家の塀に面した窓の外をみつめ、海中に漂う昆布のように心があちこちさまようにまかせた。窓が汚れている。拭かなければ。腹がへったがパンを切らしている。手があたたまったら、手袋をしてフライドポテトを買ってこよう。酢の味を想像して口の中がぴりぴりし、胃にたどりつくまでのあいだにポテトが経験する紆余曲折のことを思う。避けなければならないあらゆる場所、身体が下すあらゆる選択、ポテトを分解するためのあらゆる化学作用、蠕動《ぜんどう》する筋肉がそれを消化管のベルトコンベヤにのせて、明日の朝、外に出ていくまでの道のりをガイドする様子。

お湯を止めて布巾で手を拭きながら、おのずと考えは十九番の死因に流れていく。

クリップボードのリストは、脳と同じくらい期待はずれだった。ひとつだけ新たな情報を手に入れたものの、それは秘密をめぐり負けた戦争におけるささいな勝利としか思えない。

あの死体の名前がサム・ゲーレンだということだ。

24

「悪くないな、サム」レスリーが陰気そのものの声で言う。それでも褒められたことに変わりはないので、わたしは舌の訓練にいっそう精を出し、伸ばしたり、吸ったり、吹いたり、鳴らしたりする。

「もうすぐ食べたり飲んだりできるようになる」レスリーがさも嫌そうに付け加える。

それは真っ赤な嘘だとしても、わたしはたしかに進歩している。舌とは素晴らしいものだ。しょっちゅう舌のことを考えている。いまや、わたしのあらゆる希望がそれにかかっているのだ。ウォーフが殺人犯かもしれないやつにわたしの秘密を漏らしてから、わずか一週間足らずで、ジーンとトレイシーがわたしをベッドに起きあがらせ、スプーンでオレンジジュースを飲ませてくれた。

まさに神の霊薬だ。すべては相対的なものだということはわかっているが、あまりにうまくて涙が出てくる。

「まあまあ、なんて嬉しそうな顔！」ジーンが言った。

「まあまあ」トレイシーもおうむ返しに言ったものの、たいして興味はなさそうだ。わたしをろくに見もしないで、何度もわたしの歯にスプーンをぶつけている。男を待っているのだ。誘惑しようとしている相手を（誘惑する、なんて言葉では上品すぎるが）。トレイシーはわたしたちが見ていないと思っている。わたしたちがみな植物状態だと思っている。でもわたしは見ている。考えていることもお見通しだ。トレイシーのような娘なら、マーサーティドビルの街の〈ホットスタッフ〉で知っていた。若い男は全員知っていた。ときにはひと晩に二回も。

トレイシーがジュースを口に運ぶのが早すぎて、違うところに流れこんでしまったらしい不快な違和感をおぼえる。

「あら！」

ありがたいことに、ジーンが気づいてくれた。ジーンが飛びあがり、あわててあの機械をとりにいく。べつの患者に使われているのを見たことがある、掃除機のような機械だ。それをわたしの喉に入れて、耳ざわりな音とともに気道に入ったものを吸いだしていく。トレイシーはといえば、腕組みをして立っている。まるで、わたしがなんでもないことで大騒ぎをしているだけで、自分は悪くないと言いたげに。でもジーンの目を見れば、これがかなり深刻な事態になりかねないことがわかる。

ジーンがさらに二度、ホースをわたしの口に突っこんで、オレンジ色の粘液を腎臓の形の皿に受けるあいだ、わたしは目から似たような液体を流しつつ、懸命に呼吸をする。

ようやく終わると、ジーンがトレイシーを連れて出ていった。どやしつけるためだといいが。

わたしはぜえぜえとあえぐ。腹の内側にパンチを喰らったような感じだ。新たな希望のすべてが、握りつぶされてポイと捨てられたような気分になる。

連中がわたしを殺そうとしていなくても、そうなるかもしれない。

そして、わたしはここに寝て、それを待っているしかないのだ。

＊

「パトリック・フォートくん！」マドック教授が、懐かしい旧友に再会したみたいな口調で言った。「まあすわりたまえ」

パトリックは腰をおろして部屋を見まわした。マドック教授は大きな木製のデスクにすわってルービックキューブをいじっている。デスクの上には銀の額に入った写真が二枚並んでいる。一枚は笑顔の若い女、もう一枚はヨットの写真だ。教授の背後の壁にも同じヨットの写真が飾られ、日焼けして金持ち然とした教授自身が、膨らんだ赤いライフジャケット姿で手を振っている。舳先《へさき》に記された名前は、〝シャープエンド〟と読める。

「むずかしいな」マドック教授がルービックキューブを指して言う。「やったことはあるかね」

「はい」

教授がそれを置いて咳払いをした。「ちょっとしたいさかいがあったと聞いたが。ちょっとした問題というか」

「いいえ、問題はありません」

「わたしの聞いている話とは違うな」

「そうですか」

マドック教授がデスクに置いてあった紙を見る。

「職員に対する不適切な態度、解剖体をめぐるほかの学生との口論、解剖中の手順の無視、献体に関する秘密情報の不正入手」

「死因を知りたかっただけです。それは秘密じゃありません」

「そういう問題ではない」マドック教授が言って、なんとなくルービックキューブに手を伸ばしかけたが、途中で止めてデスクを指で叩いた。「鍵のかかったファイル・キャビネットの中の書類を盗み見たそうじゃないか」

「鍵を使ったんです」

「鍵がかかっているのには理由があるんだよ」

「どんな理由ですか」

「秘密保持のためだ」

「でも死因は秘密じゃありません」何度同じことを言わなければならないんだろう。

「ドナーの身元は秘密だ」

「でもぼくはドナーの身元に興味はありません。ただ死因が知りたかったんです」

「いいかね」マドック教授が鋭い口調で言った。「ここは大学の医学部であって、幼稚園ではない。学生によるこのような行為を容認するわけにはいかない。たとえ問題をかかえた学生であってもだ」

「問題ってなんですか」

マドック教授が少し間をおいて、ざっくばらんな口調に切りかえる。「パトリック、きみのアスペルガー症候群のことは承知しているし、もちろんそのことは斟酌《しんしゃく》してきた。しかし際限なくというわけにはいかない。そのことを警告しておく。今後、またこのような報告があったら、そのときはきみにこのカーディフ大学で勉強を続けてもらうことはできない」

パトリックは唇をすぼめた。

「わかったかね」

「わかりました。気にするかどうかをいま考えています」

マドック教授が、ミックがしたように眉を持ちあげた。「どういう意味かね」

「気にしないかもしれません。ぼくにはここですべきことはもうないかもしれないので、続ける意味があるのかわかりません」

「続ける意味がない？　どういう意味かね？」教授の手がまたルービックキューブに伸びかける。

マドック教授自身もアスペルガー症候群の気があるのではないか、とパトリックは思った。さっきからまるで話が通じていないようだ。

「あの紙に書いてあった死因は間違いです。判断材料となる情報が間違っているなら、続ける意味はないと思います」

「死因は医者が診断したものだ」

「医者はしょっちゅう間違えます。テレビでもそうです」

マドック教授の手がぴくっと動き、今度はそのままルービックキューブをつかんで、小さなカラーブロックをひねりはじめた。教授は眉間にしわを寄せて、手もとに視線を落としたまま言葉を続けた。

「実習室の技師に質問したそうだね、あー……脳の出入口について。それはこのことと何か関係があるのかね」

「はい」パトリックは言って、教授の長いしなやかな指の中で回るキューブをみつめた。「何が起きるのか知りたいんです」

教授が深いため息をついてキューブを置いた。「いいかね、パトリック。解剖実習室で知ることができるのは、死後の人体の様子だけだ。医学生は死から出発し、そこからさかのぼっていくんだ」

パトリックは唇をすぼめた。「でも、ぼくは死から出発してその先を知りたいんです」

マドック教授が小さく笑った。「死人は話せない。話せたら、この世はもっとずっと簡単になるんだがね。医者には、誰かが死んだ際のメカニズムは解明できても、なぜ死んだのかや、死んだあとにどうなるのかまではわからない。そのパズルを解くには、刑事に相談すべきだろうね。あるいは神父に」

教授が笑みを浮かべたが、パトリックは笑わなかった。

「その人たちはどうやってパズルを解くんですか」パトリックは身を乗りだした。

何げないひと言にいきなり関心を示されて、マドック教授は少々面食らったようだった。あやふやな顔で両手を広げてみせる。「さあ、神父も本当のところはわからないんじゃないかと思うが。信仰の問題だからね」

「迷信ですね。刑事はどうやって知るんですか」

教授は真剣に考えこんだ。「そうだな、誰かが死んだ理由を突きとめるには、刑事は生きている人間の証言を聞くんじゃないだろうか」

「どんな生きている人間ですか」

「友人や家族。目撃者。担当の医師や看護師。そういうたぐいの人々だろうと思うが」

パトリックが椅子にすわりなおし、マドック教授はほっとして息を吐いた。学生に警告を与えていたはずが、なぜいつのまにか、その学生から妙な哲学的な質問を浴びせられることになったのだろう。話を元に戻さなければ。

「パトリック、少々の問題があるとはいえ、きみの解剖の腕がすこぶる優秀だということはドクター・スパイサーから聞いている。ゴールドマン賞の筆頭候補だとね。いま投げだすのはもったいないじゃないか」

パトリックは長いあいだじっとすわっていた。ようやく黙ってうなずくと立ちあがったが、そこで足を止めてデスクに手を伸ばした。教授はわずかに身を引いたが、パトリックはルービックキューブを手にとった。

マドック教授の目の前で、六つの面にみるみる同じ色が広がっていく。完成したパズルをパトリックはデスクの上に置いた。

「むずかしくないです。よかったら教えます」

「それはどうも」マドック教授が答え、パトリックは部屋を出た。

25

オレンジジュースは肺に入った。

肺炎だ。医者や看護師は口には出さないが、危険なことはわかっている。健康な人でさえ、肺炎で死ぬことがある。まして、わたしはきわめて弱っている。息をするたびに痰が喉にからみ、背中に激痛が走るので、なるべく息をしないようにする。

だが、うまくいかない。

ジーンとアンジーがほぼ四六時中、あの掃除機をわたしに使う。気持ちが悪いし痛い。ふたりの医者がやってくる。どちらかがあの殺人犯だろうか。わからない。あの晩、目をあけてさえいればわかったのだが。殺人犯がわたしを見おろして立ち、わたしの脈をとったり、点滴をチェックしたりしているのかどうかがわかるとしたら、果たしてそれはいいことなのか、悪いことなのか。目下のところは、医者のどちらかが隣のベッドの男を殺したのだとしても、どうでもいい。わたしを助けてくれるかぎり。

「痛かったらまばたきを二回して」と片方が言って、医者がやるあの気色悪いやり方で胸を叩く。麻薬密売人の家の壁に秘密の通路を探しているみたいに。

わたしは激しくまばたきをする。ふたりが案じるように顔を見あわせる。

いきなり目から涙があふれて耳に流れこむ。わたしは死ぬのだ。アリスとレクシーにはもう二度と会えない。ふたりをどれだけ愛していたかを伝えられないまま。あの日帰れなかった理由も、それからずっとどこにいたかも伝えられないまま。

「アアアア！」わたしは声をあげる。

「しゃべらないで」若いほうの医者が言う。「痛いだけですよ」

そのとおりだが、かまっていられない。このまま意識を失って死ぬのは嫌だ。何か残したい。たったひと言でも。

「アアアア、ダー」

「シーッ」ジーンがわたしの手を握って言う。不安そうな顔をしている。わたしが死んだら、ジーンとトレイシーは大目玉を食うのだろう。レスリーは激怒するに違いない。一見そっけない態度だとしても。いままでの苦労が水の泡になるのだ。いまも、わたしの舌は丸まって望むとおりの場所にない。レスリーが教えてくれたことのすべてを思いだし、鼻を鳴らし、痰を吐きながら懸命に力をこめる。

「アアアアン、ディー」

「なんだって」年かさの医者が言って、ジーンのほうを見る。「なんて言ってるかわかるかい?」

「ポッサムを持ってきます」ジーンが言うが、いらない。自分の声が聞きたい。

「アアンダー!」肺が抗議し、背中が刺すように痛み、汗と涙が鼻と頰を伝う。

Sの音が出せない。「アアンディー!」

やった!

「アンジー?」とジーン。

アンジーじゃない！　レクシーだ！　だがそれがわたしの精いっぱいであり、その言葉が理解されようがされまいがどちらでもいい。それが何千語のうちの最初のひと言なら。あるいは、それがわたしの口から出る最後の言葉だとすれば、少なくとも、人生でもっとも大切な存在の名前を呼ぶことができたのだ。

「すごいわ」ジーンが言う。ほっとしているような、励ますような顔で。「アンジーに挨拶に来させるわ。昼までにわたしたち全員を呼びつけられるようになるわね」

これも真っ赤な嘘だ。

だが、もはやどうでもいい。何が本当かももうわからない。鏡さえ信じられないなら、何を信じられるというのか。

ジーンが年かさの医者とともにあわただしく去っていき、若いほうの医者がベッドの足もとからカルテを取りあげる。その様子が見えるわけではない——見えるのは医者の頭のてっぺんだけだ——が、その感触と音はわかる。カリカリという小さな音、ベッドのフレームやマットレスごしに伝わるかすかな振動。アンデルセン童話のお姫さまのエンドウ豆が、わたしのカルテというわけだ。

医者が少し動いたので、熱心にカルテを読む姿が見える。あそこには何が書かれているのだろう。フォード・フォーカスの転落による怪我のことだけか、それとも幼いころからの病歴がはしかから何からすべて書かれているのか。医者はまるで爆弾処理の手順でも読んでいるかのようだ。それから近づいてきて、わたしの腰に針を刺し、生きるための努力と痛みに疲れ果てたわたしは目を閉じる。

目を覚ましたら死んでいたとしてもかまうものか。

26

カーディフの電話帳に〝ゲーレン〟はふたりしか載っておらず、Sのイニシャルがついているのはひとりだけだった。

その家はペニラン・ロードにあった。赤煉瓦造りの大きな家で、その前にはこれといって特徴のない庭が広がっている。花は砂利敷きの広い私道の両側に二列に植えられたマツユキソウとサクラソウがあるだけで、それ以外は月桂樹と針葉樹の植えこみばかりだ。針葉樹にアレルギーがあるパトリックは、それらに警戒の目を向けた。もしここに住むなら、全部ひっこ抜いて燃やしてしまうだろう。

まだ新しいBMWの横に自転車をとめる。生前の十九番はいい暮らしをしていたようだ。手はじめにそれがわかったが、彼がどうやって死んだのかを突きとめるには、彼のマイカーの車種以上の情報が必要だろう。だが、何が必要なのか、どうやってそれを手に入れればいいのかはわからない。とはいえ、流動的な要素が多すぎて、水も漏らさぬ計画を立てるのが不可能だということもわかっている。玄関をあけて出てくるのは、妻かもしれないし、母親かもしれないし、息子かもしれないし、家政婦かもしれない。そのそれぞれに違う戦略が必要になる。

でもパトリックの戦略はひとつしかない。

だから、言うべき具体的なせりふもひとつしか用意していない。ぼくの名前はパトリック・フォートです、ミスター・サム・ゲーレンについて知りたいことがあります。

そこからはなるようになれだ。

自転車のキックスタンドをおろして、ドアをノックする。艶光りする黒いペンキにパトリックのシルエットが、クロムめっきの郵便受けにパトリックの顔が映っている。

「帰りなさい！　警察を呼んだからね！」

パトリックは驚いて目をぱちくりさせた。女の声だ。甲高い金切り声。それに筋が通っていない。なぜノックもする前から警察を呼んだのだろう。パトリックが来た理由も知らないのに。

それでも油断はできない。パトリックはあとずさりした。自分では気づかないうちに、何かまずいことをしてしまったのかもしれない。そういうことはしょっちゅうある。十四歳のとき、ジーンズと青いストライプのTシャツを着たまま店を出て、逮捕されかけたことがある。車で待っている母に、買おうと思っている服を見せようとしただけだ。警備員にはちゃんと説明しようとした。試着室には自分の服が置いたままだし、新しい服のラベルもぶらさげたままで、盗もうとしたはずがないと。

今回もそういうことかもしれない。話のわからない誰かがいるんだろう。

ガラスの割れる音がしたので、パトリックは自転車を引いて家の裏庭に回りこんだ。もっと近くでガラスが割れ、思わずぴくっとする。

少女が庭に立っていた。少女、または女が。少女がいつ女になるのかはよくわからない。庭にいる人物は、少女のようにほっそりしているが、女のように怒っている。白に近いブロンドの髪をつんつん立て、冬だというのに、白いTシャツに黒革のミニスカートにライダーブーツという格好だ。

彼女が腕を振りかぶって、半分にした煉瓦らしきものを一階の窓に投げつけた。

「警察を呼んだわよ!」

「こっちのせりふよ!」少女/女が家に向かって叫びかえす。「くそばばあ!」彼女が振り向いたので、逃げるのかと思ったら、きょろきょろしはじめた。投げるものを探しているようだ。でも簡単ではない。庭は家と同様に手入れがゆきとどいている(割れたガラスをのぞいて)。植えこみの地面にも小石すら見あたらない。あの煉瓦はどこで見つけたんだろう。

「やあ」パトリックは声をかけた。

女／少女がはじめてパトリックを見た。「あんた、誰？」

「パトリック・フォート。きみはミセス・ゲーレン？」

「違う」彼女が勢いよく唾を吐いた。「あの女も違うけど」と言って、生け垣をかきわける。パトリックは足もとに小石を見つけた。

「はい」と言って、それを差しだす。

少女が疑りぶかそうにパトリックを見て、それから近づいてくると、警戒する猿のようにさっと小石をひったくった。「ありがと」と言って、二階の窓めがけて投げる。ガラスに黒い穴があき、蜘蛛の巣のような白い亀裂が走る。

「警察が来る」パトリックが言うと、少女は近づいてくるサイレンの音のほうに顔を向けた。

「ちくしょう」

「きみが呼んだのかと思った」

「そうよ」少女は鼻を鳴らすと、庭をぐるりと囲む高さ二メートル弱の板塀に向かっていく。「乗りこえるから手伝って」

パトリックは自転車を引いて芝生を横切ると、そろそろと生け垣に近づいた。少しためらってから、少女の腰のあたりを持って身体を持ちあげようとする。「ちょっと、どこさわってんの!」と言われて、パトリックはあとずさった。「こうするのよ」少女が指を組みあわせてあぶみをつくってみせる。

組みあわせた指に少女の足がかかった瞬間、パトリックは身震いし、思わず彼女を塀の向こうに放り投げそうになった。少女があまりに軽かったのと、接触を一秒でも短くしたかったからだ。夢中でジーンズの尻に手をこすりつける。

「あんたも来る?」塀の向こうから少女が言った。

どうしよう。パトリックは一瞬立ちつくし、選択肢と目的について考えこんだ。自分がほしいのは情報だ。家の中の女は話をしてくれないかもしれないが、庭にいたこの少女はしてくれた。少女に賭けるのが最善だろう。

「わかった」

塀を乗りこえて逃げるのははじめてのことで、手順がよくわからない。自転車を塀に立てかけ、フレームを足がかりに危なっかしく塀の上に腹ばいになる。肩から股間にかけて板塀の板が食いこむのを感じながら、片手と両足で塀につかまる。その姿勢でバランスをとりつつ、片手を伸ばして自転車のフレームをつかもうとした。自転車を先に塀の向こうにやるべきだった。

「早く!」

「自転車を置いていけない」

「時間がないってば！」

ふたりの制服姿の警官が、家の脇を回って足早にやってくるのが見えた。こっちを選んだのは間違いだった、と気づいたがもう遅い。警官はパトリックの姿に気づき、芝生を小走りに向かってくる。

「おい！　そこを動くな！」

突然、アドレナリンがどっと湧いてきた。熱い興奮が身体じゅうを駆けめぐる。どんなテレビゲームでもこんな気分になったことはない。さらにスピードをあげて近づいてくる警官に向かって、パトリックは声をあげて笑った。

だが、自転車が塀の内側にパトリックをつなぎとめている。もう置いていくべきだ。でもそうしなかった。パトリックは片手で自転車を持ちあげた。肩が燃えるようで、板が食いこんだ胸と股間が悲鳴をあげた。バランスをくずして塀の内側に落ちかけたところを、ミセス・ゲーレンではない少女がパトリックのジーンズとパーカーをつかんでひっぱった。それでバランスが外に傾き、自転車を持ちあげた次の瞬間には、自転車もろとも塀の外側の地面に転げ落ちていた。少女が悲鳴をあげて飛びのいたので、すんでのところで下敷きにしないですんだ。

パトリックは路地にあおむけに倒れていた。息を切らし、うんていとブランコの事件の日にそこにあったのと同じ空を見あげて。

ひとりめの警官がうなり声とともに板塀の向こう側にぶつかる。少女は「走って！　早く！」と叫ぶと、自分もその言葉どおりにパトリックの視界から消えた。

パトリックもすぐに立ちあがり、自転車を引いて走りだしたが、やがて我にかえってサドルにまたがった。

背後で警官が何か叫んでいるのが聞こえたが、一度も振りかえらずペダルをこぎつづけると、すぐに声は聞こえなくなった。

丘を下りきったところにある公園で少女に追いついた。もう走っておらず、シャクナゲの植えこみのそばを歩いている。

自転車のスピードを落として横に並び、声をかける。「やあ」

少女が胸を押さえた。「やだ！　心臓発作を起こすところだった！」

だが、少女はそれから笑いだし、涙が出てくるまで笑いつづけた。

「まったく、あの女！」少女が目を拭い、目からこめかみにかけて黒い筋がついた。

パトリックは彼女が笑いおわるまで待っていた。

「ねえ、一杯飲まない？」

「酒は飲まない」

「ばか言わないで」

ふたりはアルバニーロードの〈クロード〉に入った。「お金持ってる？」と少女が言うので、パトリックは彼女にラムコークを、自分にはラムなしのコークを注文した。

「ほんとに飲まないんだ。どうして？」

「理由はない」

「嘘つき」

どうしてわかるのかと思ったが、それ以上何も言わなかった。ふたりで入口のそばのテーブルにすわり、少女が自分のグラスをパトリックのグラスにコツンとぶつけた。

「乾杯」

少女はラムコークを一気に半分飲んだ。「あんた、なんて名前だっけ」

もうその質問には慣れっこだったので、間髪をいれずに答えた。

「さっきはありがと。塀を乗りこえるのに手を貸してくれて」

パトリックはうなずいた。「きみは？」

「わたしが何？」

「名前は？」

「レクシー」答えると、グラスの中身を飲みほした。「もう一杯どう？」

「まだこれを飲みおわってない」

レクシーは拳を口にあててげっぷをすると、パトリックのコーラに手を伸ばし、三口で飲みほした。

「これでもう一杯飲みたくなった?」

パトリックはラムコークをもう一杯と、自分にはコーヒーを注文した。そのほうが安いと思ったからだが、安くなかった。

「きみはサム・ゲーレンの妻じゃないんだね」飲み物を手に腰をおろしながら訊いた。

レクシーがひと口飲んで首を振る。「サム・ゲーレンはあたしの父親よ」

「でも、あの女の人も妻じゃない?」

「あの女はただの業突《ごうつ》くばばあ」とレクシー。「煙草、持ってる?」

「持ってない」

レクシーが煙草の葉の入った小袋を取りだし、自分で巻きはじめる。

「あのお屋敷に居すわって、これみよがしにBMWなんか乗りまわして。あたしはペットショップの上の友達の部屋のソファで寝てるっていうのに。火、持ってる?」

「持ってない」

レクシーがカウンターに行って火を貸してくれと言うと、パブ内では禁煙だとバーテンダーが答えた。

「何よ!」レクシーは煙草を口からむしりとって、憤然と席に戻ってきた。

「禁煙だってさ！　パブなのに！」

「法律で決まってる」パトリックは指摘した。

「ふん、法律ね」

「受動喫煙の恐れがあるから」

「はいはい、大臣」

「ぼくは大臣じゃない」

「へえ、知らなかった」

パトリックは混乱した。大臣なわけないのに。

「ばかげたクソルールよ」レクシーが手巻き煙草を胸の谷間にはさむ。「手、どうしたの？」

パトリックは自分の手を見た。指の関節が赤くなり、黄色のみみず腫れができている。

あの生け垣だ。

「針葉樹のせいだ。アレルギーで」

「アレルギー、ムカつくよね。あたしにも山ほどあるの。魚とか、猫とか、卵とか、いろいろ。でも木にはないな。痛い？」

「痒い」

レクシーの言葉と感情と悪態の洪水についていくのは大変だった。思い浮かんだことをかたっぱしから口にしているみたいだ。砂粒から砂金をふるい分けなければならないが、どっちがどっちかよくわからない。だからレクシーの意識の奔流を浴びるにまかせ、あとで選り分けられるよう願うしかない。

「家では何が起こってたの？」

「ああ、あれ」レクシーが顔をしかめる。「ただあたしのお金を返せって言っただけなのに、あの女、ヒステリー起こしちゃって」

「お金って？」

「パパが遺言であたしに遺してくれたお金。それがいま必要なの。二十五歳になってからじゃなく。なのに、あのクソッタレ」

「悪態をつく必要はない」パトリックは言った。

「悪態つく必要ならあるよ、決まってるじゃん！」レクシーがテーブルを叩いたので、パトリックはびくっとした。「悪態でもつかなきゃやってられないっつーの。悪態つく必要がないなんて、あんたいったいどんな世界で暮らしてるわけ？　お酒も飲まない、煙草も吸わない、頭にくることもない？　きっとセックスもしないんだろうね。クソ素晴らしいこと」

顔が熱くなり、パトリックはうつむいてコーヒーカップをみつめた。いままでセックスのことはあまり考えたことがないが、急に、自分ほどの知性のある人間がセックスをしたことがないのはひどい手落ちのような気がしてきた。

会話が途切れ、パブのスピーカーから雑音まじりの音楽が聞こえてくる。オアシスの〈ワンダーウォール〉、一九九五年。何もかもがおかしくなる前。

パトリックはコーヒーを飲みほした。

「ごめん」レクシーが言った。「あたし、ほんと口が悪くて。すぐカーッときて、ばかなことばっかり言っちゃうんだ」

パトリックはうなずいた。「うん」

「マジで」レクシーが頭を下げてパトリックの目を覗きこもうとする。「大ばかなの、あたし」

レクシーがテーブルごしに手を伸ばして、パトリックの手に触れようとする。それがわかったので、必死に本能に逆らおうとする。母はなんと言っていたか。〝あなたからお返しに何かもらおうなんて思ってない。でも最低限のマナーは守ってちょうだい〞。つまり、何かしらの見返りを求めていたということだ。母がプレゼントをくれたことに対して、パトリックは礼を言うことを求められた。贈り物にはなんらかの見返りを求められる。それが何かはかならずしも明らかでないとしても。レクシーの父親は、五人の見知らぬ他人に、自分の身体を切り刻ませ、黄色い容器やビニール袋に入れることを許した。その贈り物に対する見返りが、いまここで、傷だらけのパブのテーブルごしに近づいてきつつある。

でもこらえきれなかった。手を引いて尻の下に入れた。「きみのお父さんはどうして死んだの？」

レクシーは伸ばしかけた手でグラスを持ちあげた。質問に驚いた様子はない。「事故にあったの。何カ月か昏睡状態で、そのまま死んだ。そうなるかもしれないとは言ってた。そういうことはよくあるって」

「誰がそう言ったの？」

「さあ、医者じゃない？」

「きみはそこにいたの？」

レクシーが首を振って、ほとんど氷だけになったグラスをあおった。「会いにいったのは一度だけ。最悪だった。パパは泣いてた。手を握ったけど、あたしが誰かもわからなかった」

パトリックはうなずいた。「意識変容だね。昏睡状態から覚めた人が、それまでにない能力を身につけていたってことがある。自分がエイブラハム・リンカーンだと思っていたり、イタリア訛りになっていたり」昔からその手の話はすこぶる興味深いと思っていたが、レクシーはパトリックの話なんて聞いていないみたいに、パブの店内をみつめている。

「どうでもいい。あんなアホのことなんて。アホは悪態じゃないよね？　だってほんとのことだし」

「うん」と言ってから、さかのぼることを思いだして付け加えた。「どうして……アホだったの？」

レクシーが大げさに肩をすくめてみせ、グラスをいじった。

その白い手の甲に背側中手静脈《はいそくちゅうしゅじょうみゃく》が青く浮きあがっているのが見えた。もし彼女と父親を隣あわせに並べてその皮膚を剝いだら、肉親とわかるものだろうかと考える。パトリック自身は、母と同じように両手の親指が少しねじれているし、髭を剃っていると、父の口と目がバスルームの鏡に映って、ガラスの向こうに幽霊がいるみたいに見える。そういう親子のつながりはどれだけ深いのだろう。眉や唇だけなのか、それとも、静脈や腎臓にも家族の特徴が受け継がれるのだろうか。

「パパはあたしのことなんてどうでもよかったの。大嫌いだった、あんなやつ」

それから、パトリックがその理由を尋ねる間もなく、レクシーがグラスを勢いよく置いて言った。「あんたんち、ソファある？」

いったんソファにすわったレクシーをどかせるのは不可能だった。レクシーがキムとジャクソンと一緒に、居間のテレビで『ホリーオークス』や『イーストエンダーズ』を見ているのをよそに、パトリックは二階にあがって、三十センチ四方のマス目三つぶん、絨毯を掃除した。

十時に下におりると、レクシーはまだそこにいて、リモコンを片手に騒々しい銃声が響く番組を見ていた。

ジャクソンとキムがパトリックをキッチンの隅にひっぱっていく。

「あの子に出ていってもらわないと」キムが押し殺した声で言う。

「キムの言うとおりだ。出ていってもらわないと」ジャクソンも押し殺した声で言う。

「わかった」パトリックは言って、ピーナッツバターのサンドイッチをつくりはじめた。ふたりはそれを見ている。

キムが言った。「あんたが連れてきたんだから、あんたが言ってよ！」

「わかった」と答えて、キッチンをきれいにしてからサンドイッチを皿にのせた。真ん中にシマウマの絵が描かれ、そのまわりにアルファベットが並んだ皿だ。子ども用だが、アルファベットは心が落ち着くので、家から持ってきた。キムはそれを〝レトロヒップ〟だと言った。皿を持って居間に行くと、レクシーはソファに長々と寝そべっていた。

「出ていってもらわないと」パトリックは告げた。

「何食べてるの？　あたしもすごくおなかがへってるんだけど」

「ピーナッツバターのサンドイッチ」

レクシーが顔をしかめる。「チーズない？」

「ある」パトリックは答えた。「きみに出ていってもらわないと、とキムとジャクソンが言ってる」

「チーズのサンドイッチ、くれない？」

パトリックは一瞬どうしていいかわからず、立ちつくした。出ていってもらわないと、と伝えたのに、レクシーはそれを無視してチーズのサンドイッチをくれと言う。そのふたつになんの関係があるのかわからない。でも、チーズのサンドイッチをあげるのはかまわない。食べたら出ていってくれるかもしれない。ものごとが期待どおりの順番で起こらなくても、結果的に期待どおりのことが起こるならいい。

「わかった」パトリックはキッチンに引きかえした。

「出ていったか？」とジャクソン。

「出ていってない。チーズのサンドイッチをくれって」

「何それ。ジャクソン、出ていけって言ってきてよ」

ジャクソンが心もとない顔でキッチンを出ていく。パトリックがサンドイッチを四角に切るか三角に切るか考えていると、戻ってきた。

「出ていった？」とキム。

「毛布をくれって」

「ちょっとジャクソン！」キムが憤然と出ていき、パトリックは四角に切ることに決めた。自分のサンドイッチはいつも四角に切っている。キムに言われてレクシーが出ていったら、サンドイッチは明日の昼用に持っていけばいい。

「あの子、おれのこと無視したんだ」と言って、ジャクソンが爪を噛んだ。

「ぼくのことも」

「キム、おれのことヘタレだって思ってるよな」

パトリックは同意のしるしにうなずいた。

「くそっ」ジャクソンが弱々しく言った。

居間から聞こえてくる低い話し声に耳をすましていると、階段を上ってからおりてくる足音が聞こえた。そしてまた話し声。

それから、キムがふたたびキッチンに入ってきて、ふたりに目もくれず冷蔵庫をあけると、自分の段を長いことごそごそやっていた。

「出ていったか？」ジャクソンが訊いた。

「誰か、あたしのヨーグルト食べた？」とキム。

「食べてない」ジャクソンとパトリックは口を揃えた。

「ふーん」キムが言って冷蔵庫の扉を閉めると、二階にあがっていった。ジャクソンがそのあとを追った。

パトリックがサンドイッチを居間に持っていくと、レクシーはソファの上で赤い毛布にくるまっていた。

「ありがと」と言ってかぶりつく。「何か飲むものある?」

グラスに水を入れて持っていくと、レクシーが言った。「べつのものはないの?」

どういう意味かはわかった。冷蔵庫のキムの段に、飲みかけの白ワインのボトルがあることも知っていた。

「ない」

「あんまりいい学生じゃないみたいね」

「ぼくは解剖学では一番だ。ジャクソンはキムが優秀だって言うけど、ぼくには美術のことはわからない。おかしなものにしか見えない」

レクシーはパトリックの見ている前で、もそもそと半分ほどサンドイッチを食べると、トイレはどこかと訊いた。

十分ほどたって、ワインを手に戻ってきた。

「冷蔵庫で見つけたの。明日、かわりを買ってくるから」

パトリックは黙っていた。

「飲む?」

パトリックは首を振った。レクシーはゴムの木の鉢植えに水をあけると、グラスになみなみとワインをついだ。それをラムコークを飲むときと同じように、ぐいぐいと何口かで飲みほしてしまった。まるでグラスの底を見たくてうずうずしているみたいに。そしてまたワインをついだ。

「飲みすぎ」パトリックは言った。

「あんたはしゃべりすぎ」とレクシー。

テレビでは、凍った道路で車を運転する危険についての番組をやっていた。車がスリップするたびに、レクシーがくすくす笑ってパトリックを見た。

レクシーが二度、瓶が空《から》なのをたしかめた。それが最後でないのはわかっていたし、これ以上その様子を見ていたくなかった。

「もう寝る」

「ちょっとパトリック、飲みすぎたときはちゃんと自分でわかるから。何しろ十四歳ぐらいから飲んでるんだから、もう限度はわかってるよ」

「うん」

「みんな頭ごなしに決めつけるばっかり。クソ頭にくる」

「うん」

「あ、ごめん。悪態をつくつもりはなかったの。ごめん」

ごめん。その言葉はパトリックにはなんの意味もない。雑音みたいなものだ。だから無視することにしている。

「サンドイッチ、ありがと。また明日ね」

「うん」パトリックは二階にあがった。

午前一時ごろに目を覚ますと、レクシーが狭いベッドにもぐりこんでこようとしていた。

「あのソファ、窮屈だから」レクシーが肘と尻をこっちに突きだす。レクシーは毛布にくるまったままだし、パトリックは寝袋に入っているが、それでもレクシーの身体が全身に押しつけられることを考えると、背筋がびりびりした。パトリックは立ちあがり、電流の流れる柵を乗りこえるようにレクシーをまたいでから、寝袋を取りあげた。

「どこ行くの？」

「下。自転車に頭をぶつけないで」

「え？」レクシーが言ったが、パトリックは返事をしなかった。

ソファは窮屈なので、床で寝ることにした。横向きに寝て、そこにはないヒーターのタンクに触れないように膝を曲げ、レクシーのことを考えた。

考えることはたくさんあった。レクシーはまるで竜巻だ。巻きあげられて、空高く運ばれたあげく、目を回したまま知らない土地に落とされる。それは怖いいっぽうで、わくわくもする。

彼女と彼女がもたらした情報とを分けるのはむずかしい。大きな家に住む業突くばばあ、窓を突きやぶった半分の煉瓦、凍結された遺産、ラムコーク。それらはレクシーについて多くを教えてくれたが、サム・ゲーレンについてわかったのは、彼が裕福で、アホで、死んでいるということだけだ。

パトリックは闇に向かって眉をひそめた。解けないパズルを前にしたときの、おなじみのむずがゆさをおぼえる。やっぱり業突くばばあのほうに話を聞くべきだったかもしれない。彼女のほうが筋の通った話をしてくれたかもしれない。それに、家までついてきて、ソファだの毛布だのチーズ・サンドイッチだのを要求したりはしなかっただろうし、パトリックはいまごろ自分のベッドで寝ていられただろう。

ため息をついて、肘枕の上でまばたきをする。暗闇に目が慣れてきて、ソファの下に落ちている丸いものが目に入る。なんだろうと目をこらしたが、結局手を伸ばしてさわってみて、レクシーに出したサンドイッチの皿だということがわかった。端までチーズをのせたのに、パンの耳を残している。パトリックはサンドイッチづくりの名人だ。サンドイッチが好きなのは、Aで始まるもの以外ならほぼなんでもはさめるからだ。パン《ブレッド》はつねに外側で、次がバター。あとは具が外から中に向かってアルファベット順に並んでいるかぎり、世界の秩序は保たれる。お気にいりの具はピーナッツバターだが、チーズとチャツネも悪くない。味はもちろん、アルファベット順の法則の点でも。サンドイッチの具をチャツネにしたら、レクシーは耳も残さず食べただろうかとぼんやり考える。でもチャツネはリクエストされなかったし、ピーナッツバターには顔をしかめたし、あたふたしていてマーマイトをすすめる余裕もなかったし……。

パトリックはあおむけになった。急に呼吸が浅くなり、緊張に胃が締めつけられる。ねじれた親指を暗い天井に向けてかざし、レクシーの手の甲の繊細な青い静脈を思い浮かべる。彼女の肌はきめ細かくて白い。十九番の硬いオレンジ色の皮膚とは似ても似つかない。彼女の喉をH字切開したらまるで違うだろう。指の関節に無精髭がこすれることもないし、喉仏にメスが突っかかることもないし、花に糞をかけたようなにおいもしない。ただしなやかな気管軟骨《きかんなんこつ》が、なめらかな首の付け根の頸切痕《けいせっこん》にそっと合流する。それは解剖体とはまるで違う。たとえ静脈や腎臓に家族の特徴があらわれていたとしても。

だけどもし……。

家族が似ているのは見た目だけではないとしたら？　神経細胞がインパルスを出す速度や、分泌の速さや、化学変化に対する血液の反応も似ていたとしたら？

パトリックは寝袋をはねのけて立ちあがった。血が勢いよく全身をめぐり、うっすら浮かんだ汗が寒い部屋で肌を刺す。

二階にあがって自分の部屋に入り、電灯のスイッチを押す。レクシーはあおむけで眠っていた。赤ん坊が寝ているときのように、顔の横の枕を軽く握っている。明かりがつくともぞもぞと身動きしたが、目はあけない。

パトリックはためらいがちに手を伸ばしかけて引っこめた。

「起きてる？」

レクシーの額にしわが寄る。「何？」

「起きてる？」

「ううん」

「起きてるはずだ。じゃなきゃ〝ううん〟とは言えない」

「なんなの、いったい」

「ナッツにアレルギーがある？」

レクシーが片目を細くあけ、手で明かりをさえぎる。

「は？」

「ピーナッツにアレルギーがある？」

「あるよ。食べたら死んじゃう」

「きみのお父さんも？」

「うん」

「わかった」パトリックはたんすをあけて、Tシャツとパーカーを身につけた。

レクシーが起きあがり、寝ぐせのついた頭で赤い毛布ごと膝をかかえる。「なんで？　いったい何ごと？」

パトリックは返事をしなかった。レクシーの声が聞こえていなかったからだ。青い手袋をした自分の指が、しわの寄ったサム・ゲーレンの皮膚に差しこまれるイメージが繰りかえし浮かぶ。疑りぶかい使徒トマスが、キリストの脇腹を覗きこむ絵のように。

十九番がチューブで栄養をとっていたなら、いったいなぜピーナッツが——食べると死んでしまう恐れのあるアレルギーのもとが——喉にあったのか。

レクシーはパトリックがジーンズをはくのを眺め、彼が頭の上に手を伸ばして壁のフックから自転車をとると、びくっとした。

「あんた、おかしいよ」

パトリックは自転車を肩にかついで階段を駆けおりた。レクシーがベッドから這いでて、手すりから身を乗りだして叫んだ。「あと、あんたの部屋、漂白剤くさいよ！」

27

わたしは暗闇ではっと目を覚ます。ベッド脇の人影もぎくりとする。驚かせてしまったようだ。わたしが笑えたなら笑うところだ。

それはわたしに十点満点をつけてくれた医者で、あたたかな指で胸をトントンと叩き、聴診器に息を吹きかける。その小さな気遣いで、わたしを気にかけてくれているのがわかる。

彼はわたしの肺の音を聞く。間近で目と目が合うのを避けるため、枕に視線を据えている。

夢うつつのまま考える。彼には何が聞こえるのだろう。わたしの肺は、オレンジジュースがもたらした危機を乗りこえたのだろうか。息をするとまだ痛いが、一週間前に比べればはるかにましだ。つまり快方に向かいつつある。

医者はわたしの耳の横の枕カバーをじっとみつめている。それから上体を起こしてナースステーションのほうを見る。わたしもえいやと力をこめて首を回し、彼の視線を追う。

そこには誰もいない。

＊

いよいよだ。

トレイシー・エヴァンスは空気でそれを感じた。三日連続の夜勤。日焼けスプレーをして、眉毛を整え、脚の毛をワックス脱毛し、下の毛も抜いて黒いハート形に整えた。ブロンドの髪と合っていないが、いままで文句をつけた人はいない。上下お揃いの、グレーではない下着をつけている。それにブリトニー・スピアーズの香水も買った。太った坊主頭のブリトニーではなく、制服のネクタイにハイソックスのブリトニーだ。いまや、ダサい青のチュニック姿もなまめかしく、実用一辺倒の制服の下には奇跡のような肢体が隠されている。

最初の晩、ミスター・ディールはトレイシーのまとう空気を嗅ぎつけたが、すぐには行動を起こさなかった。少しイラついたが、少なくとも、恥丘のポツポツがひく時間は稼げた。

今日は二晩目だ。アンジーはモニカとシフトを交代した。モニカは新人なので、顎で使えるし、言いくるめるのも簡単だ。モニカが誰かのおまるの処理をしているあいだに、トレイシーは〈クオリティ・ストリート〉の缶をあさり、紫の包みのヘーゼルナッツ入りチョコレートを全部食べてしまった。

エレベーターの扉が開く音がして、トレイシーは快感のうずきをおぼえた。廊下の角を曲がってくるミスター・ディールのシルエットが蛍光灯の明かりに照らしだされる。

再読中の『ローズのつぼみ』を隠して、適当な書類の束をかかえ、胸を突きだし、おなかをへこませて、一番きれいに見えるポーズをとる。

「やあ、トレイシー」彼が静かに言う。トレイシーは驚いたように振りかえり、慎ましげだが誘うような笑みをつくった。鏡を見てずっと練習してきた表情で、名づけて〝ふしだらな尼僧〟スタイルだ。彼の陰鬱な表情がやわらぎ、トレイシーに会えたことを喜んでいるような顔になるのを見て、内心ほくそえむ。

男なんて簡単！

とはいえ、早く行動を起こしてもらわなければ。ぐずぐずして、またワックス脱毛をしなきゃならなくなったら、お返しをさせてやる。

ミスター・ディールは一時間というもの、自動販売機のコーヒーを手に妻に背を向けてすわっていた。午後九時に二杯目のコーヒーを買った。ここのコーヒーを好きこのんで二杯も飲む人はいない。明らかに時間をつぶしている。トレイシーは女子トイレに行って、いつも窓枠のところに置きっぱなしにしている紙製のおまるを片づけた。少しでもきれいにしておいたほうがいい。

十時半に、ミスター・ディールはまた自動販売機に一ポンド硬貨を入れた。トレイシーの乳首がそれに反応する。

十一時を過ぎたところで、モニカに煙草を吸ってきていいと言った。ここは四階で、外まで煙草を吸いにいって戻ってくるのに十五分はかかるので、モニカはたいてい救急入口の外で二本吸ってくる。つまり、二十分程度はかかるだろう。

それだけあれば充分だ。トレイシーの経験では。

「ほんとにいいの？」とモニカ。

「もちろんよ。行ってらっしゃい、ここはだいじょうぶだから」

エレベーターの扉が閉まると、トレイシーはブラのストラップをぐいっと引きあげた。

ずいぶんじらされたけど、それももう終わり。

*

医者がわたしに視線を戻して、咳払いをする。

「本当にすまない、ミスター・ゲーレン」

彼の言葉のまわりを思考がゆっくりと回りだす。本当にすまなそうな声だ。でもなぜだろう。不安になってくる。もしかすると、肺で何か聞こえたのかもしれない。もしかすると、わたしは自分で思うように快方に向かってはいないのかもしれない。もしかすると――。

すると、医者がわたしのほうに身を乗りだしてきて、その右手にピンセットが握られているのが見えた。

鈍い光を放つその先端にはさまれているのはピーナッツだ。

電流に打たれたように心臓が痙攣し、その瞬間すべてを悟る。

こいつだ！　こいつが殺人犯だ！

しかも、わたしがどれほど無力かを彼は知っている。

パニックのあまり、シーツの浜辺に打ちあげられた魚のように手がバタバタと動き、記憶がはじける。四歳のとき、まだ口の中でピーナッツの味がしているうちに、喉が締めつけられ、目があけられないほど腫れあがった。母がどこかで叫んでいて、わたしは父にかかえられ、頭が父の腕に何度もぶつかる。父は立ち往生した車から病院へと走りながら、「この子は息ができないんだ、この子は息ができないんだ！」と叫んでいる。わたしは父の腕から取りあげられて、白い袖に包まれたべつの腕に移され、頭上で光が揺れ、医者が廊下を走り、メスと喉に差しこんだチューブで命を救われる。そのおかげで無事大人になり、結婚して、子どもに短い指を受け継がせた。短い指と、アレルギーを。誰でも見られるように、しっかりカルテに書かれたアレルギーを。

医者がピーナッツをわたしの口に近づける。

「ガッ！」わたしは叫ぶ。「ガッ！」

いまは子どものときより怖い。今回は誰も助けてくれそうにない。

顎に指の関節があたり、ピーナッツが唇に押しつけられる。わたしは鍛えた舌を突きだして抵抗する。舌があたって、ピーナッツがピンセットの先からこぼれ、一瞬、勝ち誇った気分になる。

だが次の瞬間、それが喉の奥に落ちていくのを感じる……。

死ぬのは映画で見るよりずっと簡単だ。

派手なカットも、爆発も、最期の言葉もない。ただ不器用な医者が、悪態をつきながらわたしの歯をこじあけ、鋭いピンセットの先を舌の奥にこじいれようとする。だが、彼が取りもどそうとしている証拠のまわりを、腫れあがったわたしの喉が油断なくガードしている。

恐怖、そしてパニック。

残していくものへの悲しみ。

死ぬわけにはいかない。わたしには抱きしめたい人が、愛する人が、償うべき人がいる――。

だがもう遅い。もう遅い。痛みが全身を貫く。苦痛に顎を嚙みしめ、わたしはふたたび井戸の底にすべりおちていく。トンネルもなく、光もない。もう引きかえせない。暗闇が落ち、わたしの死にゆく心から真実がこぼれる。愛してる愛してる愛してる――。

わたしの手を握る小さな手。

「凧、飛んでいくね、パパ」

28

４０１７。

美しくない番号も役に立つ。

パトリックはしばらく探したすえにスイッチを見つけ、身震いして目を覚ました光が解剖実習室の影を追いだすのに、目をしばたたかせた。

解剖体はもう甘ったるいにおいの残骸と化している。手足はなく、胸に大穴があき、皮膚は剝がれて茶色く干からび、白っぽい脳が空っぽの頭蓋骨の隣でぬらぬらした光沢を放っている。

それでも、パトリックには、いまのほうが最初よりも生き生きとして感じられる。彼らのことをより理解したいまのほうが、よりリアルに感じられる。

解剖体のあいだを歩きながら、だんだん興奮が高まってくる。自分には死因がわかった。それには確信がある。あのリストは間違っている。ミックは間違っている。スパイサーは間違っている。ほかの学生も間違っている。死亡診断書にサインした医者も間違っている。その誰も、自分の知っていることを知らない。レクシー・ゲーレンにはピーナッツ・アレルギーがある。そのアレルギーはレクシーが父親から受け継いだものに間違いない。パトリックが父から受け継いだ自転車を賭けたっていい。

自分がパズルを解いたことをみんなに言うのが待ちきれない。とくにスコットに。

パトリックは十九番を見おろした。片方だけ残っている目がうつろに見かえしてくる。すぐに目をそらし、解剖台の脇にしゃがむ。台の下にはたくさんの袋がある。死体の肺や肝臓や小腸などを順番におさめてきた袋だ。どれも、透明なビニールの中では、母がブレコンの市場で買ってくる安いミンチ肉みたいに見える。もう十九番の身体は、台の上よりも下にあるぶんのほうが多い。

袋をかきわけて探したが、ピーナッツが見つからない。

パトリックは眉間にしわを寄せた。おかしい。たしかに自分で袋に入れて番号札をつけたのに。焦りすぎていたのかもしれない。ピーナッツは小さい。きっと見落としたんだろう。そこで、今度はゆっくりと、逆向きに手順を繰りかえした。冷たい床にすわって、より注意深く台の下の棚に袋を戻していく。

やはりピーナッツはない。

パトリックはじっとすわったまま考えた。誰かが先に来たのだ。スコット、あるいはディリップが？　でもどうやってアレルギーのことを知ったんだろう。自分もついさっき偶然知ったばかりなのに。何か簡単なことを見落としていたんだろうか。あるいは、アレルギーのことを知らないとしたら、なぜピーナッツを持っていったりするのか。

不意に電気が消えて、何も見えなくなった。パトリックはすばやくぎゅっと目をつぶった。ブレコン・ビーコンズを夜に散歩しているとき、父が教えてくれたわざだ。いまさらながら、生物科学部の棟の正面の扉が開いていたことを思いだす。いつもあけっぱなしなので気にもとめなかった。でも、この真夜中には閉じていなければおかしい。すでに誰かが中にいないかぎり。

ぼくのばか！

闇に多少慣れた目をあける。暗い戸口に立つ黒い人影が見えた。

パトリックは部屋を出ようと立ちあがりかけたが、その前に男が部屋に入ってきた。違和感が首筋を駆けのぼる。部屋に入る前に電気を消すなんておかしい。だから、立ちあがってなぜ電気を消したのか訊くかわりに、片手と片膝をついた姿勢でじっとしていた。恐怖に胃が締めつけられる。理解できないからよけいに怖い。

男は死体のあいだを慣れた様子で歩いてくる。いつも暗闇の中でそうしているみたいに、手さぐりもしなければ、脛をどこかにぶつけて低く悪態をつくこともない。解剖台の脚と無残な死体の残骸のあいだを、足早に歩いてくる。磨かれたリノリウムを鳴らす、かすかな靴音だけがそれを知らせてくれる。

男はまっすぐこっちに向かってきている。

パトリックは考える間もなく、音をたてずに十九番の解剖台の下の棚にもぐりこんだ。肉や骨や臓器の詰まった袋の上に。

冷たくなったレクシーの父親が身体の下で少したわみ、人肉をクッションにしているんだと考えて、思わず叫び声をあげそうになる。

あいだにはさまったビニールのおかげでどうにか悲鳴をこらえた。

人影が真横で止まり、パトリックは唇を噛みしめた。瞬時に賭け屋とラブラドールが脳裏によみがえり、男の黒いズボンの膝と腿がゆっくり回転するのを見守る。部屋を見まわして何かを探しているようだ。

パトリックは息を止めた。止められるものなら心臓の鼓動も止めたかった。

永遠に思えるような一瞬が過ぎ、足はゆっくりと扉のほうに戻っていった。

パトリックはほっと息をつきかけ、それから気づいた。男が棟から出たら、外の扉をロックされ、自分は閉じこめられてしまう。

冷たい肉の袋の上からおりると、片方のスニーカーが床にこすれて音をたてた。パトリックはふたたび身をこわばらせたが、すばやく靴を脱いで、靴下ですべるようにして二十一番の解剖台まで行き、そこから十三番の台に移動した。

男はまだ先を歩いている。追いつかなければ。あるいは、足どめするか。

パトリックはスパイではない。引っかけ鉤も衛星通信機もなければ、黒いタートルネックのセーターすらない。あるのはスニーカーだけだ。だから、その片方を部屋の隅に向かって投げた。それはどさっと音をたてて床に落ちた。

男が立ちどまり、振りかえって、マヌケな犬みたいに音のした壁際に向かう。パトリックは笑いをこらえながら、靴下で部屋からすべりでた。

スニーカーを片方だけはいた状態ではうまく自転車に乗ることができなかったので、歩いた。それから走った。自転車を押して歩いたり走ったりしているうちに、靴下が濡れて伸び、何度かつまずいたので、とうとう脱いで側溝に捨てた。街灯に照らされた足は恐ろしく白い。

警察の車が通ったので垣根の陰に隠れた。何も悪いことはしていないが、いまは自分のしていることを人に理解してもらえない状況だと何かが告げたのだ。それに、今夜は何も答えられない。あるのは疑問だけで、そのことを考えると頭がきりきり痛む。

さっきまで、ピーナッツのことは、十九番がどうやって死んだのかについてだけで、なぜ死んだのかと関連づけて考えてはいなかった。〝なぜ〟のパズルはもっとむずかしい。そしてそれがなくなったいま、あのピーナッツはそのパズルの肝心かなめのピースのように思えてくる。十九番は、命とりになりかねないピーナッツをなぜ口に入れたのか。そしてなぜ誰かがそれを盗んだのか。

冷たい雨がTシャツの中に入って背中をつたっても、パトリックはじっとその場に立ちつくしていた。おぼえているかぎりはじめて——そしてパトリックはほぼあらゆることをおぼえている——助けが必要だと思った。

青い手袋はなかったが、賭け屋の外の公衆電話の前に立ち、濡れた袖口で震える人さし指を覆ってボタンを押す。

十三回の呼びだし音のあと、規則的なリズムが途切れて、眠そうな吐息と〝もしもし〟とおぼしきしゃがれ声が聞こえた。

「誰かがどうやって死んだかを証明するものがあるとして、それを隠そうとするのはどうして？」

長い沈黙のあと、母が震える声で言った。「誰？」

＊

どうしてこんなことを訊くの？　いったい何があったの？

サラ・フォートの頭の中で質問が渦巻く。だが、心はその答えを聞きたがっていない。パトリックが幼いころからずっと、最悪の事態を覚悟するのが習い性になっているが、それでも、胸をえぐられ、胃がひっくりかえるようなパニックの感覚がやわらぐことはない。

「どういうこと?」パトリック以外なら誰でも、声が震えていることに気づいただろう。

「誰かが死んだとして、そのあとべつの誰かが——死んだ人と違うべつの誰かが——」

パトリックは明らかに混乱している。だが、サラは助け舟を出さなかった。息子の言葉を急いで聞こうとは思わない。一晩じゅう待ったっていい。なんなら一生でも。サラが息子と自分のためにしてきたあらゆることが音をたてて崩れる瞬間に息子が到達するのを手助けするくらいなら。

でも息子はしつこかった。昔からずっと、嫌になるほどしつこかった。

「もしその誰かが、べつの人間が死んだ理由を示す可能性のある何かを隠したとしたら」

「ええ」サラは力なく言った。

「それはどういうことだろう?」

サラは言葉に詰まった。「質問の意味がわからないわ」

はぐらかしているのはわかっている。〝いったい何が言いたいのよ、パトリック〟と言えたら、話はずっと簡単だ。でもそう言わないのは、言えば息子が答えるからだ。そしてそのあとに起こることに対処したくないからだ。それよりは、このあいまいな否定のゲームをしているほうがいい。

「どうして電話してきたの？　今日は木曜じゃないでしょ」

「わかってる。助けが必要なんだ」

「だいじょうぶ？」この状況でも、自分の声が真剣に案ずる調子だったことに、サラは自分で驚いた。

「スニーカーを片方なくして、行動を理解するのに助けが必要だ」

「行動って？」

「隠すこと」息子の声にはいらだちがあらわれている。「何かが起きた理由を示す可能性のあるものを。その行動にはどんな意味があるの？」

サラは、なんと答えるのが一番いいか慎重に考えたすえに、口を開いた。

「人がものを隠すのは、誰にもそれのことを知られたくないからよ」

「どうして？」

それはこっちのせりふよ、パトリック！　枕の下に隠した動物の死骸のことや、死んだ子どもの写真のことや、わけのわからない奇妙な言葉のリストのことを説明してちょうだい！

「たぶん……罪悪感があるからじゃないかしら」

「何について？」

だんだんうんざりしてきた。「悪いことをしたことについて」

「たとえばどんな？」

「知らないわよ、パトリック！　悪いことったら悪いことよ！　何かものすごく悪いこと！」

沈黙。

「それについて、ぼくはどうすべきだろう」

どうすべきなのか。こみあげてきた感情に喉が詰まる。

「あなたが一番いいと思うことをしなさい」かすれ声で言った。

「誰にとって一番いいこと？」

サラは声を絞りだした。「あなたにとって」

長い沈黙があって、やがてパトリックがぶっきらぼうに「わかった」と言った。もう話すことはない、というときの声の調子で。

サラはそれ以上問いつめなかった。午前三時で、ほかの母親なら問いつめていただろうが。問いつめるべきだっただろうが。ほかの息子の母親なら。

でも、サラはただ、息子が質問をやめてくれたことにほっとしていた。息子の質問が怖かった。息子を心配する気持ちよりそれがまさった。

サラは言った。「そう、よかったわ。それじゃ」

パトリックからの電話が切れたあと、サラは長いあいだ、膝に電話器を置いてキッチンにすわっていた。凍える二月の夜で、キッチンのストーブの火はもうとっくに消えていたが、震えているのはそのせいだけではなかった。石の床からの冷気が、靴下を突きぬけてくるぶしから脛に這いのぼってきても、サラはじっと動かず、妙な時間に電話をかけてきて奇妙な質問ばかりする奇妙な息子のことを考えていた。

クリスマスに見えた気がした進歩の兆し——とりつかれたような過去から、多少なりとも普通の未来に向かっているのではないか——も、いまでは残酷な幻想だったように思える。サラは信心深いほうではないが、しるしがほしかった。ひとつでいい、マットの人生——とサラの人生——が無駄ではなかったという、はっきりしたしるしが。

でもひとつとして思いつけない。

何ひとつとして。

べつの夜なら——もっとあたたかい夜だったら、あるいはストーブの火が消えていなかったら、あるいは猫が膝の上にいたら——ちょっとしたことで、持ちこたえられたかもしれない。

でも今晩は寒くて、暗くて、猫は外で獲物を狩っている。だから、サラが立ちあがって、キッチンの窓から納屋の外のフィエスタをみつめるのを止めるものは何もなかった。裸足のまま冷たいゴム長靴をはき、タオル地のローブ姿で、細い月に照らされた砂利道に出ていくのを止めるものも何もなかった。十キロ離れた二十四時間営業のガソリンスタンドまで車を走らせ、ウォッカをふた瓶買うのを止めるものも何もなかった。

一本はこれから飲むため、もう一本は予備として。

29

帰りついたのは午前四時だったので、家に明かりがついているのを見てパトリックは驚いた。玄関をあけて自転車を中に入れた瞬間、偽物のシルクのパジャマを着たジヤクソンが階段の一番上に姿を見せた。偽物だとわかったのは、シルクは高いが、ジャクソンのテレビはおんぼろだからだ。

「いったいどこに行ってたんだよ！」ジャクソンが怒鳴る。

〈いったい〉どこに行ってたんだよ。

いったいどこに〈どこに〉行ってたんだよ〉。

パトリックは答えず、廊下に置いてあるタオルで自転車を拭いてから二階まで運び、壁のフックにかけた。ジャクソンが戸口に立ってなおも何か言ってくる。

「あの子には出ていってもらわないと、って言ったよな。おまえが連れてきたんだから、おまえが追いだすべきだった。そうすれば、こんなことにはならなかったんだ！」

「こんなことって？」

「うるさいわよ、ジャクソン！」キムが自分の部屋から叫んだ。ジャクソンは短い廊下を足音も荒くキムの部屋まで歩いていき、ふたりは怒鳴りあいを始めた。〝尻軽〟とか〝淫乱〟とか〝横暴〟とか〝ヘタレ〟といった言葉が聞こえてくる。

パトリックは思わず口を開きかけたが、悪態をつく必要があるかどうかの判断は保留した。ふたりの口論が続く中、濡れた服を脱いで窓の外で絞り、ヒーターのタンクの上に広げた。片方だけのスニーカーを見て、ほかに投げるものがあったらなあと思った。大学にはいていく靴はそれ一足しかないのに、半足だけになってしまった。

「どうだっていいでしょ！」キムが怒鳴る。

「ああ！」ジャクソンが怒鳴りかえす。「もう知るもんか！」

パトリックは乾いたショートパンツとTシャツに着替え、電気を消して寝袋にもぐりこんだ。遅れてやってきた寒けにぶるっと震えつつ、ペンキを塗った古いドアの感触を思いだす。そこに頬を押しつけて、ドアの向こうの声に耳をすましていた。両親がパトリックのことで言い争う声を。いまはあのときに似ている。

レクシーのと思われる声がした。「寝てる人間がいるんだけど！」

頭の近くでドサッと音がしたので、〝寝てる人間〟というのは隣の部屋にいるらしい。

キムの部屋のドアが銃声のような音をたてた。

「おまえもくたばれ！」ジャクソンが怒鳴り、それからまたパトリックの部屋に来て戸口に立った。

「ビッチめ。クソッタレのビッチめ」と言うと、ジャクソンは部屋に入ってきて、パトリックの足の上にどさっとすわり、泣きだした。

パトリックは天井をみつめた。ジャクソンがじきに泣くのに飽きて、足からおりて自分の部屋に戻ってくれるのを期待したのだが、一向にそうならないので、何があったのかと尋ねた。

どうやら、パトリックが出かけたあと、レクシーが今度はキムのベッドにもぐりこんだらしい。そして、キムが結局はレズビアンだったことが判明した。

それも声の大きいレズビアンだったことが。

「おまえがあの子を連れてこなければ、こんなことにはならなかったんだ」ジャクソンが涙声で訴える。

それはそのとおりだ。でも、もしレクシーをここに連れてこなければ、アレルギーのこともわからなかった。スニーカーを片方なくすこともなく、いつもと違う曜日に手袋なしで母に電話をかけることもなく、ピーナッツが消えたのは誰かが何か悪いことを隠しているためかもしれない、ということを理解することもなかった。

因果関係とはおもしろいものだ。

カーディフに来てはじめて、自分の大切な探求が、この新たな謎と頭の中のスペースを奪いあっているのを感じた。パトリックはこれまでの短い人生の半分以上を、父に何が起きたのかの答えを探すことに費やしてきたが、急に、金持ちで意地悪でミイラ化したレクシーの父親のことに興味を掻きたてられた。

しかも、新たな謎には、死後の世界のことを探るような難解さはない。犯人は誰か、なぜやったのかという単純な問いの答えを見つけるだけでいいのだ。

第三部

30

ジーン・ボッティは脳神経科病棟で働いて七年になる。そのあいだに、奇跡も殺人も目撃してきた。

そう、どちらも実際に起こる。ただし、病院がそれを認めることはない。昏睡病棟と呼びならされているこの場所で働きはじめてから、三つのたしかな奇跡と、ふたつのそこまでたしかではない殺人を目にした。奇跡といっても、水の上を歩くとか、五切れのパンと二尾の魚で五千人を満腹にさせたとかいうたぐいのものではない。敬虔なカトリック教徒のジーンから見ても、そんなのはばかげている。そうではなく、それはラザロの復活の物語にも匹敵するような驚異的な回復を見せた患者たちのことだ。

たとえば、十六歳のエイミー・ラセットは、一年間も昏睡状態だったのに、ある寒い三月の晩に突然起きあがり、廊下を歩いてトイレに行った。それが説明のつかないほど急激な回復の始まりだった。

グウィリム・トーマスという六十六歳の農場主は、ウェールズから一歩も出たことがなかったのに、飼っていた自慢の雄牛に角で突かれたあと、目覚めるとフランス語しか話せなくなっていた。さらに奇妙なことに、おぼえている唯一の英語がその雄牛の名前だった。バーリーフィールド・イアントというその名前を、ジーンはいまでもおぼえている。

グウィリムの妻は冷静で、そのことにショックを受けたりしなかった。一時的に混乱したものの、リンガフォンの語学教材の力を借りて、新たなフランス風の暮らしを始めた。

ジーンの個人的なお気にいりは、マーク・ストリックランドだ。飲酒運転で事故を起こし、六週間後に昏睡から目覚めると、読んだことのない聖書の一節を引用して、つらい理学療法に汗を流して耐えながら、主よお救いくださいと唱えたのだ。

ジーンの目から見て、どれも奇跡だった。

それから殺人もあった。

どうしてもそういうふうに考えずにはいられない。それらが悪意によるものではないことはもちろん知っている。〝安楽死〟なのだと思おうとしているが、神さまはたぶん同意しないだろう。

もちろん、奇跡が公に認められることがないように、殺人も同じだ。

この病棟で働きはじめて数カ月たったころ、暴漢に襲われたギャヴィン・リチャーズという少年が運ばれてきた。頭を強く殴られていて、剃りあげた頭部に釘抜きつきハンマーの形がくっきり残っていた。

当初、家族は奇跡を願っていた。みなそうだった。当然のことだ。だが、数日が数週間になり、数週間が数カ月になるころには、十七歳のギャヴィンがもうよくならないことは誰の目にも明らかになった。唯一、彼の母親をのぞいて。ギャヴィンの母親は毎日やってきては、何時間も息子の手を握り、爪を切り、尻にクリームを塗り、ささやきに近いような震え声で童謡を歌った。そのあいだ、ほかの子どもたち——九歳の男の子と十四歳の女の子——は、兄に加えて母まで失うことになった。二重の悲劇だ。

懸命の治療と看護もむなしく、ギャヴィンは死への坂道をゆっくり下りつつあった。医者が家族に、生命維持装置をはずしてこのまま眠らせてあげてはどうかと話をする日も、もうすぐだった。

だがある日、ギャヴィンがなぜか突然目をあけて、「ミイラ《マミー》」と言ったのだ。

その直後にはふたたび深い昏睡に陥ったものの、もう手遅れだった。ギャヴィンの母親は仮眠用のマットを持ちこみ、息子のベッドの下で夜をすごすようになった。「わたしのことは気にしないで」毎朝、ベッドの下から這いだしてくるとジーンに言った。「息子が目を覚ましたときにここにいたいだけなの」

だが、ギャヴィンは決して目を覚ますことはない。それが問題だった。たとえ目を覚ましたとしても、脳の大部分が破壊されているので、見た目は人間でも、動物的な欲求以上のものが生じることはこの先もない。しかし、医者が何度CTの画像を見せて、ハンマーの一撃が脳にもたらした壊滅的なダメージについて説明しても、息子があの運命の日に出かけたときと同じ状態で戻ってはこないということを、ミセス・リチャーズは頑として信じようとしなかった。〝ミイラ〟のひと言は、異常であり、偽りの希望であり、残酷な神経のいたずらであって、何か手を打たないかぎり、ギャヴィンの家族は永遠にそこから抜けだせないと思われた。

そこで、医局長が手を打った。

ギャヴィンを家に連れてかえってもいいと言ったのだ。

ギャヴィンの母親は嬉し涙を流した。ギャヴィンの父親は、その意味するところを悟って涙を流した。

ジーンが気力を奮いたたせて見守る中、家族はせっせとギャヴィンの帰宅の準備を整えた。家にスロープや手すりをつけ、医療機器に車椅子まで買った。看護師も雇った。決して裕福な家庭ではなかったのに。

退院の日、ギャヴィンの母親は移動用ベッドのかたわらに付き添い、ダービーの優勝馬でも先導しているみたいに、笑顔で手を振っていた。

五日後、ギャヴィンは予想された合併症により死んだ。家族は悲しみのもとにまたひとつになった。何カ月も前にそうなってしかるべきだったように。

ジーンはその知らせを聞いたとき、突然涙があふれてきた。でもそれは安堵の涙だった。それと罪悪感の。家に帰っていなければ、ギャヴィンはまだ生きていたのだ。言いようによっては。

それこそが問題だった。ジーンは、自分なら決してできなかったであろう決断をした医局長を憎んだ。そのことで、いまでも眠れない夜をすごすことがある。ベッドにすわって、夫のロジャーを起こさないよう、読書灯の薄暗い明かりの下でくだらない小説を読んでいるときに。

二番目の殺人はもっと単純だった。去年のことだ。脳卒中で倒れ、人工呼吸器でかろうじて生かされている状態のおばあさん。

彼女にはおおぜいの善良な家族がいて、日に二回は大挙して病棟にやってきては、愛する肉親がゆっくりと衰えていくつらい光景を見守った。そのあいだ、看護師は懸命におばあさんを生かしておこうと手を尽くした。死んだほうがましだということは明らかだったが。

ふたたび、決断は医者にゆだねられた。今回は、試験に通ったばかりのまだ若い医者だったが、心優しく思いやりのある人物だった。

五日目の寝ずの番をしている家族に、下の喫茶店で休憩してきたらどうか、とその医者はすすめた。

「だいぶお疲れのようだから。あなたがたが身体を壊しては元も子もありませんよ」

家族は気が進まないようだったが、結局はうなずいて出ていった。

「きみもコーヒーを飲んできたらどうだい、ジーン」

「わたしはだいじょうぶ」ジーンは微笑んだ。

「ぼくはだいじょうぶじゃない。コーヒーが飲みたいんだ。買ってきてもらえないかな。ここは見ているから」

どうしてもと言って二ポンドを渡されたので、病室を出た。エレベーターでおりる途中にふと、なぜ家族の誰かにコーヒーを買ってきてくれと頼まなかったのだろうと思った。

ジーンが病室に戻ったとき、医者はちょうど人工呼吸器のスイッチを入れなおしていた。

心臓が跳ねあがり、思わずコーヒーをこぼした。話には聞いたことがあったが、見るのははじめてだった。こういう単純な最期の介入のことを。それは間違いなく患者のためを思っての行為であり、同時に紛うかたなき殺人だ。

言いようによっては。

ジーンは喉から飛びだしそうな心臓を悲鳴と一緒に呑みこんで、病室の戸口からあとずさった。震える手で床にこぼれたコーヒーを拭き、中身が半分になったカップもきれいに拭いた。それから、その後のジーンの生き方を決する一瞬に、病室に入って医者にコーヒーを手渡した。もらった二ポンドとともに。

「ミセス・ロッドンはお亡くなりになった」医者が言った。ジーンは彼が老女の手を握っているのに気づいた。

「まあ」ジーンは答え、それから言った。「ご家族を呼んできましょうか」

「いや、もう少し休憩させてあげよう」

ジーンはうなずき、ふたりはミセス・ロッドンの家族が戻ってくるまで、薄暗い病室に黙ってすわっていた。

それからも死んだ患者はいるが、この病棟では、死は予期せざるものではない。患者は生と死のあいだで態度を決めかね、医者の予想を裏切ってどちらかを選ぶことも珍しくない。

ジーンはそれ以来、殺人と呼べるものを目にしていないが、もうあまり目を光らせていないのも事実だ。三月にミスター・アトリッジが死んだときは、安堵のあまり疑いを持つ気にもならなかった。その数カ月後にミスター・ゲーレンが死んだときは、多少なりとも予想外ではあったが、肺炎が完全には治っていなかったから、痰でも喉にからんでパニックを起こし、それがもとで心臓麻痺を起こして亡くなったのかもしれない。

結局のところ、それはほぼつねに、患者本人と家族にとって慈悲ある解放なのであり、その感覚は脳神経科病棟で働くすべての人間に浸透している。

というわけで、これまでに見てきたたくさんの善行や悪事に比べれば、トレイシー・エヴァンスなどなんでもなかった。あの手のタイプはいままでもいた。みんなすぐにやめていった。残るのは優秀な看護師だけだ。アンジーはもう三年働いているが、モニカは夏までもたないだろう。生活費を賭けたっていい。

トレイシーが去って唯一の悲しいことは、ミスター・ディールがあまり来なくなり、来てもすぐに帰ってしまうことだ。ミセス・ディールが夫の来訪に気づいていたかどうかわからないが、急に夫が来なくなったことに気づいていたらと思うと、胸が痛んだ。だからミセス・ディールとなるべく時間をすごすようにして、世の中のニュースや病院内のゴシップを話して聞かせたが、そのぶんアンジーが点滴やおまるの処理を余計にやってくれていることもわかっていて、とうとう罪悪感からミセス・ディールの相手をやめざるをえなくなった。

そしてトレイシーが去って五カ月後、ジーンはミセス・ディールのための最後の試みとして、掲示板に貼り紙を出した。〝患者さんに本を読んでくれる親切で信頼できる方を募集〟

それから、家から持ってきた三冊の本をミセス・ディールの枕もとのテーブルに置き、ふたたびの奇跡を願った。

＊

メグはその日の病棟実習を終えたところで、その貼り紙に気づいた。実習はひどく疲れると同時にとてもわくわくする。とくに、いまは小児科に配置されているのでなおさらだ。ずっと小児科医になりたいと思ってきたが、いまでは考えなおすべきかもしれないと迷っている。たとえ具合の悪い子でも、子どもの相手は本当に大変だ。何をするにも、楽しくしたり、痛くないようにしたり、泣き叫ぶ幼児に折れた腕や痛むおなかをさわらせてもらえるように説得したりしなければならない。

今日も、虫垂炎の五歳の男の子に何度も蹴られて、獣医に鞍替えしようかと真剣に考えた。患者を鎖につないだり、口輪をはめたり、檻に入れたりできるのだから。

帰り際、掲示板の前で足を止めた。〝自転車譲ります〟の貼り紙がないかと探すのが習慣になっている。パトリック・フォートが輝く青い自転車に颯爽とまたがるのを見て、思いだしたのだ。頰を紅潮させ、髪を風になびかせながら走るのがどれだけ楽しいかを。

自転車を譲るという貼り紙はまだ見つからないが、いまではそこに貼られた雑多なメッセージを読むのが楽しみになっている。

〝子猫譲ります。無料。オスのみ〟

〝ニューポートからの同乗者求む。月〜金。ガソリン代とガム代は折半で〟

〝スコットランドで急流いかだ下りを体験しませんか！〟その下には、誰かが〝雨天中止〟と落書きしている。

〝親切で信頼できる方を募集……〟

その言葉がメグの目にとまった。自分は親切だと思っているし、信頼できる人間だとも思っている。だから先を読んだ。

メグは読書が好きだ。自分では本を読むことができない誰かのことを考えると胸が痛む。なんてかわいそうな患者さんだろう。とはいえ、いまはとても忙しい。医学生に勉強以外のことをする暇なんてないのは常識だ。病棟実習があるし、読まなければならない本も山のようにある。週に二日だけ、金曜日と土曜日の晩は、勉強を離れてルームメイトとパブや映画に行ったり、たまにパーティをしたりはしているが、少しぐらいのお楽しみは許されてもいいはずだ。何しろ、まだ二十歳なのだ。

責められてもいないのに、言いわけをするような気分で掲示板の前を離れる。

そのとき、解剖実習がもうすぐ終わることを思いだして、ふと足を止めた。気の毒なビルにはもう切り刻むところがほとんど残っていない。火葬場か墓地行きはもうすぐだろう。そうなれば、今学期中は週に二日間空くことになる。そのうち一日は勉強に、もう一日はリラックスにあてるつもりだった。テレビを見たり、ゆっくり寝たり、本を読んだりといったことに。読むべきだと言われた偉大な文学作品にも取り組むつもりでいた。本棚にはすでに、永遠に開かれることのないままになりそうなディケンズの『我らが共通の友』やジェイムズ・ジョイスの本が並んでいる。

それらを声に出して——それを聞きたくてたまらないかもしれない人に向かって——読んでも、何も変わりはないはずだ。

メグは掲示板の前に引きかえし、ジーンの電話番号をメモした。

31

汚れた青と白のスニーカーが、磨かれたデスクの上にトロフィーのように鎮座している。

「これは由々しきことだ」マドック教授が言って、パトリックはおかしくて笑ったが、ほかの誰も笑わなかった。ミックもドクター・スパイサーも。

三人の顔を見て、そこに浮かぶ感情を読みとろうとする。たぶん怒りだろうと推測してから、だいぶ上達したなと思う。何しろかなり練習しているのだ。

マドック教授がスニーカーを指さした。「これはきみのものだね」

「はい」パトリックは答えた。「返してもらっていいですか」いまはジャクソンのスニーカーをはいているが、きつくて足が痛い。

「つまり、ゆうべ解剖実習室にいたことを認めるんだね？」

「はい」パトリックは繰りかえした。「返してもらっていいですか」

誰もだめだと言わなかったので、デスクの上から靴をとって膝に置いた。

「認めてくれてよかったよ、パトリック。部屋に入るためにきみの暗証番号が使われた記録も残っているのでね」

意味のない言葉なので返事はしなかった。ゆうべそこにいたことはもう言ったはずだ。

「きみはミスター・ジャーヴィスに靴を投げたそうだね」

「ミスター・ジャーヴィスって誰ですか」

「わたしだ」ミックが言った。

「いいえ、彼のほうに投げました」

「なぜ?」

「部屋に閉じこめられたくなかったから」

「きみがそこにいることを知らせるほうが簡単だったんじゃないかね」

パトリックは黙っていた。それはそのとおりだが、そうしなかった理由はうまく説明できない。肌がじとっとして、呼吸が浅くなる感じは、言葉で説明したところで伝わらない。まったく非論理的で、ばかみたいに聞こえるだけだろう。まだセックスしたことがないというのと同じように。

だってすごく近づかなきゃいけないじゃないか!

「彼はあそこで何をしてたんですか」パトリックは尋ねた。

「それはきみには関係のないことだが、ミスター・ジャーヴィスはよく深夜まで防腐処置室で働いている。昨晩は階段をあがってきたら解剖実習室の明かりがついていたので、不審に思ってたしかめたんだ」

「でもなぜ電気を消したんですか」

「侵入者に対して優位に立てるからだ」とミック。「実習室内のことは知りつくしている。電気がついていようがいまいが、わたしにとっては変わらない」

「でもつけたままなら、ぼくのことが見えたはずです」

「見えたかもしれないし、見えなかったかもしれない」

「見えたはずです。あなたの目と鼻の先にいたんだから」

ドクター・スパイサーが小さく咳をして、マドック教授がそちらに眉をひそめてから、パトリックに視線を戻した。

「先日言ったはずだ。きみが問題をかかえているからといって、秩序を乱すような行為に目をつぶるわけにはいかないと。おぼえているかね、パトリック」

「もちろんおぼえています」パトリックはつっけんどんに言った。教授は自分をばかにしているんだろうか。

「それならよかった。というのも、きみにはここを去ってもらわなければならない。残念だが」

パトリックは立ちあがりかけて、はたと躊躇した。「それはこの部屋をということですか、それとも大学をということですか」

「大学をということだ」

「えっ」

パトリックは腰を浮かせかけたままで考えた。実際にこうなってみると、大学を去るのは嫌だった。自分でも意外なほど嫌だった。そこで立ちあがるのをやめて、より深く腰をおろした。「それは賢明な判断じゃありません」

「そうかね？」教授が言って、椅子にもたれかかり、両手の指を合わせた。顔が少し赤くなっている。

「はい、とても。矛盾してます。秩序を乱す行為とは、職員に対する不適切な態度、解剖体をめぐるほかの学生との口論、解剖中の手順の無視、献体に関する秘密情報の不正入手だと教授は言いました」

マドック教授は無言のまま、口を少しあけてパトリックを見ている。パトリックは辛抱強く説明した。「靴を投げることがそうだとは言っていません」

「言わずともわかることだ！」

「ぼくはそうは思いません」

「普通の人間ならそうなんだ！」

「話がずれているようですね」スパイサーが割りこんだ。「問題は、きみが夜間に許可なく立ち入り制限区域に入ったことだよ、パトリック」

「許可が必要だなんて誰にも言われていません。ぼくは侵入したわけじゃない。あなたがたから与えられた暗証番号を使って入りました。隠れるつもりもなかった。だから電気をつけたんです。誰かが電気を消して、何かおかしいと思ったので隠れました。閉じこめられるかもしれないと思ったので、注意をよそに向けさせて外に出ました。誰も傷つけていないし、何も壊していないし、何も盗んでいません。ぼくがあそこに行ったのは死因を特定するためで、それはドクター・スパイサーにそうするよう言われたからです。死因が心不全と記録されていることについて、ぼくは誤りではないかと強く疑っています。ピーナッツの摂取によるアナフィラキシー・ショックが本当の死因です」

パトリックは息を切らした。たくさんしゃべりすぎたせいで、心臓がドキドキして顎が痛む。三人にじっとみつめられ、居心地が悪くなって室内に視線を走らせる。本棚に置かれたルービックキューブが目にとまる。マドック教授がまたぐちゃぐちゃにしてしまったようだ。遠目にも、どこで間違ったのかは一目瞭然だ。

「ピーナッツ?」教授が言った。

「解剖体の喉にピーナッツがあったのですが、それは死因とは無関係です」ドクター・スパイサーがゆっくり言って、ミックを見た。ミックも同意するようにうなずいた。

「きみにもそう言ったはずだ」ミックが言った。

「言われたのはスコットです。ぼくじゃない」

ふたたび沈黙が流れ、しばらくそれが続いた。パトリックは心が落ち着くのを感じた。三人が目を見かわしている。やっと自分の話を真剣に聞くつもりになったようだ。ピーナッツの重要性と、パトリックがそれを見つけたことがなぜ重大なのかをわかってもらえたなら、もうだいじょうぶだろう。

だが、マドック教授はため息をついて「いずれにせよ――」と言うと、その場でパトリックに退学を言い渡した。

パトリックは混乱とショックに包まれてオーク張りの壁のオフィスをあとにした。たったいま起きたことが信じられなかった。理にかなったことをするかわりに、マドック教授は自分を退学にしたのだ。また全部の電気を消すようなものだ。パトリックはたっぷり一分間、スニーカーを胸にかかえて廊下の真ん中に立ちつくしていた。ほかの学生がぶつかってきたり、脇をかすめていっても、ろくに気づきもしなかった。

それから、早足で廊下の奥に向かって歩きだした。階段に着くころには走っていた。

彼らは後ろにいる。真後ろではない。でも前にはいない。重要なのはそこだ。

パトリックのほうが先を行っているということだ。

塀をよじのぼったときのように、アドレナリンが体内を駆けめぐるのをふたたび感じる。十九番に会うまでは体験したことのなかったものだが、いまはその感じがわかるし、悪くない。

もう一度だけ解剖体を見たい――望みはそれだけだ。ただし、今度はもっと疑りぶかい目で。未来への手がかりではなく、過去からの手がかりを探す目で。まずはピーナッツがあった喉から。それが理にかなったことだ。喉、口、舌。ディリップがつけた細かい傷のことを思いだす。いや、ディリップがつけたと思いこんでいた傷だ。そこから始める。何か見つかるはずだ。黒い血の塊、青いラテックスの切れ端、背筋がぞくっとする感覚。何かはまだわからないが、かならず何か見つかるはずだ。

パトリックはスニーカーをかかえたまま、学部の建物の入口にすわっている守衛の前を走り抜け、いつも開いている扉を通り、解剖学棟の入口のキーパッドに勢いよく暗証番号を打ちこんだ。

扉は開かない。

ハンドルをガチャガチャいわせ、それからまた番号を打ちこんだ。４０１７。

何も起こらない。４０１７。４０１７。４０１７。何度やっても何も起こらない。

鉄の扉を拳の側面で強く叩く音が響きわたる。

「おい！」守衛が言ったが、その声はパトリックには聞こえない。扉を足で蹴る。爪先には何も感じない。

守衛に腕をつかまれて振りはらう。懸命に感情をおさえながら言った。「さわらないでくれ。ぼくを入れてくれ。入らなきゃいけないんだ」

「だめだ。帰りなさい」守衛が言った。彼が立っている姿を見るのははじめてで、かなり大柄でたくましいことにいまさらながら気づいた。

「ぼくはここに入ることが許されてる。ぼくは解剖学科の学生だ。だから解剖実習室に入ることが許されてる」

「今日はだめだ。今日は家に帰って頭を冷やすんだ」

守衛がさっきより強い力で腕をつかんだので、パトリックはその顔にパンチを喰らわした。がっしりした体格の男が、酔っぱらいのように後ろによろけ、それから尻もちをついて、後ろ向きに一回転した。足が宙に投げだされる。

パトリックはその足が地面につく前にその場を去った。

そのまままっすぐ警察署まで走った。それは道一本先の博物館と市庁舎の裏手にある。

「犯罪を通報したいんです」駅の切符売場のような窓口の後ろにすわっている婦人警官に告げる。

「どんな犯罪ですか」

「はっきりとはわかりません。殺人かもしれないけど、もうぼくは証拠を集められないから、警察が介入すべきだと思って」

婦人警官が無言でパトリックの手を見たので、左の指の関節に血がついていることにはじめて気づいた。

守衛の鼻血だ。

あわててカウンターから手をひっこめ、ジーンズで拭う。「これは関係ないです」

「じゃあ、それは何と関係あるの？」

「無関係なことです。通報を受けつけてくれるんですか、くれないんですか」

若い婦人警官にじっとみつめられ、パトリックはまばたきをして目をそらした。

「すわってて。すぐ担当者が来るから」

パトリックはガラス張りの玄関ロビーに腰をおろした。雨あがりの空気は澄んで、木々が洗われ、ピンク色の砂利敷きの歩道が二月の陽光に輝いている。

警察のヴァンが玄関前に横づけになり、警官が後部ドアをあけた。犬が飛びだしてくるかと思ったら、出てきたのは人だった。カーディフ城で会った白いジャージ姿の若い男だ。

白い袖が肘まで真っ赤な血に染まっている。

ふたりの警官が大股で男を玄関まで連行してくる。手錠をはめられているにもかかわらず、男は弾むような足どりで、顔にうっすら笑みまで浮かべている。

三人は入ってくると、まっすぐ内扉に向かった。警官のひとりがセキュリティパッドに暗証番号を打ちこむ。１１０９。隠そうとする素振りはまったくない。中から外に出るときの番号も同じなのだろうかとパトリックは考えた。

若い男は、そのあいだロビー内を見渡し、パトリックが見ているのに気づくと、手錠をはめられた血まみれの両手をあげた。懇願するように、あるいは祈るように。

「ぼくはやってない」

「そうは思えない」パトリックが言うと、ジョークのつもりではなかったが、警官がふたりとも笑った。それから若い男を扉の向こうに追いたてていった。

「名前は？」

窓口の婦人警官がパトリックに向かって言った。前に身を乗りだし、ガラスに片手をついている。

急に警戒心が湧いてきた。「どうしてですか」

「通報者の名前なしでは記録をとれないから」

パトリックは困惑した。匿名の通報はテレビではおなじみだ。だから婦人警官の言葉は筋が通らない。ということは、本当ではない。

つまり、婦人警官は嘘をついている。

でもなぜだろう。

パトリックの指の関節を見たからだ。拳の下でつぶれた守衛の鼻のことを思いだす。手についた血。若い男の白いジャージが肘まで血に染まっていたように。あの若い男がパトリックのほうを向いて「ぼくはやってない」と言ったとき、警官は笑った。パトリックでさえ男を信じなかった。袖を見れば、罪は一目瞭然だ。

そして血はパトリック自身の手にもついている。

守衛が先につかんだのは誰も見ていない。父が死んだ日、マーク・ベネットがパトリックの背中に先にパンチを喰らわしたのを誰も見ていなかったように。

だから、パトリックは婦人警官に名前を告げるかわりに、立ちあがって警察署を出た。

婦人警官はあとを追ってきたが、パトリックはもう走りだしていた。戦没者慰霊碑の階段で足を止めたときには、冬の陽光の下をついてきているのは自分の呼吸だけだった。

＊

サラ・フォートは電話の音で目を覚ました。ふだんめったに鳴らないのに、電話で起こされるのはこの十二時間で二回目だ。今度は昼間で、サラはまぶしい光に顔をしかめて世の中を呪った。

少なくとも今回はベッドから出る必要はなかった。今回はすでにキッチンのテーブルにすわっていて、顔のあったところに小さなよだれの水たまりができている。

サラは受話器をつかんで「もしもし！」といささか大きすぎる声で言い、それからより注意深く「もしもし」と言いなおした。

無言だ。受話器の向こうに誰かがいるのは間違いない。息遣いが聞こえる。

「もしもし？」もう少し強い口調で言う。

息遣い。

「何か言ったらどうなのよ、この変態」

息遣いが止まる。

サラはてのひらの付け根を目に押しつけ、鈍い痛みを頭の奥に押しやろうとした。こんな気分は何年ぶりだろう。あれから何年になるだろう。息子とふたりだけになって、すべて自分でやらなければならなくなり、強くならなければならなくなった日から。

無駄な年月だった。強くあることをやめるのはあまりにも簡単で、もっと早くこうしなかったことが信じられない。サラはクリーム地に青い小花柄のネグリジェを見おろした。車に乗りこむ前に着替えることすらしなかったのだ。長靴をはいただけで。でも、それもどうでもいい。着替えたところで誰が見るわけでもない。気にする者などいない。あんな息子を持つ自分に誰が興味を持つというのか。むなしい希望など抱かず、もっと早くこうすればよかった。

そこでまだ電話中だったことを思いだし、ゆっくり受話器を耳にあてた。

「パトリック？」

電話が切れた。

＊

パトリックはつるっとした青い手の中の受話器をみつめ、家には帰れないと悟った。内臓が嵐の中のリボンみたいに揺れている。こんな気分になるのは十年ぶりだが、十分しかたっていないように感じる。

忘れようのない、母が酔っているときの声。

32

トレイシー・エヴァンスにとって、ミスター・ゲーレンが死んだ夜にナースステーションを無人にしたことで厳重注意を受けたのは、小さな代償でしかない。

あの晩とその後の何度かで、ミスター・ディールがセックスの相手としてまあまあだということはわかったし、気前のよさはまあまあ以上だ。トレイシーがしてあげることに比例して、プレゼントの額も着々とあがっている。すでに何度かの食事に加えて、バーバリーのマフラーとそこそこの値段のアクセサリーをもらった。とはいえ、ベッドではまだまだおしとやかにふるまっている。全部のわざをいっぺんに見せることはない。ミスター・ディールのような金づるにはもうめぐり会えないかもしれないのだ。うまいこと絞りとらなければ。滞納している家賃を払える日も近いが、まだ正常位以外の体位をろくに試してさえいない。ゆくゆくは妊娠したい。それがトレイシーの野望だ。そうすれば、一生お金には困らないだろう。

それに、ミスター・ディールにはなんとなく謎めいたところがある。短くも激しい情事のあとも、どこかよそよそしい。感じはいいが、媚びへつらったりしないし、プレゼントを渡すときもそっけない。テーブルクロスのかかったレストランに連れていき、試飲したワインを取りかえさせる。彼からは電話をかけてこないし、こっちからかけてもめったに折りかえしてくれない。発信者番号は通知されるはずなのに。ようするに、ミスター・ディールは軟弱なタイプじゃないし、女のご機嫌をとったりしない。そしてトレイシーは近ごろ、ガソリン代の二十ポンドが必要なとき以外にも、ふと気づくと彼のことを考えている。

ともあれ、全体的に想像したよりもいいほうに転がっている。

もちろん、ミスター・ゲーレンが死んだことは気の毒に思っている。とくに悪い患者でもなかったし、奥さんも病室でベーコンを炒めるのをべつにすれば、いい人だった。もしあの晩、アラームの音を聞いていたら、ほぼ確実に対応していただろう。ひとえに運が悪かったのだ。トレイシー自身が、〝故障中〟の看板をぶらさげた女子トイレの個室で、ミスター・ディールにまたがって死にそうになっているときに、たまたま心停止になるなんて。

あの晩、持ち場を離れた理由は、骨盤内炎症が原因でトイレが近くなっていたせいだと言うと、その説明は受けいれられた。皮肉なことに、ミスター・ゲーレンの命運が尽きてから数日後にはそれが本当になってしまった。

ジーンとアンジーは白い目を向けてきた。面と向かっては何も言わなかったが、陰ではいろいろ言っていた。いっぽうモニカは、煙草を吸いにいっていたことを黙っていてくれる相手なら誰でも全力でかばった。「あの人たちはねたんでるのよ」とトレイシーが言うと、何度もうなずいてみせた。

トレイシーは本心からそう信じている。ジーンは乾ききった修道女みたいなおばさんで、おなかの出た亭主は口髭に食べ物のかけらをくっつけている。アンジーは若い医者と指輪を手に入れたが、いまでもおまるの処理をしている。ということは、男と女のバトルにおける交戦のルールがわかっていないのだろう。

ミスター・ゲーレンの死からひと月後の八月、トレイシーは老人病棟に移った。脳神経科病棟よりさらに死があたりまえで、ナースコールのブザーを押せる患者も、ブザーがあることをおぼえている患者もほとんどいない。

モニカはお別れに赤いハートをかかえた小さな白いテディベアをくれた。ハートには〝寂しくなるわ〟と書かれていた。

ジーンとアンジーはさよならも言わなかった。

33

まだ二回目だというのに、メグは早くも、ミセス・ディールへの読み聞かせをあとどれだけ続けられるだろうかと考えていた。

ふだんのメグは朗読が得意なほうだが、ここでは物言わぬ聞き手のことが気になり、なんとなく不気味な状況のこともあって、本に集中できない。たとえそれが『ダ・ヴィンチ・コード』であっても。ミセス・ディールの枕もとに置かれているのを見つけてすぐに夢中になり、『ユリシーズ』に挑戦しようなんていう目論見はさっさと捨て去った。すらすら読んでいると、ミセス・ディールの指がぴくっと動き、すると意味がわかるまで同じ文を三度も読まなければならなくなる。あるいは、ページをめくった瞬間に機械がゴボゴボと音をたて、そこでページを飛ばしたかと思って前に戻り、四分の三まで読んだところで、やっぱりもう読んだと気づく。

もう何度目かにつっかえると、ミセス・ディールの手がそれに反応するようにぴくぴく動いた。ひょっとして、昏睡患者はこうやっていらだちを表現しているんだろうか。指を動かして、自分の憤りを理解してもらおうとしているんだろうか。

また指が動いた。何度かシーツを叩き、止まる。

メグはため息をついた。ジーンには、存在しないコミュニケーションを想像の中でつくりださないようにと釘を刺された。ミセス・ディールは意識もないし、行動をコントロールすることもできないと。

ミセス・ディールの顔を見る。以前はきれいだったんだろうか。いまとなってはよくわからない。げっそり痩せて青白く、顔の下半分は人工呼吸器の厚い白のプラスチックに覆われている。ときどき目をあけると、美しいハシバミ色の瞳が見えるが、たいていは閉じられているか、いまのように細い白目が見えるだけだ。

「だいじょうぶ、ミセス・ディール？」メグがその手を撫でると、また指が何度かぴくぴく動いてから止まった。

鳥肌が立った。ミセス・ディールの頭と指では何が起きているんだろう。かすかな指の動きは、懸命な意思疎通の試みなのか。それとも、壊れた電気系統から散る火花のようなものなんだろうか。

メグはミセス・ディールの手をとった。

「マニキュアを塗ってあげましょうか。どう、ミセス・ディール？」

指は動かない。

「ピンクがいい？」

指は動かない。

「それとも悪女風の真っ赤にする？」

指は動かない。

メグはため息をついて、ミセス・ディールの手をそっと薄黄色の毛布の上に戻した。

そのとたん、指がまたぴくぴく動いてから止まった。

メグは眉根を寄せた。「もう一度やってみてくれない、ミセス・ディール？」

ミセス・ディールの指がまたぴくぴく動いた。

「イエスなら一回、ノーなら二回、指で叩いてくれる？」

メグは固唾を呑んで待った。ミセス・ディールの指が毛布を叩く。止まらずに五回、六回、七回、八回。メグはまた本を手にとった。こんなことは時間の無駄だろうかと考えて、はじめて自分の行動が純粋に人のためではなかったことを自覚する。心の奥底では、昏睡状態の患者に本を読み聞かせて、自分のおこないのおかげで回復がうながされるのを期待していたのだ。たとえ自分自身に対してであっても、そんな不純な動機を認めるのは屈辱的だった。親切心があったのはたしかだとしても、自分は同時に手柄を求めてもいたんだろうか。見栄っぱりの目立ちたがり屋だったんだろうか。そんな新たな自分は知りたくなかった。慎ましくもなければ無欲でもない。恥ずかしくなった。

メグはややうなだれて、本の続きの朗読を再開した。ミセス・ディールの指が叩いては止まり、また叩いては止まりするのが視界の隅に映った。

アンジーが来て、ミセス・ディールの隣の機械をチェックし、メグに笑いかけた。

「どうしてあんなことをするのかしら」メグはミセス・ディールの指を顎で示して訊いた。

「よくあることよ。患者さんがぴくっとしたり、声を出したり、目をあけたりするのは。まったく意識がなくてもね」

メグはゆっくりうなずいた。

「気になる?」アンジーが尋ねる。

「少し」

アンジーが同情のこもった笑みを浮かべる。「わかるわ。最初は落ち着かないでしょうね。でも二、三週間もすれば気にならなくなるわ」

それからもう一度微笑んで、隣のベッドに移っていった。
二、三週間!
胃のあたりに恐怖のしこりをかかえたまま、メグはゆっくり病室内を見まわした。ベッドに横たわる、かつては本当の人間だったいくつもの塊を。

これから何週間も何カ月も、この不気味な場所で時間をすごすことになるのかと思うと、背筋がぞっとした。

34

奇妙なお茶の時間だった。

キムが自分とレクシーのためにトーストを焼いた。レクシーはあのキモノを着ていて、それはつまり、彼女がいまや自分ではなくキムの客になったということだと、パトリックは思いたかった。何もかもが同時に、ひどく間違ったほうにいってしまったが、パトリックとしては、もうチーズ・サンドイッチをつくったり床で寝たりする暇もなければ、そんな気もない。

三人が居間にすわって、指人形とロボットの出てくる騒々しいテレビ番組を見ているいっぽうで、キッチンではジャクソンが食器棚の扉を派手な音とともに閉めた。パトリックはバタンという音がするたびに身をすくめた。

「まったく」キムが目をぐるりとさせて叫んだ。「もっとうるさい音、たててみなさいよ！」

「ああ、やってやる！」ジャクソンが叫びかえし、流しにナイフやフォークを投げこむような音がそれに続く。

「ガキね」キムがつぶやいてトーストをかじった。

「ゆうべ、どこに行ってたの？」レクシーがパトリックに尋ねた。ソファの上で膝をかかえていて、キモノはピートに比べればサイズが合っているとはいえ、それでも太腿が剝きだしになっている。

「外」

「外のどこ？」

「言わないわよ」とキム。「パトリックは秘密が好きなの。ね、パトリック？」

キムはばかだ。秘密なんて好きじゃない。とくに今日は。十九番の秘密を知らずにいられたらと思うと、テレビを蹴りつけたくなる。

「へえ、秘密ならあたしも大好き」とレクシー。「知りたい。教えて！」

教えない。レクシーはレクシーで酒瓶の底に秘密を見つければいい。誰かが――たぶんスコットあたりが――適当に〝心不全〟と言って、死因を突きとめたと主張し、それでゴールドマン賞をとるかもしれない。本当は自分がもらうはずの賞を。そのうえ、探している答えは見つからずじまいだ。探求は失敗に終わり、パトリックは道に迷ったままだ。

いや、道に迷うなんてものじゃない。

すべての希望を失ったのだ。

レクシーが首を伸ばして、パトリックの視線をとらえようとしているのが視界の隅に映る。「教えて」歌うように言う。「教えて教えて教えて教えて……」

キムがチッチッと舌を鳴らす。「言わないわよ。ほんとにつまんないやつなんだから」

「ううん」とレクシー。「もったいつけてるだけ」

「もったいつけすぎよね」キムが言って、レクシーとともに甲高い声で笑い、その拍子に口の中のトーストがのぞいた。それは洗濯機の中の洗濯物みたいに見えた。

パトリックはテレビに映るロボットを凝視した。段ボールでできたオーブンの中からケーキを取りだそうとして、鉄の指でスポンジを粉々にしている。指人形はそれを指さしてゲラゲラ笑っているが、ロボットは何が悪くてそうなるのか、なぜケーキが手からぽろぽろこぼれ落ちるのか、まるでわかっていない。

十九番という肉のケーキからこぼれ落ちる肉片みたいに。

パトリックは言った。「きみの死んだ父親に会いにいってた」

キムはくすくす笑ったが、レクシーは笑うのをやめて言った。「えっ？」

「ゆうべはきみの死んだ父親に会いにいってた。それがぼくの秘密だ。ぼくらは何カ月もかけて、きみの父親を切り刻んだ。いまは全部、小さな袋に入ってる」

「キモっ」キムが言って、あやふやな笑いを漏らした。

「どういうこと?」レクシーが言った。顔から血の気が引き、トーストが手から落ちて、マーマイトを塗った面が剝きだしの膝にくっついた。鼻の骨を折られ、気を失ってブランコから落ちる衝撃よりも、いまレクシーの顔にありありと浮かぶ、パトリックにさえ読みとれるショックのほうが何倍も大きいことに不意に気づく。

「どういう意味?」唇を震わせながらレクシーが言う。

「知りたがったのはきみだ」パトリックは肩をすくめた。どうにかそれをレクシーのせいにしたかった。ソファの肘かけから雑誌を拾いあげる。『アートフォーラム』。

レクシーがキムを見た。「ねえ、どういう意味?」

「なんでもないわよ。パトリックは医学部だけど、でも……なんでもないわ、たぶん」

「どういう意味?」レクシーがパトリックに向かって繰りかえした。「ねえ、どういう意味よ?」

レクシーを見ることはできなかった。レクシーがこっちを見るのもやめてほしかった。言わなければよかったと思ったが、指人形が意地悪すぎた。なぜロボットを助けてやらないのか。なぜ笑うのか。

『アートフォーラム』誌をテレビに投げつけて居間を出た。

階段の下で、レクシーが追ってくるのが聞こえた。袋に入れられて列車から放り投げられた猫のような音をたてている。振りかえると、顔にビンタが飛んできて衝撃でレクシーはそれでもやめない。興奮した動物みたいに、パトリックの上に馬乗りになり、叩いたりひっかいたりしながら、そのあいだずっと怒りくるった叫び声をあげている。背後では、キムが「ジャクソン！　ジャクソン！」と叫んでいる。

パトリックは頭を腕でかばって膝を曲げた。レクシーの腹に片足をあてて押しやる。レクシーが後ろ向きに玄関に倒れこみ、それから身体を丸めて、激しく号泣しはじめた。

「大変」とキム。「大変」

「何ごとだよ？」キッチンから走ってきたジャクソンが言った。

「わからない」キムが言って、こちらもしゃくりあげはじめる。ジャクソンがその肩を抱くと、キムが向きなおり、ジャクソンの肩にトーストを押しつけた。

パトリックはゆっくり上体を起こし、鼻をさわってみた。指に血がつき、心臓が激しく打っている。親指の皮膚の下で脈打つ血管が見えそうだ。

最悪だ。最悪の気分だ。そのことに気づいても、なんの満足感もない。レクシーを見ると、汚れた玄関の絨毯の上で身体を丸めている。不意に母の姿がよみがえる。警官が家に連れてかえってくれて、ビーンズのせトーストをこしらえてくれた夜、床に倒れて泣き叫ぶ母の姿。

ふたつはつながりがあるように思えるが、なぜなのかわからない。

なぜか。それが問題だ。それがずっと問題だったし、パトリックが自分でパズルを解かないかぎり、これからもずっと問題でありつづけるだろう。

——誰かが死んだ理由を突きとめるには、生きている人間の証言を聞く。

マドック教授の言葉がふとよみがえり、瞬時にぱっと視界が開ける。パトリックは立ちあがり、レクシーのそばに行ってしゃがんだ。

「そっとしとけよ！」ジャクソンが言い、キムも繰りかえした。「そっとしときなさいよ、パトリック！」

でも、そうはいかない。レクシーが必要なのだ。

それに、レクシーも自分を必要としているかもしれない。

どうやって口火を切ればいいのかわからず、ぎこちなく口を開いた。「ぼくのお父さんも死んだ」

「そりゃよかったね！」レクシーが叫び、鼻から鼻水が垂れて絨毯にくっついた。避難用のロープみたいだ。

「車に轢かれたんだ」

「そりゃよかったね」レクシーが繰りかえしたが、さっきほど激しい口調ではない。

「お父さんに何が起きたのか、どうしてそうなったのかわからない。理解しようとしてきたけど、わからないままだ。でもきみのお父さんは――」

パトリックはそこで言葉を切って考えた。

レクシーがゆっくり身体を起こしてしゃがみ、パトリックを見た。両腕で胴を抱くようにして、顔には黒い涙と銀色の鼻水が筋になっている。

「なに？　あたしのパパはなんなの？」

パトリックは目を閉じた。自分が何を言おうとしているかわからないまましゃべりだすことなどめったにない。でも、もう地図もないまま出発してしまった。この先の道も、どこに向かっているかもわからないまま。証拠もない。専門知識もない。あるのは消えたピーナッツと、腹に感じる強い違和感だけだ。強すぎて、論理性もないのに、無視することができない。

「あたしのパパがなんなの？」レクシーが食いさがる。

パトリックは目をあけた。全員が自分をみつめていたので、目をそらし、薄汚れたウッドチップの壁紙のほうを見て口を開いた。

「きみのお父さんは殺されたんだと思う」

35

「妊娠したの」トレイシー・エヴァンスは言った。

鏡の中の自分は、その知らせにうろたえたような顔をしている。

「わたしたちに赤ちゃんができるのよ」言葉を変え、歯を見せてみたが、笑顔には見えない。

最近、顔がふっくらしてきた。横向きになって、爪先立ちでバスルームの鏡に腹部を映してみる。そのなだらかな膨らみをそっと撫でて、鏡に映る両手に眉をひそめる。

検査薬におしっこをかけてから四カ月近くたつのに、そこに赤ちゃんがいることがどうも信じられない。おなかの中で、自分の食事を盗み、自分の血を受けとる小さな密航者……もっと信じられないのは、いま自分の中で育っているものが、何があろうと今度の六月には出てくることだ……。

怖い。

トレイシーは唇を嚙んだ。

ミスター・ディールが喜んでくれるといいけれど。レイモンドが。彼の名前はレイモンドだ。でも慣れることができない。レイではなく、レイモンド——彼はその点は頑として譲らない。だけど、その名前が自然に口をついて出てくることはめったにないし、彼のことを考えるときに心に浮かぶことは決してない。

彼のことを考えることはよくある。しょっちゅうすぎるほどだ。自分でもわかっているが、止められない。理由はよくわからない。ただ、いままでに寝た——が、いまはもう寝たいとは思わない——欲望を剝きだしにした若い男たちには、こんな気持ちになったことがないのはたしかだ。

ミスター・ディールとは週に三日会う。彼が職場まで迎えにきて、家に連れていってくれる。ときどきは泊まることもある。家は雑誌から抜けでてきたみたいに、清潔で染みひとつなく、壁には本物の絵がかかっていて、光の当たり具合に合わせて首を傾けると、筆づかいの跡が見える。

急な螺旋階段があって、バスルームにはビデがある。はじめて来た日には、そのおかげで子どもがいるのかどうか訊くきっかけになった。

「なぜだい?」ミスター・ディールが眉根を寄せた。

「子ども用のトイレがあったから」とトレイシーが答え、ミスター・ディールはその晩ずっと、何度も思いだしては大笑いした。トレイシーがあれは何に使うものなのかと問いつめると、ググれ、と言われた。

それからセックスをした。いつもどおりに。

鏡をみつめて考える。いつごろから、やりもしない夜なんて無駄だと思わなくなったのだろう。いまは、彼が自分のつくった料理を食べているのを見たり、抱きあって頬のにおいをかいだりするだけで、同じくらいの喜びを感じる瞬間がある——あくまで一瞬だけれど。彼はアフターシェーブ・ローションを使っておらず、石鹸を使っている。その香りは、子ども時代もそう悪くはなかったことを思いださせてくれる。

ふたりで会わない四日間、ミスター・ディールが何をしているのかはわからない。尋ねても、「たいしたことはしてない」としか言わない。そういう晩には不安になってくる。男は誘惑に弱い。どこかの尻軽娘と浮気でもしていたらどうしよう……。

トレイシーは彼が席をはずしている隙に、こっそり携帯電話や洗濯物を調べるようになった。

八月の終わりにピルを服《の》むのをやめた。

これがその結果だ。

もう一度おなかを撫でる。当初の計画を早めなくてはならない。

でも、もしミスター・ディールが自分と同じ気持ちでいてくれるのなら、何もかもうまくいくはずだ。

36

「やっぱり行きたくない」

ペニラン・ロードの家の私道で、レクシーが立ちどまった。

「わかった」パトリックはひとりで砂利道に歩を進めようとした。

「待ってよ！」

パトリックは振りかえった。

「それでも行くの？」

「行く」もちろん行く。行かないはずがない。なんのためにここまで来たと思っているのか。

「あたしは何をするわけ？」

「わからない。何をするの？」

「わかんない」

じゃあ、なぜ訊いたんだろう。パトリックは混乱して首を振った。「わかった」と
また言って、玄関に向かって進む。ライオンの形をした重たい真鍮のドアノッカーを
持ちあげたとき、レクシーはふたたび隣にいて、落ち着かない様子で唇を噛んでいた。
「あたし、どう見える？」レクシーが出し抜けに言った。
パトリックはレクシーを頭から爪先まで見てから肩をすくめた。「わからない」
レクシーがぎろっと睨んだが、パトリックは気にしなかった。
ドアをあけて出てきたのは、ジーンズにカーディガン姿のずんぐりした女だった。
「アレックス」女が警戒するように言った。
「こんにちは」パトリックは断固として言った。用意してきたせりふがある。ここで
話をそらされたくない。「ミスター・ゲーレンについての情報がいるんです。入って
もいいですか」
女がレクシーを見た。「またトラブルを起こすつもり？」
「いいえ」パトリックは答えた。
「アレクサンドラに訊いてるのよ」
「アレクサンドラって誰ですか」
「その娘よ」
レクシーは腕組みしてそわそわと身体を揺すっている。パトリックは身体が偶然に

触れないように少し離れた。

レクシーがようやく「起こさない」と答えると、女がドアをあけてふたりを通した。

その家は、パトリックがこれまでに足を踏みいれたどの家よりも十倍は広かった。

ずんぐりした女がパトリックを見て言った。「ジャッキーよ」

「知ってます。天井が高いですね」

「ええ、そうね」ジャッキーが妙な顔で答えた。

居間に通されると、年とった雑種犬が暖炉の燃える炎の前の敷物から立ちあがり、おざなりに吠えてみせた。

「シーッ、ウィロー。友達よ」

ウィローが弁解がましく尻尾を振り、近づいてきてパトリックの手を舐めた。

パトリックは犬の頭を撫でて、「柔らかい」と言った。

ジャッキーが笑みを浮かべてソファを指さした。「かけて」

パトリックは腰をおろしたが、レクシーはすわらず、在庫でも確認するみたいに部屋のあちこちのものを見ている。

部屋は雑誌から抜けでてきたみたいだった。『アートフォーラム』か何かの。天井は装飾がほどこされ、壁は薄いピンク色で、大きな白い暖炉がある。マントルピースの上には写真があり、雪をかぶった山と青い空をバックに、ジャッキーと男が写っている。男は歯を見せて笑っていて、その歯並びには見おぼえがある。十九番だ。

この部屋にいる十九番の姿を想像しようとしてみたが、生きている姿を思い浮かべることができない。解剖体が骨をきしらせながらゾンビみたいな足どりで部屋に入ってくるところや、ソファの上で硬直したオレンジ色の身体をぐらぐらさせ、チョコレート色の革の上に体液をしたたらせているところばかりが思い浮かぶ。

「元気、アレックス?」

レクシーが肩をすくめた。

「元気そうね」

「どういう意味?」

「べつに」

「あ、そう」

「紹介してくれないの?」

レクシーはまた肩をすくめたが、口を開いた。「こちら、パトリック」

「よろしくね」ジャッキーが言った。

「何をですか」パトリックは言った。

「えっ?」

「パトリックのことは無視していいから」とレクシー。「彼はその……あれなの」と言って、頭の横で指を回してみせる。

「まあ」ジャッキーが言った。「とにかく、来てくれて嬉しいわ、アレックス」

「へえ、ほんと？」

ジャッキーが身じろぎをした。レクシーが小さな陶器の置物を手にとったことにパトリックは気づいた。ヒースの丘に立つ牡鹿をかたどったものだ。それから、家の奥のフランス窓のガラスが割れて、段ボールでふさがれているのにも気づいた。庭から見るより、部屋の中から見るほうがひどい。レクシーに石を渡したことをいまさらながら後悔した。レクシーはなぜあんなことをしたんだろう。ジャッキーは悪い人間ではなさそうだ。想像していたのと違う。豹柄の服を着ていると思っていた。

トリックは気づいた。

「どうしてたの、いままで」ジャッキーが尋ねた。

「貧乏してた」とレクシー。

ジャッキーの唇が引き結ばれ、レクシーが牡鹿をパトリックに向ける。「パパが殺されたってパトリックは思ってるの」

「なんですって」

「それで生きている人間の狂言が必要とかなんとか」

「証言」パトリックは言った。「誰かが死んだ理由を突きとめるには、生きている人間の証言を聞かなければならない」

ジャッキーは話についていけないという顔でふたりを見ている。

パトリックは説明した。「あなたは生きている。だから証言が聞きたいんです」

「殺されたってどういうこと？ あなたのお父さんは交通事故で死んだのよ、アレックス。道路が凍ってて、車がスリップしたの。あなたも知ってるでしょ。病院にも来たでしょ」

「でもよくなってるって言ってたじゃない。なのに、いきなり死んだ」

「肺炎にかかって、それが原因で心不全を起こしたのよ。あなたもあそこにいればわかったはずよ。わたしみたいに、何カ月間も毎日、朝晩あそこに行っていれば。あの人はとても弱ってたのよ」

「パトリックが言うにはそうじゃないって」

「パトリックがなんと言おうと知るもんですか！ あそこにいたわけでもないのに。だいたい、パトリックって何者なの。どうしてここにいるのよ」ジャッキーがパトリックのほうを向いた。声がだんだん大きくなり、喉が赤らんでいる。

何かに取り乱しているようだ、とパトリックは推測した。

「言ってやりなよ、パトリック」

「ええ、言いなさい、パトリック！」

パトリックは言った。「怒鳴るのをやめてくれませんか。あなたたちが怒鳴っていると、何も考えられない」

「何それ！」レクシーが嚙みつくように言った。「パトリックはパパの喉にピーナッツを見つけたの」

「なんですって」

「パパの喉にピーナッツがあったの。あたしもパパもピーナッツ・アレルギーなのに」

「知ってるわ」

「もちろん知ってるよね」

「それはどういう意味かしら」

レクシーが底意地の悪そうな顔で肩をすくめる。

ジャッキーがパトリックを見た。「彼はどうしてそれを――」

「パトリックは医学部で――」

「解剖学」パトリックは訂正した。

「どっちでもいいよ。それでピーナッツを見つけたの、つまり……ナニの最中に」

「解剖」

「そう、その最中に。パトリックが言うには、それがパパの死因だって。肺炎なんかじゃなく」

「死因の可能性がある、だ」パトリックは訂正したが、レクシーは無視してジャッキーを見おろすように立った。

「パパが医学だかなんだかのために遺体を寄付したってことさえ知らなかった。それはほんとなの?」

ジャッキーが無言でうなずいた。

「よくそんなことが許せたね。誰かにパパを……切り刻ませるなんて」レクシーの声がひび割れる。

「どうして震えてるの?」パトリックは訊いた。レクシーは答えない。

ジャッキーが立ちあがった。だがどこにも行かず、腕を組み、ほどき、また腕を組んだ。唇を噛む。瞳がうるんでいる。

「彼が選んだことだったのよ、アレックス。彼はわたしたちが出会うずっと前に決めていたの。だから尊重するしかなかった」

「ついでにピーナッツも食べさせたの?」

「違うわ、もちろん違う。そんな恐ろしいこと、誰もしてないわ。彼はチューブで栄養をとってたんだから」

「どうだか。毎日、朝晩パパのところに行くのが嫌になったんじゃないの?」

「そうよ、嫌だったわよ！　嘘はつかない。ぞっとしたわ。愛する人が、おむつをしてうなったり叫んだりしてるのよ。あそこのにおいったら！　彼の手を握って、髪を撫でて、好きな音楽を選んでかけてあげても、彼にはわたしが誰かもわからないのよ！　毎晩、二時間は彼の病室ですごして、二時間は駐車場で泣いてたわ。サムが生きているあいだ、一秒たりとも彼のことを考えなかったことはない。あなたにわかるもんですか！」

「ムカつく！」レクシーがピンクの壁に牡鹿を投げつけた。粉々になった白いかけらが犬の上に降りそそぎ、犬が飛びあがって吠えたてた。

「出ていって！」ジャッキーが言った。

「出ていくのはそっちよ！　ここはパパの家よ！　あんたはただの業突《ごうつ》くばばあじゃん！　全部ひとりじめにして！」

話がずれている気がして、「ピーナッツのことは？」と言ってみたが、誰もパトリックの話を聞いていない。

「結局その話？　お金？　それならあなたは勘違いしてる。この家はわたしたちふたりのお金で買ったのよ」

「じゃあ、あたしのお金は？　あんたがいなければ、いまごろもらえてたはずなのに！」

「そしていまごろは酒代で使い果たしてたでしょうね！」ジャッキーが叫んだ。「そうなることがサムにもわかってた！　わたしたちふたりともわかってたのよ！」

「そんなのあんたに関係ない！」レクシーが叫びかえす。

「耳がおかしくなる」パトリックは言って、肘で両耳を覆った。

ジャッキーはそれを無視した。「関係ないですって？　あなたはサムを悲しませてばかりいたくせに。そこらをほっつき歩いて、飲んだくれて、どこかの馬の骨と寝て」

「あたしの人生でしょ！」レクシーが怒鳴る。

「あなたはたった十四歳だったのよ！　だからサムの人生でもあったの」

「ばっかばかしい。パパはあたしのことなんて気にしてなかった」

「気にしてたわ、いつも」

「そう、気にしてた。あんたがあらわれるまではね。それからすべてがおかしくなった」

「あなたのお母さんが亡くなったのは気の毒に思ってるわ、アレックス。でもわたしがお父さんと出会う前のことで責めるのはやめてちょうだい。わたしたちはいつだって、ドアをあけて待ってたのよ。それがわからないほどあなたが酔っぱらってたのは、わたしのせいじゃない」

パトリックは立ちあがった。「あなたたちはやかましすぎる。ぼくはもう行く」ふたりは気づきもしない。そのまま部屋を出ると、ウィローがうやうやしく玄関まで見送ってくれた。

ふたりの怒鳴りあう声は、私道を出るまでずっと聞こえていた。

パトリックが家に帰ると、ジャクソンとキムはソファにすわってテレビで『グランド・デザインズ』を見ていた。

「レクシーは？」キムが尋ねた。

「継母といる」それ以上くわしく説明する気にはならなかった。

「なあ、おれの靴、はいた？」ジャクソンが言った。

「うん。でも小さすぎた」

「おれにはちょうどいいぜ」

キムが言った。「レクシーのパパを殺した犯人、わかったの？」

「まだ」と答えて、パトリックは二階にあがった。

『ネッター・コンサイス神経解剖学』を広げて窓際にすわり、闇の中を光るイモムシみたいに行きかうヴァレー線の列車を眺めた。レクシーとジャッキーはまだ、おびえる犬の頭ごしに怒鳴りあっているんだろうか。愛とか金とかについて。本当に重要なのは死だけなのに。

真夜中近くになって、パトリックはようやくベッドに横になった。明日は、十九番の身に何が起きたのかを突きとめるべつの方法を考えなければ。

生きている人間の証言を聞くのはとんだ時間の無駄だった。

37

もう一週間近くたつのに、まだパトリックが守衛を殴ったことで解剖実習室は持ちきりだった。

「あいつがおれを殴ったの、おぼえてるか?」ビルの小脳にメスを入れながら、スコットが言った。

「殴ったわけじゃないだろ」とロブ。

ドクター・スパイサーが言った。「手もとに注意しなさい、ディリップ。動脈を切ってしまうぞ」

スコットが肩をすくめた。「おれの言いたいのは、あいつが暴力的だってことさ」

「そんなことないわ」メグは言った。「守衛が先につかんだらしいわ。だから正当防衛だったのよ」

「あいつがおれを殴ったのは正当防衛じゃなかった」

ロブがため息をつく。「パトリックは殴ったわけじゃない。手を払ったのがちょっとあたっただけだろ。大げさなんだよ」

スコットがふてくされた顔で灰白質《かいはくしつ》に入れたメスを前後させる。「あいつは刑務所に入るべきだ。まともな人間にまじってここにいたのが間違いだったんだ」

「お優しいことだな」とロブ。「おまえには風邪でも診てもらいたくないね」

「豊胸手術も」とスパイサーが言った。

「誰か、彼に会った？」メグは訊いた。

「パトリックか？　会ってないな」とディリップ。

「だいじょうぶかしら」

「まあとにかく」ディリップが言ってため息をついた。「もうすぐ解剖が終わるのは嬉しいよ。こんなにつまらない脳は見たことない」

パトリックの脳はどんなだろうとメグはぼんやり考えた。錠前とラベルのついた小さな箱が頭にぎっしり詰まっているところを想像して思わず微笑む。

「何がおかしいんだ？」とロブ。

「なんでもない。ちょっと考えごとをしてただけよ」

「読み聞かせはどう？」

「まああかな。彼女は気にいってくれてると思うわ」

「どうしてわかるんだい？」

「ほんとはよくわからないの。ときどき手がぴくっと動くけど……」メグは言葉の続きのかわりに肩をすくめた。

「なんの話かな？」スパイサーに訊かれて、メグはミセス・ディールのことを説明した。

「もし彼女が何かに気づいたとしたら、それは間違いなく、彼女にとって一週間のハイライトだろうね」スパイサーが言った。

「あの人たちは、身のまわりで起きていることがわかってるんでしょうか」

「わかっている人もいる。それはたしかだ。でも、それが果たしていいことなのかどうかは定かじゃないな」

メグはうなずいた。スパイサーの言う意味はわかる。みな脳神経科病棟に実習に行って、もう目覚めないかもしれない患者の無機質な姿と、目を覚《ま》ました患者の怒りや苦痛やいらだちを目のあたりにして、恐ろしさに口もきけないほどのショックを受けたのだ。

「何を読んで聞かせてるんだい?」ディリップに訊かれ、メグは我にかえった。

メグは少し顔を赤らめた。「ええと、最初は『ユリシーズ』を読んでたんだけど、わたしも彼女もあんまり気にいらなくて。いまは彼女の枕もとにあったくだらない小説を読んでるわ」それが『ダ・ヴィンチ・コード』だということは言わなかった。しかも、後ろめたい気分ながらも、授業のあいまを見つけては夢中でそれを読んでいることも。

それから、その本を読みおわったら、もう二度と昏睡病棟には行きたくないと思っていることも言わなかった。

「なかなか大変だろうね」メグの心を読んだようにドクター・スパイサーが言った。

「でも立派なことだ」

「くそっ」ディリップが言った。「動脈を切っちまった」

＊

噂をすれば影だわ、とメグは思った。パークプレイスに通じる長いスロープの下にパトリックが立っていた。

「あらパトリック、どうしてた?」

「退学になった」

「聞いたわ。守衛を殴ったからだって？」

「違う。その前に」それから、メグがなおも質問しようとするのをさえぎるように言った。「きみにやってもらわなくちゃならないことがある」

メグは皮肉っぽく眉を持ちあげた。「もちろん、なんなりと」

「よし。十九番の口の中と食道の写真を撮ってもらいたい」

まるで皮肉が通じていないことに、メグは遅まきながら気づいた。「そんなことできないわ、パトリック。解剖実習室にカメラやケータイは持ちこめないことになってるもの。知ってるでしょ」

「じゃあ、きみの暗証番号を教えてくれ。ぼくがやるから」

「それもできない」

「どうして？」

「そんなことしたら、わたしまで退学になっちゃうから」

「緊急事態なんだ」

「緊急事態？　ビルはもう死んでるのに？　次は心肺蘇生をほどこせなんて言いだすんじゃないでしょうね」

「そんなのばかげてる。これは違う」

「どうして？」

「彼が殺されたと思うから」

「誰？　ビルが？」

「そう」

「殺された？」

「かもしれない」

「わからないわ」

「わかった」パトリックが肩をすくめた。

「違うわ、そういうことじゃなくて、どうしてそう思うのか説明して」

「わかった。彼はピーナッツ・アレルギーで、チューブで栄養をとっていたのに、死んだとき、喉にピーナッツがあった」

「ええ」メグはうなずいた。

「それはおかしい。誰かがピーナッツを彼に食べさせたんじゃないかぎり。アナフィラキシー・ショックが原因で心臓発作を起こした可能性がある。死因の欄にも心不全と書かれていたけど、それはどうやって死んだかであって、なぜ死んだかじゃない」

メグは眉間にしわを寄せた。「そんなこと、どうしてわかったの？」

「彼の名前を突きとめて、彼の娘と話した。娘もピーナッツ・アレルギーを受け継いでいた。それで思いついた。でもピーナッツをたしかめにいったら、なくなっていた。誰かが持ち去ったんだ。それはつまり、その誰かが何かを隠そうとしているということだ。解剖の授業はもうあと一回しかない。そのあと、遺体はどこかに持っていかれて、何があったのか永遠にわからなくなる。だから緊急事態なんだ。だからきみに助けてもらわなくちゃならないんだ」

メグは呆気にとられてパトリックをみつめた。「彼の名前を突きとめた?」

「そう。サム・ゲーレンだ」

「それで、彼の娘と話した?」

「そう」メグは耳が遠いんだろうか、とパトリックは思った。

「どうやって?」

「そんなことは重要じゃない。ぼくは中に入れない。きみに助けてもらわなくちゃいけない」

メグは驚きに言葉を失った。いったいどうやって解剖体の名前を突きとめたのだろう。それにどうやって遺体の娘と話したのだろう。そのやりとりを想像するだけでぞっとする。とてもまともな話とは思えないし、ほかの誰から聞かされたとしても、とうてい信じられなかっただろう。でも、パトリックには説得力がある。言葉ではなく、彼自身に。いつものうつろな無表情が影をひそめ、熱っぽく頬を紅潮させている。助けを――パトリックなりのやり方で――乞うとき、目さえ合わせた。

パトリックを見ているうちに、警戒心がゆるんでくるのを感じた。それでも、メグは食いさがった。「いったい何を探してるの？」

「喉の粘膜に傷がついていた。おぼえてる？」

「ええ」

「あのときは、ディリップが切開の途中にヘマをしてつけた傷だと思った。でもいまは、ひょっとすると生前につけられたものかもしれないと思ってる」

「つまり、ピーナッツを持ち去ったのは、最初にそれをそこに入れたのと同一人物だと思ってるわけ？」

パトリックに凝視されて、さも興味津々のようなことを言ってしまった自分を内心蹴りつけたくなった。本当はそんなことないのに。そこでパトリックの目を見て、少し怖くなった。パトリックが見ているのはメグではない。メグを突きぬけた向こう側にある解答をみつめているのだ。

「かもしれない」パトリックの顔にはじめて見る笑みが浮かぶ。気が重いが、結局彼に頼まれたとおりにするんだろうな、とメグは思った。それでも、ほんの少しでも自分の得になるようにと、最後の抵抗を試みた。

「やってもいいわ。ただし、ひとつだけ条件がある」

「うん」

「ミセス・ディールに本を読んであげて」

「ミセス・ディールって誰？」

「昏睡状態の女性よ。簡単でしょ」

「ぼくに何をしろって？」パトリックが警戒するように訊く。

「彼女に本を読んであげるだけ」

パトリックが眉間にしわを寄せる。

メグは微笑んだ。「聞いてもらいたいなら、そう。声に出して読まなきゃだめね」

「何を読むの？」

「言ったでしょ、本よ」

「長い本でなきゃだめなの？」

「なんでもいいわ」と一瞬言いかけたが、パトリックが選んだ本に付きあわされるミセス・ディールのことを思って考えなおした。

「二百ページ以上の本じゃなくちゃだめ。あとフィクションで、人気のあるもの。ベストセラーとか古典ね。でも戦争ものとか、そういう男の子が好きそうなのはだめ。SFもね」

「戦争ものとSFはだめ」パトリックが重々しくうなずいた。パトリックに具体的な指示を与えれば、コンピュータみたいに正確にそれを実行するのだとメグは気づいた。一瞬、『高慢と偏見』を読むよう命令しようかと思ったが、内心で笑いつつその考えを脇に押しやった。

「それをやったら、写真を撮ってくれるの？」

「ええ、撮るわ」

「それならわかった」パトリックがしぶしぶ言った。

「頑張って」

「ぼくはいつも頑張ってる」パトリックが真顔で言った。

メグが笑って舌を出してみせると、パトリックは目をしばたたかせた。

38

「妊娠したの」トレイシーは言った。ミスター・ディールは嚙んでいたステーキを呑みこんでから椅子に背中を預け、トレイシーを見た。

トレイシーは顔がこわばるのを感じ、内心の震えを押し隠して懸命に笑顔をつくった。

ミスター・ディール——レイモンド——はいつも冷静で、感情をあらわにしたり人に媚びたりしない。だから心を読むのはむずかしいが、急《せ》かしたりすれば、かえってじらされるのもわかっている。それは腹立たしいいっぽうで、妙に興奮もする。

ミスター・ディールが咳払いをして赤ワインをひと口飲んだ。「どのくらいになるんだい？」

「もうかなり」

「産むつもりか？」

もちろん産むわ！　そういう計画だもの！

「いいかしら？」トレイシーはおずおずと言った。

ミスター・ディールはステーキにナイフを入れ、黒ずんだ肉をもうひと切れ食べた。

「もちろん」

「本当に？」

どうして確認したりするのよ？　トレイシーは自問した。どうしてノーと言うチャンスをもう一度与えるのよ？

ミスター・ディールはステーキを呑みこむとナプキンで口もとを拭い、テーブルに身を乗りだしてトレイシーの頬にキスをした。「もちろん本当さ。子ども用のトイレに使い道ができる」

トレイシーは有頂天になった。急に顔が笑うのを止めようとしても止められなくなった。

ふたりで『ニュースナイト』を見たあとベッドに行き、トレイシーはこれまで彼にしたことのないことをしてあげた。そうすべきだと思っただけでなく、そうしたいと思ったから。

そのあと、そこまで幸運でない女の子たちとシェアしている家に戻ってからも、夜半すぎまで興奮で寝つけなかった。翌日、仕事に行っても、ミスター・カトラーのお尻のウンチを拭くのがそれほど嫌でなかったり、ミセス・オールドリッジのしわしわの口に冷たいスープを運ぶのがそれほど面倒に感じたりしない自分に仰天した。

もちろん、仕事を辞めて、もう二度と働かずにすむ日が来るのは待ち遠しいが、それでもいまは、なんだかやりがいさえ感じられた。

何人かでお茶を手にナースステーションにすわっているとき、ナースコールが鳴ると、トレイシーはさっと立ちあがって「わたしが行くわ」と言い、自分でもそれに驚いた。

サリーが病棟じゅうを代表して言った。「今日はどうしたの？　恋でもしてるとか？」

そうね。トレイシーはその自覚にぞくぞくした。わたしはミスター・ディールに恋して、一瞬にして何もかもが変わった。
わたしは変わった――それは素晴らしい気分だった。

39

マッチを見つけるのに一時間かかった。サラは煙草を吸わないし、ガスコンロも使っていないので、そもそもなぜマッチがあるのかもわからないが、家のどこかにあることはわかっていた。それを探すあいだに、二本目のウォッカのボトルをほとんど空《から》にしてしまった。

そしていま、膨らんだ半月の下、フィエスタの屋根に霜がおりた夜に、納屋を燃やそうとしている。

それは思ったよりずっと大変だった。

凍てつく夜の寒さの中、ふらつく足どりで外に出たときは、腐りかけた木材に一本のマッチを近づけるだけで、またたくまに納屋全体が炎に包まれると思っていた。

でも違った。

ネグリジェにゴム長靴で納屋の角にしゃがみ、箱のマッチをもう半分がた使ったというのに、薄い木片が焦げた小枝に変わっただけだ。一度、放火の最中にうとうとして、指をやけどした。

いったん家にひっこんで手紙をとって戻ってくると、ふたたび試みたものの、手紙を持ったままマッチを擦るのは不可能に近かった。三つのことを同時にやらなければならないが、手は二本しかない。サラはよろけて小さく悪態をつき、マッチ箱を地面に置き、次に手紙を置いてマッチ箱を拾いあげ、そのすえに気づくと片手に手紙を、片手に火のついたマッチを持っていて、そのふたつをひとつにした。

紙の隅に火がつき、一瞬、オレンジ色の炎に照らされた文字が目に入った。

――ミセス・フォート、まことに残念ながら、ご子息のパトリックには生物科学部を去っていただかざるをえないこととなりました……。

サラはふたたびしゃがんで、火のついた紙を裂けた板壁の下にかざした。炎がけだるげに木材を囲んでゆっくりあたためていくかたわらで、マドック教授の手紙の言葉が黒い煤《すす》になって、魔法のように漂いのぼってゆく。

「さあさあ、頑張って」サラはざらざらした板壁に頬をつけて、口の中でつぶやいた。「いい子ね、納屋、あなたならできる」くすりと笑って目をあける。「やったわ」

オレンジ色のつるがためらいがちに一枚目の板を撫で、次いで二枚目に達した。サラは立ちあがってあとずさり、身震いした。コートも着ていないし、靴下すらはいていない。長靴の中の素足はすっかり感覚がなくなっている。火はとうとう勢いを得た。脆弱な角を見つけて、そこから上に爪を伸ばしている。サラは長い息を吐きだした。なぜもっと早くこうしなかったのだろう。お酒の力と箱に半分のマッチさえあればよかったのに。

納屋の角はしっかりと燃えあがり、パチパチ音をたてている。もう消えることはないだろう。放散される熱をしばらく楽しんでいると、火の粉が飛んできて、サラはふらつく足で一歩後ろに下がった。

——まことに残念ながら……。

パトリックはもうすぐ家に帰ってくる。そうしたらまたやり直しだ。ほとんど一から。あらゆる進歩が止まり、ひょっとすると後退してしまったかもしれない。もう疲れ果てた。パトリックに疲れ果ててしまった。こんなことは望んでいなかった。何を望んでいたのかよくわからないが、前進するのは後退するよりいいはずだ。たとえ行き先がわからなくても。

「離れて！」

何かに押しのけられ、サラはよろけて片膝をついた。地面に手をつき、てのひらに砂利が食いこむ。

ジューッという音がして、目をあげると、躍る炎が醜い灰色の煙と燃え殻に姿を変え、砂利の上をのたくっている。サラは咳こんだ。

ニックが振りかえってサラを見た。手に握ったホースからはまだ水が噴きだしている。「なんとかまにあった」顔を赤くし、息を切らして、賞賛の言葉を待ちかねるように立っている。

「そうね」サラはぼんやり言って、ふらつきながら立ちあがった。

「何があったんだい？」

「わからないわ」

「ありゃまあ」

ニックはパトリックと同じ年頃だが、もっと年上に見える。ややずんぐりして、サラには変質者がかけるようにしか思えない薄い色つきの眼鏡をかけている。

サラは手についた砂利を払い落とすと、急にひどい寒さを感じた。ニックがちらっと胸に視線を走らせたのに気づいて、あわてて前で腕を組む。

「それじゃ」とニックが言って、ホースを掲げてみせた。銀色のしぶきが空中に弧を描く。「これ、止めないと。メーターがあがっちまうから」

「ごめんなさい。どうもありがとう」

「なんの、いつでも」

納屋が燃えたときはいつでも、ね。サラの隣人はふたりしかいない。ニックとその母親だ。どうしてそのふたりがふたりとも、こんなに親切なのか。

「おやすみなさい、ミセス・フォート」

サラはぼんやり手を振り、ニックが細い緑色のへその緒みたいなホースをたぐって家に戻るのを見守った。

自分は病んでいるのかもしれない。煙とウォッカと失望のせいで。

階段の上には、猫のオリーが行く手をふさぐように立ちはだかっていた。サラはその頭を撫でてから、またいでキッチンに入り、流しにかがみこんで吐こうとしたが、何も出てこなかった。冷たい金属の流し台に額をつけて少し泣き、それからベッドに入った。

翌朝起きたとき、シーツにはわずかな灰がついていた。

40

ミセス・ディールの指が機械的にシーツを叩くのが視界の隅に映る。

「それ、やめてくれないかしら」メグはきつい口調で言った。「お願い、気になってしょうがないの」

直後に罪悪感に襲われた。ミセス・ディールのまつ毛は細い白目の上でぴくりともしない。とがめもしなければ許しもしない。指の動きが止まり、やがてまだ動きだす。叩いて、止まって、叩いて、止まって。

まったくもう。

メグは本を閉じた。

「続きは今度にしましょ、ミセス・ディール。もうすぐ終わるわ。そのあとは、友達のパトリックが来て新しい本を読んでくれるから。べつの人の声も聞きたいでしょ？　彼が何を読むのかはわからないけど、戦争ものとSFはだめって言っておいたから」

メグは立ちあがって首にマフラーを巻いた。

「なんにしても、今度彼を連れてきて紹介するわ。ひどい本を選んでないかもチェックしなきゃいけないしね。男ってしょうがないから」

本をテーブルに置き、かつてミセス・ディールだったものを見おろした。もう死んでいるのとほとんど変わらない。解剖体として実習室にいるところを容易に想像できる。いまよりもう少し膨れて、もう少しオレンジ色になっているだろうが、本質的には同じだ。

あの指以外は。

アンジーが部屋に入ってきて、メグに笑いかけ、隣のベッドの若者の点滴をチェックした。ロバートという名で、まだ二十五歳だが、何度か見かけた理学療法士の努力もむなしく、その手はこわばって、手首が奇妙な角度に曲がり、指も鉤爪《かぎづめ》のようになったまま固まっている。ほかの人間が彼のベッドのそばにいるのは見たことがないが、埃をかぶった大きな豹のぬいぐるみがベッドの下にあるので、かつては誰かが気にかけていたに違いない。

「あなたはほんとによくやってくれてるわ」アンジーが言って近づいてきた。

「そうかしら。ときどき、こんなことは無意味なんじゃないかって感じるんだけど」

「そんなことないわ」アンジーがきっぱりと言った。「無意味なんかじゃない。それに、ミセス・ディールはそうしてもらって当然よ。すごくいい患者さんだもの」そう言って、かがみこむとミセス・ディールの額を撫でた。

メグは病室を見まわして言った。「患者さんはみんなそうじゃないの？」

「とんでもない！」アンジーが目をぐるっと回した。「目を覚まして大暴れする人もいるのよ」アンジーが左手を持ちあげて、曲がった指を見せる。「これ、患者さんに折られたのよ。まだ腫れてるの」

「ほんとに？」メグは驚いて周囲を見まわした。「どの人？」

「もう死んだわ」と言ってから、アンジーが声をひそめた。「気の毒とは思わなかったわね」

メグは声もなく黙っていた。看護師の言うこととは思えなかった。

アンジーがメグの表情を読んで言った。「ひどく聞こえるでしょうけど、ミスター・アトリッジは悲惨な状態で、とても苦しんでた。よくなる見こみもなかった。死ぬほうが楽なこともあるのよ」

メグはゆっくりうなずいた。「そんなふうに考えたことなかったわ」

「でもミセス・ディールは違うわ」アンジーが患者の耳を意識するように明るく言った。「みんなミセス・ディールのことが好きだし、よくなるよう願ってる。ね、ミセス・ディール？」

ミセス・ディールの指が機械的にシーツを叩いた。

アンジーがメグの肩に手を置いた。「来てくれてありがとう」

アンジーが去ると、メグはコートを着た姿でふたたび腰をおろした。ミセス・ディールの手をとって撫でる。冷たかったので、両手ではさんであたためた。

「さっきはごめんなさい、きつい言い方して」メグはため息をつき、ほとんどひとりごとのように続けた。「いまちょっと、ストレスをかかえてて。全部パトリックのせいなの。ある重要なものの写真を撮れっていうのよ。でもカメラはクリスマスに買ったばかりだし、写真はてんでヘタだから」

それは本当だった。クリスマスに撮った写真の中で、運よく対象がフレームにおさまり、ピントも合っている写真は二十枚に一枚。残りの十九枚は、大きな白い顔だの、巨大な親指だの、後頭部だの、メグ自身の足だのが写っていて、即座に削除するしかなかった。それでどうやって、臨床的に信頼性のある粘膜の写真なんて撮れるだろう。それも、傷が死後につけられたものか、生前につけられたものかを判断できるほどの正確な写真を。これっぽっちも自信がない。

「しかも、こっそり撮らなきゃいけないの」メグはため息をついた。「カメラが持ちこみ禁止の場所で。見つかったら退学にされちゃうかもしれない。そうなったら、うちのパパは怒りくるうわ。そういうわけで、気が立ってたの。ごめんなさいね」

ミセス・ディールはただじっと横たわっている。メグは赤くなった。このかわいそうな人にこんなつまらない愚痴を聞かせるなんて。あとはこの人をここにおいたまま、さっさと自分の生活に戻るくせに。

ミセス・ディールの手をそっとシーツの上に戻すと、すぐに指が動きだした。

「来週また来るわね」メグは言って、急いで部屋を出た。

41

退学になってすることが思いつかなかったので、パトリックは翌週のほとんどを、のんびり街を自転車で流してすごした。ロース・パークの温室はあたたかくて熱帯の植物が生い茂り、外に出ると、太陽がウェールズの春の空の雲を突き破ろうとしていた。湖では自転車をボートにのせ、白鳥や鴨やポテトチップスの空き袋が集まる小島のあいだを漂った。『ニンジャ・タートルズ』がはやったあとに捨てられた生き残りらしきアカミミガメまでいて、地元の生き物を驚かせながら丸太の上でひなたぼっこをしている。

雨の日は賭け屋に行った。三度目に行った日には二頭の馬が死んだ。画面には映らなかったが、ノートにはちゃんと記録し――スターブライトとマイティエイコーン――名前の横に、二頭が自分の目的には役立たなかったことを示す小さな印を書きこんだ。そのあとは博物館に行って、夕食がわりのコーラを買った。

家に帰ると、レクシーがふたり掛けのソファのキムとジャクソンのあいだにすわっていた。三人は『ディール・オア・ノー・ディール』を見ていて、レクシーがリモコンを握っている。

パトリックは戸口で足を止めた。

「パトリック」レクシーが言った。「あの日はいったいどうしたの？」

「どの日？」

「家に行った日。ジャッキーの」

「帰った」

「それはわかってる」レクシーが目をぐるっと回してみせる。そういう顔をされるのはもう慣れっこだ。「なんで帰ったのかって訊いてるの」

「耳が痛かったから」

レクシーが困惑した顔をしたので、キムが説明する。「パトリックは大きな音が嫌いなのよ。でしょ？」

「うん」

「すごい喧嘩を見のがしちゃったね」とレクシー。

「それはよかった」パトリックは言った。

レクシーが立ちあがり、リモコンをジャクソンの膝に投げた。ジャクソンとキムが空いた隙間にさりげなく身を寄せあう。

パトリックが二階にあがると、レクシーもついてきた。

「どうだった？」

「何が？」

「パパを殺した犯人、わかった？」

「わからない。でもメグが喉の写真を撮ってくれる。ついていた傷が生前のものだとわかるかもしれない」

「セイゼン《アンテモータム》って？」

「死ぬ前」

「ああ、死後《ポストモータム》みたいな？」

「そう。でも違う」

レクシーはうなずいて、バスルームまでついてきた。パトリックはバケツに水を入れて自分の部屋に戻り、ベッドを壁から離して、その下の絨毯をブラシでこすりはじめた。

レクシーはしばらく足を組んでベッドにすわっていたが、やがてパトリックの寝袋にもぐりこみ、アーテックス塗料で渦巻き模様が描かれた天井をみつめた。

「パパの身体の中に何かあった？　ピーナッツのほかに」

「何も」

「何もないってことはないでしょ」

「当然あるはずのもの以外は何も」

ベッドの下の絨毯は、汚れているだけでなく埃だらけで、バケツの水はすぐに黒くなって毛や塵が浮かんだ。

「あんたが死んだパパの頭の中をつつきまわしてるところを想像すると変な気分。生きてるあいだに、あたしがやれたらよかったのに」

パトリックはしゃがんだまま上体を起こした。「脳の解剖を？」

「ママが死んだあと、どうしてあんなひどいことをしたのかわかるかなと思って。パパが何を考えてるのか、よくわかんないことが多かったから」

「言っている意味はわかる」思いがけない共感をこめて、パトリックは言った。

「あんたのパパもやなやつだったの？」

「違う。そんなことない」

「あらそう、よかったね」レクシーが上《うわ》の空で寝袋のファスナーをいじった。それは頑丈なＹＫＫ製のファスナーで、すべりをよくするために潤滑スプレーを欠かさないようにしている。それについてレクシーが何か言うかと思ったが、何も言わなかった。

「あたしのパパも、昔からずっとやなやつだったわけじゃないの。三歳か四歳ごろのクリスマスイブにね、あたしは二階で寝てて、パパとママは友達と下にいた」

「どうしてわかるの？」

「何が？」

「きみは寝てたのに、どうしてふたりが友達と下にいたってわかるの？」

レクシーは顔をしかめて言った。「とにかくいたの。あんたってほんと変なやつ」

レクシーが天井をみつめ、パトリックは唇をすぼめた。ものごとが起きた理由をすべて理解できない話は好きではない。

「で、あたしが寝てたら、パパにいきなりベッドからひきずりだされたの。あんまり急で何がなんだかわからなかった。パパはあたしを抱いて階段を駆けおりた。興奮のあまり震えてたんだよ」

レクシーはこっちを見ていなかったが、パトリックはうなずいた。その話の何かに惹かれ、ブラシをバケツに入れて真剣に耳を傾けた。

「そのまま居間に連れていかれた。電気は全部消えてて、クリスマスツリーの電球だけがついてて、たくさんのプレゼントがツリーの下にあって、ママや友達が窓際にいて、カーテンがあいてて――」

「それでわかったんだね」パトリックは言った。「下におりたら友達がそこにいたから」

レクシーがきょとんとした顔でパトリックを見て、それから笑顔になった。「そう、それでわかったの」

「続けて」

レクシーはまた天井をみつめて続けた。「で、パパはあたしを抱いたまま、まっすぐ窓の前に行った」

そこでレクシーは言葉を切り、何も食べていないのに、ごくりと何かを呑みこんだ。「みんながあたしのことを見てた、興奮した様子で。あたしは怖がればいいのか、はしゃげばいいのか、何が起きてるのかもわからなかった。パパがあたしを抱いて、窓の外を指さしてささやいた。〝ほらあれ、ほら！〟って」

「外に何が？」パトリックはこらえきれずに訊いた。

「外は暗かったけど、明るくもあった。その日は一日じゅう雪で、そのときもまだ降ってたし、街灯であたりがオレンジ色になってたから」

「それで、外には何が？」パトリックはしびれを切らして言った。

「それで、サンタクロースが目の前を通りすぎたの」

パトリックは眉間にしわを寄せた。「でもサンタクロースは実在しない」

「実在するよ」レクシーが天井に向かって夢見るような口調で言った。「だって見たもの。すてきだった。白いポニーの引くそりに乗ってた。でも雪のせいで音はまったく聞こえなくて、すごくしんとしてた。サンタクロースは止まらなかったし、プレゼントも配ってなかった。手も振らなかったし、〝ホーホーホー〟とも言わなかった。誰かのお父さんやおじさんが扮装してたわけでもない。だってリアルすぎて、静かすぎて、きれいすぎたから」

パトリックがしゃがんで見ている前で、レクシーの目尻から細い銀色の筋が盛りあがり、頰を伝って流れた。

レクシーがパトリックを見た。パトリックは目をそらさなかった。

「魔法みたいだった」なかばささやくような声。「そして、パパは起こしてくれた。あたしがそれを見られるように」レクシーがまた天井のほうを向き、目もとを拭った。

サンタクロースなんて信じられない。実在するはずがない。レクシーが見たと言っているサンタクロースは、たぶん扮装した近所の住民で、通りの先にある誰かの家に向かう途中だったのだろう。そこでプレゼントを配ったり〝ホーホーホー〟と言ったりするために。

でも、なぜだかわからないが、パトリックはそう言わなかった。なぜだかわからないし、うまく説明もできないが、パトリックは黙ってじっとしていた。漂白剤のにおいのする狭い部屋が、沈黙とともに何かあたたかくてすてきなもので満たされた。

レクシーがそっと息を吐いた。「いい部屋だね、ここ」とアーテックス塗料に向かって言う。「すごく落ち着く」

意外ではない。間違いなく、この部屋で一番いいのは天井だ。

パトリックはバケツの水を捨てにいった。髪の毛と繊維の塊が排水溝に詰まったので、溺れた小動物のようなそれをつまんでゴミ箱に捨てた。それから、漂白剤のはねた服を脱ぎ、お湯が出なくなるまでシャワーを浴びた。

部屋に戻ると、レクシーは眠っていた。ベッドをそっと押して、元どおり壁につける。

42

レクシーは目を覚まさなかった。

メグは解剖実習室を一歩入ったところで思わず立ちどまった。おかげで後ろにいたスコットにぶつかられ、四番の解剖台の端につかまってかろうじて転ぶのをまぬがれた。

遺体がなくなっていた。

赤い胸毛のルーファスが横たわっていた四番の台は、メグの手の下でステンレスがぴかぴかに輝いているばかりで、台の下の棚にあったルーファスの手足や内臓も姿を消している。

実習室の景色は一変していた。白に皮膚のオレンジ色から、白にステンレス台が反射するさらにまばゆい白へと。解剖体がないと、十九番の台がどれかさえ、最初はわからなかった。メグは歩いていって台の天板に触れ、それでようやく、遺体がなくなったことを実感できた。

ほかの学生たちも同じ気分のようで、どこへ行っていいのかわからない様子でうろうろしている。

「彼はどこですか」メグはドクター・スパイサーに尋ねた。

「誰のことだい」

「ビルです」

スパイサーが振りかえって部屋の奥を示す。そこではじめて、実習室の奥の壁際にワゴンがずらりと並んでいることに気づいた。それぞれの上に白い遺体袋がのせられている。

「最後の週は、標本を使って総括をする。復習が必要な学生のために」

「いつ持っていかれるんですか」

「何が？」

「解剖体です」

「葬儀の準備ができしだいだ」

メグはすばやく数をかぞえた。すでに二十七体しかない。

「だいじょうぶか？」ロブが声をかけた。

メグはゆっくりうなずいた。「こないだまでここにいたのに、次に来たらもういなくなってるなんて、なんだか変な感じで」

スパイサーが同情のこもった笑みを浮かべる。「だからこそ、学生たちには解剖体のことをあまり深く知ってもらいたくないんだ」

「いまはわかります」メグは言った。わかりたくなかった、と思いながら。

「だがまあ」スパイサーが付け加える。「そう落ちこんだものでもない。金曜の晩に、ぼくの家でちょっとした会をしようと思っている。解剖実習の打ちあげってところだ」

「いいね」ロブが言い、ディリップが勢いよくうなずいた。

「パーテイか」スコットがえせアメリカ風の発音で言った。自分ではいかしているつもりらしい。

メグはうなずいたが、パーテイの気分ではなかった。ビルの喉の写真を撮るのが不可能になって、半分はほっとしていた。もうどの袋に彼が入っているのかも、それどころかまだここにいるのかさえわからないのだ。でもあとの半分では、もうパトリックに交換条件を果たさせることはできないなと考えていた。

そして、ミセス・ディールの指がでたらめに時を刻むのを聞きながら、『ユリシーズ』か『白鯨』を読むことを考えると、胃がむかついた。

43

パトリックにとって、その日は朝から幸先が悪かった。バレンタインのカードを受けとったからだ。表には、砂の上に貝殻を並べてつくったハートの写真。開いてみると、中にはクエスチョン・マークがひとつ書かれているきりだった。混乱したパトリックは、キムに説明を求めた。するとキムは妙に興奮した。

「ジャクソン!」と二階に向かって叫ぶ。「パトリックがバレンタインのカードをもらったわよ!」

それがなんなのかわかっても、何もかもが気にいらなかった。匿名であることも、コンセプトも。そして何よりサプライズだということが。パトリックは準備できることが好きだ。予想外のできごとは脅威であり、変更は悪いことだ。そういう事態をなんとか乗りきるために、あらかじめ予防策を講じ、変わらないものでまわりを固めて、変化をやりすごせるようにしてきた。たとえば自転車。寝袋。名前を書いたノート。そういう変わらないものがあればこそ、人生の地雷原を——周到な準備と計画でもって——歩いてこられたのだ。母の飲酒や、父の死や、大学入学を。死者の写真やアルファベットの皿があったから、それらを切り抜けてこられた。

だから、予期せざるカードを受けとったことで、来る《きた》一日への不吉な予感でいっぱいになった。

玄関のベルが鳴った。メグだった。

「どうしたの?」パトリックは言った。

「どうもしないわ」メグが答えた。「いえその、ちょっとね。でもそんなにたいしたことじゃ……入っていい?」

パトリックがそれについて考えていると、ジャクソンがふたりを押しのけるようにして玄関を出ていきしなに、首にマフラーを巻きながらパトリックをぎろりと睨んだ。

「バレンタインのカードなんてクソくらえだ」ジャクソンが吐き捨てるように言う。

「バレンタインのカードに何か問題でも？」メグがおずおずと言った。

「何もかも」パトリックは言って、メグがキッチンまでついてくるのにまかせた。そこで、解剖体がなくなっていたことを聞いた。

パトリックはよろめいた。こんなに用心していたのに、目の前で地雷が爆発したのだ。

「解剖実習は二十二週間のはずだ！」と思わず叫んだ。

「ええ」とメグ。

「まだ二十一週しかたってない！」

「落ち着いて」メグがなだめるように言う。「標本を使った総括も重要な講座の一部ってことじゃないかしら」

「でも違う」パトリックは激しい口調で言った。腹の一部だの、脳のかけらだの、切りとった手だのといった標本。古くて灰色でにおう。わかりにくい解剖体で何を探せばいいのかを学生に示すため、冷蔵室の大きな白いバケツの中から拾いあげられ、防腐液をしたたらせる。血管を靴ひもみたいにぶらさげた腎臓、ラックの上のトーストのようにスライスされた顔。

「十九番を見つけるんだ」パトリックは強い口調で言った。「約束しただろ」

「どうやって、パトリック？　授業中につかつかと遺体袋に近づいていって、見つかるまで端からあけていくわけにはいかないし、まして写真を撮るなんて」

「でも約束した」

「約束はなかったことにして。ごめんなさい、本当に」

「それじゃどうやって証拠を手に入れればいいんだ」

「もう無理かもしれないわね」メグがため息をつく。

パトリックはメグに背を向け、憮然として流しの蛇口をみつめた。自分の後頭部を見るメグの顔がステンレスに映っている。こうすれば向かいあわなくてすんで、メグの顔を見やすいということに気づく。はじめて、目を合わせないように視線を避けることなく、じっくりメグの顔を見る。蛇口に映る顔はやや歪んでいるが、ふとクリスマスに母にされた質問を思いだす。

——彼女、きれい？

メグは茶色の目に黒い眉、白い肌、ふっくらした唇を持っている。きれいかどうかはわからない。人の顔なんてちらっと見るのが精いっぱいだから、誰のこともそんなふうに思ったことがない。でもメグの顔はなめらかで、蛇口に映った像とはいえ、見ていて心が落ち着く。

生まれてはじめて、メグには自分のことがどう見えるんだろうと考えた。湾曲した蛇口に映る自分の顔は、縦に長く伸び、目が飛びだして、珍しいナナフシみたいに見える。パトリックは目を閉じ、いまの状況を整理することに意識を集中させた。

死体はもうない。でもピーナッツは死体のところにはなかった。ということは、ピーナッツはまだ見つけられる。どこかで。小さな可能性だが、何もないよりはましだ。

パトリックは目をあけてメグの肩口を見た。「スコットはどこに住んでる？」

「知らないけど、どうして？」

「あいつがピーナッツをとったのかもしれない」

「どうしてスコットがそんなことをするの？」

そんなのわからない。ただ必死なのだ。それだけだ。少なくとも、スコットは自分を殺すぞと脅したし、死体の目の覆いをとろうとした。もしスコットじゃないなら、また手がかりを失ってしまう。

「藁をもつかむ思いってやつね」

「スコットと話したい」パトリックは頑として言った。

「本当に？」メグがため息をつく。

「うん」パトリックは答えた。「本当に」

「それなら」メグがちらっと皮肉っぽい笑みを浮かべる。「明日の晩、パーティがあるわ」

＊

二度目の木曜日だ。一度目は気づきもしなかった。マドック教授の手紙が届いたその週は、水中にいるようなぼやけた視界の中で過ぎた。おぼえているのは、カードショップに病欠の電話をしたことと、洗っていないシーツのにおいだけだ。

でも今日は二度目の木曜日で、サラは夕方からずっと、猫を膝にのせ、テレビのローカルニュースを見ながら電話のそばにすわっていた。若い男性の首吊り死体や溺死体や轢死体が見つかったという話題がないまま定時のニュースが終わるたびに、ウォッカの瓶の蓋をあけ、パトリックがおそらくまだ生きていることに乾杯した。あるいは、息子がまだ家に帰ってきていないことに。どちらなのかはサラ自身にもよくわからない。

息子が帰ってくると思うと、ゆるやかなパニックに襲われる。だから、まだマドック教授にもカーディフ警察にも、退学になったあとのパトリックの行方を問いあわせる電話をかけていない。カーディフまでの六十キロ余りを運転して、去年の九月に息子をおろした小さなテラスハウスを訪ねることもしていない。

素面《しらふ》のあいだでさえも。

心配する理由もない。パトリックの家賃は春学期の終わりまで払ってあるし、週に二十ポンドの生活費もあげてある。多くはないが、それがサラに出せる精いっぱいだ。援助の申請だのなんだのをすれば、どんな機関の注意を引くかもわからない。それよりは切り詰めた生活をするほうがいい。幸い、パトリックは服にも食べ物にも、それらがどれだけ乏しいかにも、ほとんど興味を払わない。

サラ・フォートは警戒するように電話を見た。もう十一時を回っている。これから鳴ることはないだろう。

大きな安堵感とともに、サラはボトルの残りを空《から》にした。

パトリックが帰ってきたら、そのときに考えればいい。帰ってこなかったら——そのときは楽になれる。いろいろな意味で。

44

太った。

太った、太った、太った。

トレイシー・エヴァンスは、階段の上の鏡に映る自分を睨みつけた。おなかだけじゃない。頬や首や二の腕にも厚い脂肪の層が張りついたみたいだ。

トレイシーは妊娠を楽しみにしていた。妊婦が膨れたおなかをテントみたいな服で覆い、よたよたと歩く時代は終わった。いまどきの若い女は、黒いミニのワンピースでせりだしたおなかを誇示し、すべすべした完璧な腹部をかかえて雑誌のヌードグラビアを飾る。

どんなセレブのゴシップ記事でも、たった五カ月でいまのトレイシーみたいになった人は見たことがない。空気を入れて膨らませたみたいな姿、トラック運転手のような腕、日に日に腫れぼったくなっていく目。黒いミニのマタニティワンピースも買ったが、あまりに急激に太ったために着るチャンスを逃してしまった。いまでは、クローゼットをあけるたびに、ミスター・ディール――レイモンド――が空けてくれたレールの端のスペースにぶらさがったそのワンピースが、トレイシーをあざわらう。びっくりするほど細身で、全身はおろか、片足さえ入らなそうだ。

ミスター・ディールは問題ないと言うが、ベッドでは触れようとしなくなった。〈マリオカート〉でレベルをあげるみたいに体位のバリエーションを広げても、彼の興味を引くことができなくなった。いまでも週に三日は彼の家に泊まるが、彼はたっぷり肉のついた肩に手を置いて、頬におやすみのキスをするだけだ。

突然、糸で引いたみたいに口角が下がる。彼を愛してる。ミスター・ディールを愛してる。だから、ひとりとちっちゃな胎児のぶん、食べなくちゃと思った。

なのに、気づくと大の男六人ぶんは食べている。

てのひらの付け根を目に押しつけて天井を見る。マスカラを汚したら困る。なおす時間はない。これからタイ料理の店にバレンタインディーのディナーに出かけるのだ。レストランの名前を思い浮かべるだけで膨れたおなかがグーグー鳴り、突然、体内にいる子どもに敵意をおぼえる。小鬼《トロール》の姿を想像する。ゴムみたいな顔と鋭い歯を持つ捕食者。わがままで注文が多く、いつも腹をすかせている。もちろん、四カ月後には何もかも変わるのはわかっている。娘を腕に抱いて二度目の恋に落ちるのだ。でもそのときまで、娘（ジョーダンかジャメリアで迷っている）のことは、一刻も早く体内から追いだしたい敵のように思える。

そのいっぽうで、ミスター・ディールは寝室の外では意外なほどの熱意を見せている。南向きの一室の壁が明るい黄色に塗られ、そこにベビー用品がずらりと並んでいるのをある日偶然見つけた。ベビー服におもちゃ、新しいベビーベッド。ふたりにとって新しいだけでなく、誰にとっても新しいものだ。トレイシー好みのレースの天蓋つきのベビーベッドではなかったが、それはともかく、〈マザーケア〉の八百九十五ポンドの値札がついていた。トレイシーは車にだってそんなに払ったことはない。

レイモンドのベビー服のチョイスもいまひとつだ。中性的な白や黄色ばかりなのだ。小さな女の子にはピンクと相場が決まっているのに。

一緒に買い物に行っていないのを少し変に思ったが、トレイシーは失望を押し隠した。少なくとも、彼は積極的にかかわろうとしている。それはトレイシーと同年代の男には期待できないものだ。だから、どれも素晴らしい、と彼に言った。

きっとそうなるだろうと思った。

なぜなら、子ども部屋は保険だ。あの日当たりのいい、明るい部屋以外のどこで、赤ちゃんが暮らすというのか。そして、赤ちゃんがいなければ、自分はどこで暮らすというのか。レイモンドはほかの男とやり方が違うだけだ。そして、それこそ彼を愛している理由のひとつでもある。

トレイシーは鏡に向かって笑顔をつくると、丁寧に髪を整えた。

もうすぐだ。ジョーダンだかジャメリアだか（あるいはひょっとするとジェイデンかも）が出てきたら、痩せて、またクラブにも行こう。外国で長い休暇をすごし、エアーマットの上に寝そべって、日焼けしたキュートなウェイターに、パイナップルのスライスと傘ののったカクテルを運んできてもらう。

母親にはもう赤ちゃんを預かってもらう約束を取りつけてある。

45

パーティは五歳のとき以来だ。二十人の甘やかされた子どもがぎゅうぎゅうに密集して騒ぐ中、椅子とりゲームの最中にまれにみる大惨事が起こった。〝パーティ〟という言葉を耳にするだけで、泣き叫ぶクラスメイトにひっくりかえった家具、床にこぼれたゼリーをむさぼる大きな茶色い犬の姿がパトリックの脳裏にフラッシュバックする。

ドクター・スパイサーがフラットのドアをあけた瞬間、そのすべてがありありとよみがえった。聞こえてきた音楽だけで、思わず廊下を一歩あとずさりした。

「やあ、入って」スパイサーが言った。

メグは言われたとおりにしたが、パトリックはその場を動かなかった。メグが振りかえって、ワインのボトルを指さす。角の店で買っていこうとメグが強く主張したものだ。どうやら、それが入場チケットがわりらしい。パトリックは自分のためにコーラを買った。瓶ではなくペットボトルだが、ないよりましだ。

パトリックはワインをスパイサーに渡して言った。「スコットはどこですか」

スパイサーは笑ってありがとうと言い、メグは笑顔で指導教官の頬へのキスを受けいれた。

スパイサーがパトリックを見た。「まあ入れよ、パトリック。よく来たね」

白衣も青い手袋もつけていないスパイサーは、ずいぶん違って見える。それも嫌だった。ジーンズにカーディフ大学のラガーシャツ姿のスパイサーに対する心がまえができておらず、すでに状況をコントロールできなくなったような感じがする。

「スコットはいますか」パトリックはその場を動かずに言った。

「ああ、いるよ。どこかで今日のことを嗅ぎつけたらしい」スパイサーがウィンクすると、メグがくすっと笑った。

パトリックはなおも廊下の深緑色のカーペットの上から動かなかった。「連れてきてくれませんか」

スパイサーが笑みを浮かべ、ワインを持った手で手招きした。「中に入って自分で見つけたらどうだい」

パトリックは胸の前で腕組みして、一歩下がった。「ぼくはここにいる。きみが連れてきてくれ」とメグに言った。

「ばか言わないで、パトリック。誰も嚙みついたりしないから」

パトリックは廊下の先に目をやった。たくさんの人と明かりとベースの音。ここからでも胃に不快な振動が伝わる。急に唇が乾き、舌で舐めた。

「さあ」メグが言って、一歩近づいてきた。一瞬、手をとろうとするのかと思ったが、メグはただ静かに言った。「来ないと、永遠にわからないかもしれないわよ」

それから、メグはきびすを返して部屋に入っていった。パトリックがついてくるのを予期しているように。

わからないのは我慢できない。だから、長い長いためらいのすえに、パトリックはメグのあとを追った。

みんながそこにいた。数十人の学生たち。あの汚れた紙の白衣を脱ぎ、手に手にワイングラスやビール瓶を持って、みな信じられないほど洗練されて見える。若い指導役の医師も何人かいる。ドクター・クラーク、ドクター・スピラー、ドクター・ツー。見おぼえのないふたりの女と談笑し、すっかり溶けこんでいる。誰もが、自分がここにいる理由をわかっているように思える。誰もがなじんでいるように思える。

メグが、パトリックには見おぼえのない黒髪のすらっとした女に手を振った。

「よお、パトリック」ロブに声をかけられ、パトリックはうなずいた。

「いいパーティだな」

「そうなの？」パトリックは言った。

ロブは一瞬パトリックをみつめ、それから肩をすくめて笑った。「さあな」

「わかった」

「ビール飲むか?」ロブが言って、氷と瓶がいっぱいに詰まった樽から一本とる。

「いらない」と答え、パトリックは先を急いだ。

メグのあとをついてキッチンに入った。そこには誰もおらず、ステレオから一番遠かったが、それでもそこに着くまでに、パトリックはむずむずする嫌悪感と耳の痛みに、叫ぶか泣きだしたくなった。壁を背にしてすわり、タイルの床の上でテーブルをひっぱって自分のほうに引き寄せ、誰も後ろを通れないようにした。背中を守れて少しだけ安心したが、それでも顔や胸や手や脚がひどく無防備に感じた。テーブルの上にあった十本ほどの空き瓶を一列に並べ、ガラスのバリアをつくった。

メグがカップボードからタンブラーを取りだした。「飲む?」

パトリックは首を振った。手の中のコーラは冷たくてうまそうだが、あけるのは我慢した。そのボトルがお守りになっていたからだ。満杯のボトルは自分を守ってくれる。空《から》になったらその力は失われてしまう。それをあけるのは、警戒をゆるめることのように思える。

メグがテーブルにタンブラーを置き、流しのそばのカウンターに行った。そこにはさらに何本もの瓶が並んでいる。

メグが選んだグラスのふちに小さな汚れがついているのに気づき、パトリックは立ちあがってそれを洗った。

「ありがとう」メグはすわってワインをつぎ、ぐっと飲むと、パトリックに笑いかけた。「それで、バレンタインのカードをいくつもらったの?」

「ひとつ」

「ひとつだけ? 誰からだったの?」

「わからない。スコットを見つけてくるって言ったろ」

メグはしばらくじっとワインの入ったグラスをみつめてから言った。「わかったわ」

メグが出ていくと、パトリックはカップボードをあけてすべてのグラスを調べた。ボウルに石鹸水を張ってグラスを洗い、水切り台に並べた。それから、ナイフやフォーク類の入ったひきだしをあけ、その中身をお湯の中にすべてあけた。

スパイサーが音楽とともに入ってきて、パトリックはぎくりとした。

「キッチンが汚染されてたとは知らなかった」スパイサーがウィンクする。

「だいじょうぶです。いまきれいにしてるから」

スパイサーが笑い、冷凍庫からピザを出してオーブンに入れる。「きみが退学になったのは残念だった」

「はい、矛盾してます」

「守衛に腹いせをしたそうだね」

パトリックは肩をすくめた。ナイフとフォークとスプーンに、缶切りや折れたロウソクなどをすべて取りだすと、トレーも洗ったほうがいいことがわかった。ついでにその下のひきだしも。

ドクター・クラークが入ってきて言った。「やあ、ハードパンチャー」

誰かと勘違いしているんだろうとパトリックは思った。

ドクター・クラークはテーブルの角に腰かけて瓶ビールを飲み、スパイサーと世間話を始めたが、パトリックは聞いていなかった。あたたかい石鹼水に肘までつかっていると、妙に気持ちが落ち着いた。メグがスコットとともに戻ってきたときには、パトリックはふたたびテーブルについて、洗ったナイフやフォークをぴかぴかに磨き、同じく洗ったばかりのトレーの上にきちんと戻しているところだった。

スコットが音をたてて椅子を引き、どさっと腰をおろした。モヒカンが半分立って半分寝ていて、顔がてかっている。

「なんだよ、パディ」

「パトリックだ」

「あいかわらずつまんないやつだな」

「ピーナッツをとった？」

「は？　ピーナッツって？」

「十九番の中で見つかったピーナッツ」

「とってないよ、そんなピーナッツなんて。もう忘れろよ」

パトリックはナイフを磨く手を止めなかったが、ナイフのことは頭から消えた。あてがはずれた思いだ。スコットはピーナッツをとっていない。それは信じられそうだ。スコットが信頼できる人柄だからではなく、酔っているから。パトリックの経験では、酔った人間は本当のことを言う。昔、酔った母が言ったことがある。パトリックのせいで自殺しかけたと。父が死んだ日、母はペン・イ・ファンの山頂に登り、もう少しで飛びおりるところだった。あんたのせいで！　母は叫んだ。あんたのせいで！

スコットはテーブルに頭をのせてパトリックの顔を見あげた。「聞いてんのかよ」

「うん、聞こえた」

「変人め」スコットは言って、それから笑った。「わかったか？」

「わからない」パトリックが答えると、スコットはさらに激しく笑った。

「やめてよ、スコット」メグが言った。「今日ぐらいは」

「わかったよ」とスコット。「きみに免じてな。踊らないか？」

「いいわ」メグが言って、キッチンを出ていった。それを見送りながら、パトリックはなぜか行かないでほしいと思った。スコットがそのあとを追い、胃を掻きまわされるようなけたたましいビートがまた聞こえて、ドアが閉まった。

パトリックは深いため息をついた。少なくとも、ナイフとフォークはきれいになった。

メグの知りあいらしい黒髪の女が入ってきて、スパイサーの耳に何かささやき、スパイサーが笑顔になった。彼女がパトリックとドクター・クラークに向かって誇らしげに手を突きだす。そこにはダイヤモンドの指輪が輝いていて、パトリックは目をしばたたいた。母もダイヤモンドの指輪を持っているが、これに比べるとちっぽけでみすぼらしい。一度、ベッド脇のテーブルにあったその指輪をとって、温室に持っていったことがある。ダイヤモンドで本当にガラスを切れるのか試したかったのだ。そのまま庭に置きわすれて、大目玉を喰らった。あのときの母の怒りくるった様子を思いだすと、いまでも震えがくる。

女がスパイサーの頬にキスをして、スパイサーがその腰をぎゅっとつかみ、それから女は出ていった。

スパイサーはピザをもう一枚オーブンに入れてから腰をおろした。「まだあのピーナッツのことを気にしてるのかい？」

パトリックはうなずいた。

「何がそんなにひっかかるんだい？」スパイサーが慣れた手つきでビールの栓をひね

ってあける。

パトリックが説明すると、スパイサーは飲みながらうなずいた。ドクター・クラークが立ちあがってオーブンをあけ、ピザの焼け具合を見る。熱い空気がキッチンに漂いでて、顔があたたかくなる。パトリックはコーラのボトルを手で包んだ。蓋をあけて、はじける泡とともにぐっとコーラをあおりたくてたまらない。ボトルの冷たさがやけに肌に近く感じられて、ふと気づく。青い手袋もしないで、ドクター・クラークやドクター・スパイサーと同じ部屋にいるのは妙な感じだ。自分の手も彼らの手もひどく無防備な感じがする。

「もうすぐできる」手袋をしていない両手のあいだからガラスの中を覗きこんで、ドクター・クラークが言った。その指は長く骨ばっていて、爪は深爪に近いほど短く切られている。

溶けたチーズのにおいが漂ってきて、十九番の唾液腺《だえきせん》を思い浮かべ、ふたたびあの喉の傷と黒い血痕を思いだす。

「それで、これからどうするつもりなんだい？」スパイサーがビール瓶のラベルをゆっくり剝がしながら言った。

「わかりません」パトリックは答えた。部屋のあたたかさと落胆からくる疲労感で、よく考えられない。「もう一度、警察に行くかも」

「警察に行ったのかい?」スパイサーが言った。「ピーナッツが盗まれたと通報するために?」

ドクター・クラークが鼻で笑ってパトリックを見た。

「はい。でもぼくの手には血がついていたので、話をする前に出てきました」

スパイサーが目をみはり、それから笑いだした。「くわしくは訊かないことにしよう」と言って、カウボーイ映画の悪役みたいに両手をあげてみせる。スパイサーは大柄なほうではないが、その手は大きくて肉づきがよく、短いピンク色の傷跡が何本か、右手の人さし指を囲むようについている。

「その指、どうしたんですか」と尋ねると、スパイサーはパトリックがそこにいるのを忘れていたみたいな顔でこっちを見た。

「指?」と言って、自分の指を見る。それもそこにあるのを忘れていたみたいに。「ああ、缶切りで切ったんだ。血がたくさん出てね。もう少しで卒倒するところだった」

ドクター・クラークは笑ったが、パトリックは胸の中で小さな火花が散るのを感じた。

嘘だ!

ついさっき、ひきだしの中の缶切りを見た。それは実家で母が使っているような旧式の安物で、がらくた同然だった。鋭さよりも圧力で押し切るタイプで、皮膚を貫通するのはほぼ不可能だし、スパイサーの指にあんな深い傷を複数つけるなんてとても無理だ。

嘘つき！

全身がちりちりした。

スパイサーは嘘をついている。でもなぜだろう。

パトリックはスパイサーの手をじっとみつめた。頭の中でパズルのピースがぐるぐる回りだす。指の傷、青いラテックスの切れ端、南京錠のかかった扉――それらが同じパズルのピースなのかもわからない。パトリックの人生は混乱だらけで、たしかだと思えることなんて何ひとつない。落ち着こう。冷静に考えなくては。

スパイサーの両手がゆるやかに握られ、それが木のテーブルの上に注意深くおろされ、それから膝の上に置かれるのをパトリックは見守った。目をあげると、スパイサーがパトリックをみつめていた。

オーブンのタイマーがけたたましく鳴り、パトリックは両手を耳に押しつけた。片方の手は冷たくて硬かった。まだコーラを握ったままだった。

「ピザができたぞ！」ドクター・クラークが言った。

パトリックは立ちあがろうとして、テーブルに膝をぶつけた。輝くナイフやフォークがトレーの上で音をたてた。

「どこに行くんだい?」スパイサーが言った。

「帰ります」

「ピザを食べていかないのか?」

「いりません」パトリックはドアをあけた。大音量の音楽が壁のようにぶつかってくる。でも外に出なければならない。深呼吸をして、まっすぐ玄関をめざした。歩きながらメグを探す。もし会えたらさよならを言おうと思ったのだが、見あたらないし、フラットの中を探しにもいけない。暑すぎるし、人が多すぎるし、うるさすぎる。もうたくさんだ。


パトリックは四階ぶんの階段を駆けおりた。外に出ると、湿った空気がもう車や街灯を包みはじめている。歩道に立ち、救われた思いで冷たい空気をたっぷり吸いこむ。ドクター・スパイサーのフラットはかつてのタイガー・ベイにあって、新しい建物はすべて、どこかしら船を模したつくりになっている。丸い窓や、船の舳先《へさき》みたいに湾曲していたり、帆みたいに張りだしたりしている屋根。

ガードレールにつないでいた自転車のロックをはずす。どちらの金属も冷えきっていて、すぐに指先がかじかんできたが、フレームをまたいで、帰り道の方向にあるカーディフの中心街をめざしてペダルをこいでいると、しだいに頭の働きが回復してくるのを感じた。

ダンボールズ・ロードは長く、両側に工業施設が建ちならんでいる。カーディフ・ベイ地区の再開発の波は、かつて街の外縁だったこのあたりにまで及び、自動車整備工場や町工場がタウンハウスやフラットに押しやられつつある。

それでも、いまのところはまだ、夜は閑散として暗く、ときどき通りすぎる車のヘッドライトが、パトリックを中心にぐるりと影を回すだけだ。

心が落ち着く。

パーティから遠ざかるほど、気分がよくなってきた。ペダルを踏みこむ足にさらに力をこめると、いっそうスピードがあがり、寒さも増す。吐く息が白く曇り、息を吸うたびに、街じゅうをモルトの香りで包んでいる近くのビール醸造所からの排気も一緒に吸いこむ。

突然、目の前の道路が明るく照らしだされたかと思うと、何かが鋼鉄の津波のようにぶつかってきた。

自転車が身体の下から押し流され、パトリックはガラスが割れるような音とともに自動車のフロントガラスの上に落ちた。ほんの一瞬、パトリックの身体は、車のハンドルを握りしめる関節が白くなった手から、数センチのところにあった。

車が横すべりし、甲高いブレーキ音とともに急停止した。

パトリックは無音の空中をすばやく移動した。やがて、何かが背中に激しくぶつかったかと思うと、地面に倒れていた。

世界が冷たい真っ黒な立方体となり、そのまま長い長い時間が経過したあと、天井が開いた。あるいは床が。まばゆい白い光が細くあけた目に飛びこんでくる。

「パトリック？」

スパイサーだ。

パトリックは動かなかった。動けなかった。胸が痛み、息ができない。

スパイサーの靴がアスファルトの上におろされて小さな音をたてる。「だいじょうぶかい？」

〈だい〉じょうぶかい。

だい〈じょうぶ〉かい。

だいじょうぶ〈かい〉。

靴音が近づいてくる。

突然、息ができるようになり、パトリックはあえいで咳こんだ。酸素とともに身体が動いて、横向きから腹ばいになり、そこから膝をついて、ふらつきながら立ちあがる。

「パトリック！　待て！」

その言葉に従いかけたが、路上に投げだされて無残にねじれた青い自転車が目に入り、立ちどまるかわりに歩きだした。右膝ががくりと折れてよろけ、転ぶ。パトリックはスパイサーがパーカーのフードをつかんでパトリックを助けおこす。パトリックは腰を折り、身をよじって逃れると走りだした。

「パトリック！　待ってくれ！　話があるんだ！」

でも止まらなかった。走って、走って、走りつづけた。なぜかはわからない。筋も通っていない。それでもひたすら走りつづけた。

背後で「くそっ」と叫ぶ声がして、車のドアが閉まる音、次いでうなりをあげるエンジンの音が聞こえた。

スパイサーが追いかけてくる。

それは衝突そのもの以上に衝撃的だった。

なぜなのか。いったいどういうことなのか。わからない。前を見た。百メートルほど先に、裏から見たカーディフ・セントラル駅のオレンジ色の明かりが見える。でも遠すぎる。あそこにはたどりつけない。道路をそれるしかない。

左手に立体駐車場がある。パトリックは身をかがめてそこに走りこんだ。スパイサーの車は入口を通りすぎたあとに急停止し、音をたててバックしてきた。

車が自分を追ってスロープを走ってくる音が、がらんとしたコンクリートの洞窟に雷鳴のようにとどろき、パトリックはしくじったことを悟った。駐車場に人気《ひとけ》はなく、数台の車が、低い塀に仕切られた灰色のコンクリートの箱の中にぽつぽつと置かれているきりだ。これでは袋のネズミだ。

出口を探したが、見つからない。一階の突きあたりまで行って、二階に駆けあがる。車が甲高い音とともにスロープを上って追ってくるのが聞こえる。それが二階に着いて急なカーブを曲がる前に、パトリックはランドローバーの下にすべりこんだ。冷たいコンクリートの上に横たわり、排気系統を見あげてじっとしていると、スパイサーのシルバーの車が横を走りぬけていった。

排気《エグゾースト》と、疲労困憊《エグゾーステッド》。

タイヤの音で、スパイサーがスロープを三階まで上っていったことがわかり、パトリックは車の下から這いだそうとした。

そのとき、頭上のどこかで、スパイサーの車が停止し、Uターンしてこちらに向かってくるのが聞こえた。

パトリックはその場で動きを止めた。

シルバーの車がスロープをおりてきて、音をたてて止まった。追いかけられて轢かれそうになったその車を、いま改めてよく見ると、シトロエンだ。車のドアが開く音がして、パトリックの目の前でサスペンションがわずかに持ちあがり、スパイサーがおりてきた。

逃げられるうちに逃げるべきだった。

「パトリック？　聞いてくれ。きみが考えているようなことじゃないんだ」スパイサーは大声を出さなかった。その必要はない。がらんとした立体駐車場は反響箱さながらだ。

自分が何を考えているのか、パトリック自身にも定かではないのに、スパイサーはどうして、パトリックが考えているようなことではないとわかるのか。

短い列の向こうの端の車の前で、スパイサーの足が止まり、膝が曲がる。しゃがんで車の下を覗きこんでいるのだ。

「パトリック？」

スパイサーの頭が見えたかと思うと、顔がこちらを向いた。パトリックは息を止めた。

だが次の瞬間、スパイサーが上体を起こし、忍び足で数歩こちらに近づいてきた。それと、見られはしなかったんだ！　安堵が押しよせてくる。暗かったおかげだろう。それと、ふたりのあいだにある十台ほどの車のタイヤが目隠しになった。だが、それもそう長くは救ってくれそうにない。

パトリックは四つん這いのままあとずさり、シャーシやナンバープレートに背中をこすりながら、ランドローバーのヘッドライトのあいだに出た。厚い灰色のコンクリート塀が目の前に迫っている。ゆっくり上体を起こし、足を見られないようにタイヤの陰に入りつつ、スパイサーの頭がひょこっと視界に入るのを待って、さっと上体をかがめる。スパイサーが左手に数歩移動するあいだに、パトリックも自分の左手に向かって、車と塀とのあいだを慎重に移動し、スパイサーが膝をついた瞬間にまた上体を起こす。

スパイサーが立ちあがって移動するあいだに、パトリックは身をかがめて同じだけ逆方向に移動する。おたがいが同一の軸で回転するように進み、パトリックが次に立ちあがったとき、歩行者用出口が見えた。百メートルほど離れた階の一番奥に、大きく数字の2が書かれた黄色い扉がある。

思いきってあそこまで走るべきだろうか。考えると足がすくむが、このままここにいれば、いずれスパイサーに見つかってしまうだろう。そうしたらどうなるか。パトリックは膝をさわってみて、顔をしかめた。それでもやるしかない。二台の車のあいだをそろそろと進み、スパイサーの頭が見えなくなるのを最後にもう一度たしかめる。もう列の終わりのランドローバーのところにいる。

いましかない。

パトリックは二台の車のあいだから飛びだし、足をひきずりながら出口に向かって走った。

その足音が不規則な銃声のように響く。

「くそっ」スパイサーが叫んだ。パトリックは振りかえらなかった。背後で車のドアが閉まり、エンジンがうなりをあげ、タイヤがきしむ。思わず後ろを見ると、車が猛スピードで迫ってくる。黄色い扉はまだはるかに遠い。

だめだ、たどりつけない。その思いは鈍く、恐ろしかった。ひどい計算違いをしてしまった。脚を動かし、腕を振り、肺が燃えるようだが、加速する自動車の前では止まっているようなものだ。

ヘッドライトが低い灰色の塀にパトリックの長い影を映しだす。その塀の向こうには、立ち木のてっぺんの枝ごしに駅が見える。明るい照明がともり、ホームで列車を待つ人がいる。ピンクのスーツケースを持った女、ベンチで膝をかかえるふたりの少女。

何も気づいていない。

それにもかかわらず、パトリックは向きを変え、そっちに向かって走った。助けを求めるように。車はもうすぐ後ろまで迫っている。スパイサーは止まるつもりはない。パトリックをぺしゃんこにしてジャムみたいに塀に塗るつもりだ。パトリックの手も足もおかしな方向を向き、目は開いたまま虚空をみつめることになる。

そしてすべての答えを知るのだ。

パトリックは跳んだ。

塀の向こうの黒い夜の闇へと。

46

爆弾が破裂するような音とともに、車が塀に激突した。

パトリックが宙に飛びだした瞬間、ピンクのスーツケースを持った女とふたりの少女が、爆発音のしたほうを振りかえるのが見えた。コンクリートの破片が背中や足にぶつかってくる。

答えは知りたくない。まだ。

でももう遅い。

パトリックは木の枝の上に落ちた。とっさに目をぎゅっとつぶって頭をかばう。小枝が折れ、耳の中で無数の爆竹がはじける。枝が剝きだしの腕をひっかいたり突き刺したりする。太い枝が背中にあたり、ハンマーと鑿《のみ》で解剖体の脊柱を砕いた場面を思い浮かべる。さらにもう一本の枝にあたって身体がバウンドし、方向が変わる。次にあたった枝にとっさに腕をからませる。ざらざらした樹皮に皮膚がこすれて指が擦りむける。つかまって体重を支えられたのはほんの一瞬だけだったが、次に落ちたときにはもう地面はすぐそこで、ほとんど足から着地できそうなほどだった。

パトリックは転がってから立ちあがり、上を見あげた。

スパイサーが見おろしていた。ふたりとも無言だった。

パトリックは足をひきずりながら道路を渡り、駅の裏手の電話ボックスに走った。指に血がついているのもかまわず、夢中で番号を押す。呼びだし音が何度か鳴ったあと、留守番電話に切りかわった。そこでいったん電話を切り、もう一度かけた。迷いなく番号をプッシュする。

０７７３４１１３１１７。シンプルで美しい番号だ。和と積のパターンが織りなす詩的なリズムに満ちている。はじめて聞いた日から何度もこの番号のことを考え、それが自分のものだったらとさえ思った。

「もしもし？」メグが出た。背後ではスパイサーのフラットの音が聞こえている。音楽と笑い声。一瞬、あまりの現実感のなさに言葉を失う。ついさっきまで自分もそこにいたのに、いまはもう何光年も彼方にいる。自分にとってもう完全に存在しなくなっていたパーティが、ほかの人にとってはまだ続いているという事実に茫然とした。

「暗証番号は何番？」

「暗証番号？　あなた誰？」

「パトリック。実習室のきみの暗証番号を教えてくれ」

「パトリックなの？　どうして？」

「入る必要がある」

長い沈黙が落ちた。顔の横を何かが伝い、手の甲で拭うと血がついていた。

「いまどこにいるの？」

「駅にいる。もうお金がなくなりそうだ」本当だった。電話の残り時間のデジタル表示はもう六十秒を切っている。ポケットを探ったが、小銭はない。

「あなた、いつ帰ったの？　何があったの？」

「ドクター・スパイサーがぼくを殺そうとした」

「は？　何言ってるの？　彼ならここにいるわよ」

「そんなはずない。ドクター・スパイサーはぼくの自転車をめちゃくちゃにして、自分の車をぶつけた。ぼくは――」

「ちょっと待ってて」

「待てない！」と言ったが、メグは聞いていない。そばにいる誰かに話しかけている。

ねえ、ドクター・スパイサーは？　それに対するくぐもった返事。パトリックは立体駐車場を振りかえった。公衆電話をボックスごと粉々にしてやりたくなる。でも暗証番号が必要だ。歯を嚙みしめて待つ。目の前の数字は刻々と減っていく。

20……19……18……17……

「パトリック？　彼はここにはいないらしいわ。アンジーがそう言ってる」

「そこにいないのはわかってる！　ここにいるんだ」

またくぐもった声。

「ビールを買いにいくって出ていったんだって」

それも嘘だ。ビールなら樽にたっぷりあった。

12……11……10……9……

もう一度小銭を探したが、やはり見つからない。

蛍光灯に照らされた立体駐車場の出口から車が姿をあらわした。シルバーのシトロエンは、試合後のボクサーみたいに鼻がつぶれている。勢いよく道路を曲がってこちらに向かってくる。

「メグ！」パトリックは必死に叫んだ。「暗証番号を教えてくれ！」

4……3……2……

「5、5、4――」電話はそこで切れた。

パトリックは受話器を放りだし、駅の明かりから逃れるように走った。鉄橋の下では足音がベルのように鳴り響いて、橋桁に止まっていた鳩がビーズのような目を向けてきた。セント・メアリー・ストリートでは、若者の群れが怒鳴ったり殴りあったりし、酔って寒さを忘れた若い娘が肌を露出した服にキラキラした靴ではしゃぐパブやクラブの横を駆けぬける。照明の輝くショーウィンドウの脇で、暗い戸口にホームレスがうずくまるクイーン・ストリートに入り、そのまま芝生を突っ切って立て石の輪を通りすぎ、パークプレイスに入った。

生物科学部の建物のドアには鍵がかかっていた。

当然だ。

パトリックは拳で一度ドアを叩き、それから火照った顔をドアにつけて息を整えた。膝が悲鳴をあげているが、無視した。中に入らなくてはならない。裏口なら、ガラスを破って入れるかもしれない。すばやく建物の横手に回ると、隣の建物とのあいだの細い通路を抜け、ぬかるんだ急な坂道をすべりおりる。

そこであわてて足を止めた。

ブロックの裏手の広い通用口から明かりが漏れ、外に救急車が停まっている。

パトリックは暗い壁に身を寄せてそっと近づいた。

中から複数の声が聞こえてくる。ひとつはミックのものだ。

そこは防腐処置室の入口だった。死体が運びこまれ、ミックが学生のために下準備をほどこす場所。ここから解剖実習室に入れる。入れるに違いない。でも早くしなければ。スパイサーは表の入口の鍵を持っているだろう。

何も考えずに入口から中に入ると、暗くて長い廊下が延びていた。右手の両開きの扉の窓から漏れる明かりだけが唯一の光だ。その窓の向こうに、ミックと救急隊員らしいふたりの姿が見えた。白い遺体袋をステンレスの台からストレッチャーに移している。

遺体を運んできたのではない。運びだそうとしているのだ。

パトリックはパニックに襲われた。

十九番はもう運びだされてしまったんだろうか。いまごろはもう土の下に埋まっているか、灰となって火葬場のあるソーンヒルの庭園に撒かれてしまっただろうか。

窓から振りかえり、急いで廊下の先をめざす。突きあたりには階段があり、上った先には防火扉があった。それをあけ、どちらに行くべきか迷ったすえに左に進むと、その選択は正しかった。さらにふたつの扉を抜けた先に、解剖実習室があった。ただし、いつもと違う方向からであり、こちら側からは学生は入れないので、入口で暗証番号を打ちこむ必要もなかった。

パトリックは実習室の電気をつけた。ふと既視感《デジャヴュ》をおぼえる。ただし今回は、そう長くひとりきりでいられないことはもうわかっている。

死体のなくなった部屋は寒々として見える。メグの言ったとおり、白い遺体袋が奥の壁にそって並んでいる。すばやく数えると、二十一あった。三十のうち二十一。まだ勝算はある。

解剖体をのせたワゴンは、ほぼ奥の壁の端から端までを埋めている。パトリックは冷蔵庫に一番近い右端の遺体につかつかと近づいた。手袋をはめる暇《いとま》も惜しかった。白い袋の側面の真ん中あたりに、黒いファスナーのつまみがある。最初にあけた袋からはキューティーのマニキュアが見えた。二番目も女だった。三番目はルーファスで、そばかすの散った前腕に生える赤毛を見ただけで、手首につけられた番号札の4の数字を確認するまでもなくわかった。

四番目の袋のファスナーを十五センチほどあけたところで、自分の腰のように見慣れた十九番の腰が見えた。防腐液のオレンジ色の下に見えるかすかな日焼けの線、腿の上で見事にぴたっと止まっている黒い毛。スコットがつけたかぎざきの傷。ディリップが球関節に深くメスを入れすぎた跡。金属のタグは余計だった。パトリックは側面のファスナーを一気におろし、袋を解剖体からのけた。ミックは十九番をだいたい元の形にして袋におさめていた。脚が下に、頭が上に、胴体と腕がそのあいだに並べられている。臓器や皮膚や脂肪は袋におさめて、十九番の胃があった場所に置かれ、背骨が肩から胸にかけてななめにのせられている。

パトリックは口をこじあけて中を覗きこんだ。ラテックスの手袋なしでは、歯がこれほど鋭く尖って感じられるものなのか——。

その瞬間に悟った。車にはねられたときと同じほどの衝撃をともなって。謎が解けた興奮で思わず叫び声をあげそうになった。

スパイサーの指についていたのは噛み傷だ！

パトリックは歯をじっと見おろした。それで筋が通ることは本能的にわかる。でも理由は？

十九番がスパイサーを噛んだのだろうか。スパイサーの指先の傷跡が、この頭部の歯型と一致したなら、スパイサーは生きて呼吸しているサム・ゲーレンと接触したということになる。

それもよくない形で。

この歯がその証拠になる。そしてパトリックに確実にわかることは、この証拠をなんとしてもスパイサーから守らなければならないということだ。

パトリックはワゴンの端をつかんだ。だが、押して部屋から出ようとする前に、はたと足を止めた。たとえ、裏口でミックに、あるいは表でスパイサーにでくわすことなく建物から出られたとしても、死体をのせたワゴンを押してどれだけ遠くまで行けるだろう。

方法はひとつしかない。

パトリックは雑多な工具やらスプーンやらが満載された白いトレーのところまで走っていき、めあてのものを手にとった。

そして、サム・ゲーレンの頭部を切断しはじめた。

47

それは胸が悪くなるような作業だった。期待していたように手際よくはいかず、かわりに、のこぎりを一回引くごとに、この暴挙をやめてくれと懇願しているみたいに、頭が左右に揺れる。鉄の刃から肉片が飛び散り、遺体袋の防水布の上に落ちる。首の太い筋肉と喉の軟骨に悪戦苦闘しつつ、この野蛮な行為に胃のむかつきをおぼえる。しかもそのあいだずっと、残った片方の目がうつろに開いていて、パトリックはそれを必死に見ないようにした。

額の汗を拭い、目の前の作業のこと以外は考えまいとする。

冬の日ざしの中で笑うサム・ゲーレンのことも。レクシーのことも。

もちろん父のことも。

喉の部分をなるべく残すため、肩に近いところを切るようにした。幸いなことに背骨がなかったので、五分ほどで、首はもう後ろの何本かの筋でつながっているだけになった。

小さな、だが耳慣れた電子音が四回鳴り、パトリックはさっと実習室の扉を振りかえった。

誰かが解剖実習室に入るための暗証番号を打ちこんでいる。

スパイサーだ。

時間切れだ。

のこぎりを放りだし、頭をつかんでひっぱった。ワゴンが動いてしまったので、足で押さえてもう一度、力のかぎりひっぱる。皮膚が剝がれて剝きだしになった顎の肉に爪が食いこむ。何度目かに思いきりひっぱった瞬間、腱が音をたてて切れ、パトリックは思わずよろけた。

手の中に頭があった。

足音が廊下を近づいてくる。パトリックは遺体袋を十九番の残りの上にかけた。ファスナーを閉める時間はない。逃げる時間もない。電気がついていて姿は丸見えだし、唯一の出口はふさがれている。

手近な冷蔵庫の白い引き戸をあけた。スコットが〝皮膚箱〟と呼んでいた大きな黄色いプラスチック容器がずらりと並んでいる。

冷蔵庫に入り、扉を全部閉めずにほんの少しだけあけたままにして、手近な容器にもぐりこみ、黄色い蓋を上からかぶせた。

六カ月近く死体と一緒にすごした人間にとってさえ、悪臭は信じがたいほどだった。容器の中身はもう空《から》にされていたものの、まだ洗っていないらしく、側面にはぬめっとした脂肪がこびりついててかり、底には悪臭を放つ体液が一センチほどたまっていて、それがスニーカーと厚手の靴下から足の指のあいだに浸みこんでくる。喉元までせりあがってきた吐き気を、容器の中身を増やすわけにはいかないと必死に呑みこむ。

息ができるように蓋を少しだけ持ちあげる。膝にのせた頭部は、細めた目でこちらを見あげ、存在しない肺に新鮮な空気を吸いこもうとするように口をあけている。

スパイサーが動きまわる音がする。並んだ死体をたしかめているのだろう。

スパイサーが十九番の首なし死体を見つけた瞬間、パトリックが聞いたことのない言葉が発せられた。声の調子からするに悪態だろう。

冷蔵庫の扉から漏れる細い光が不意に暗くなり、パトリックはふたたびそっと容器の蓋を閉じた。

　重い扉が引きあけられる。

「パトリック?」

　明かりに照らされ、黄色いプラスチックが心もとない。ガラス瓶の中の胎児になった気分だ。

　息を詰め、びくびくしながら蓋を見あげる。スパイサーがそれを持ちあげるのを覚悟しつつ、ふたり——自分と十九番——がどちらも口をあけてみつめかえしているのを見たときの反応を想像する。

　だが、スパイサーはその蓋を持ちあげなかった。どの蓋も持ちあげなかった。

　明かりが消え、扉が閉じられる。二番目の冷蔵庫の扉をあける音が聞こえる。

「パトリック?」

「しーっ」パトリックは頭にささやいた。あるいは自分自身にか、とにかくどちらかに。

　頭は静かにしている。パトリックはほっとして、不意に庇護意識が湧いてきた。いま、頭部は自分の保護下にある。胴体から離れ、白い防水布の繭にくるまれてもいないいま、十九番の頼りは自分しかいない。

〈頼り〉は自分しかいない。

　頼りは〈自分しか〉いない。

頼りは自分しか〈いない〉。

その重圧を感じるよりも、誇らしさと決意をおぼえ、頭部に回した腕に力をこめる。

二番目の冷蔵庫の扉を閉める音。

リノリウムの上を足早に遠ざかっていく足音。

解剖実習室の扉がばたんと閉じる音。

耳をすましたが、キーパッドの電子音は聞こえない。そのままさらにじっと待ち、凍えきった身体で悪臭を放つ黄色い容器の中で膝をかかえたまま、はっと目を覚ました。

「よし、行こう」容器から這いだして、そっと解剖実習室の扉まで行く。メグの暗証番号は５５４４だった。つりあいがとれていておぼえやすい。

外の扉も非常口で、内側からなら金属の取っ手を押すだけで簡単に開いた。予想外の幸運だ。

パトリックは頭部を小脇にかかえ、膝が許すかぎりの早足で家まで歩いた。そのあいだずっと、胸はアドレナリンで沸々としていた。

死人は話せない、とマドック教授は言った。

でもそれは嘘だ。

サム・ゲーレンは死人だが、パトリックが知りたいあらゆる真実を教えてくれている。

48

夜半、捕まったウサギの悲鳴が聞こえた。パトリックは半分寝ぼけたまま次の声に耳をすましたが、何も聞こえてこなかったのでまた眠りに落ちた。

「起きろ」父が言った。夜明けで、ブレコン・ビーコンズにハイキングに行くところだ。あまり混んでいなければ、ペン・イ・ファンにも登るかもしれない。週末には大げさな装備に身を固めたハイカーが列をなしているが、平日はほとんど人気《ひとけ》がない。天気の悪い日はとくにそうだ。暑くて混みあっていればいい、とパトリックは思った。なぜか身体じゅうが痛いからだ。

「起きろ」

「頭が痛いよ、お父さん」

「起きろと言ったら起きろ！」

パトリックがゆっくり目をあけると、銃の真ん中の穴を覗きこむことになった。いや、真ん中ではなく、銃の先だ。弾丸が出てくるところ。あの黒くて長い筒状の――

「銃身」と口に出して、思いだせたことにほっとした。

「黙れ」銃の向こうの警官が言った。「黙って後ろを向け。手を背中に回せ」

警官は背が低く、きれいに髭を剃っていた。彼はひとりではなかった。もうひとり、年かさの男が戸口に立ち、その後ろにこの家の家主――気むずかしい中年男のミスター・ボードマン――がうろうろしている。

階下のどこかからレクシーの叫び声が聞こえてくる。

「何ごとですか」パトリックは尋ねた。

背の低い警官が鼻を鳴らして言った。「それはこっちのせりふだ。冷蔵庫に首があったんだぞ」

「はい、それはぼくのです」と答えて、パトリックは思わず笑った。もちろんそれはパトリックの首ではない。十九番の首だ。

「なんてこった」背の低い警官が言った。「こいつ、完全にいかれてる」

「しかも、絨毯になんてことをしてくれたんだ」ミスター・ボードマンが哀れっぽい声を出す。

「汚れてたから」パトリックは肩をすくめた。

「もともと茶色だったんだ！」ミスター・ボードマンが怒鳴った。

「この男をここから連れだせと言ったはずだぞ」年かさの警官が鋭く言った。

しばらくして、階段を上ってくる何組かの足音が聞こえ、ミスター・ボードマンはぶつぶつと文句を言いながら下に連れていかれた。

年かさの警官が咳払いをした。「パトリック・フォート、おまえを殺人容疑で逮捕する」

パトリックは眉間にしわを寄せた。「それはおかしい」

警官は片手をあげ、目を閉じて、パトリックの言葉をさえぎるように続けた。「きみには黙秘権がある——」

パトリックは続きを引きとり、早口で最後まで言った。「ただし、あとで法廷で用いることがらについて、尋問の際に黙っていた場合、法廷で不利になる可能性がある。きみの発言は証拠として使われることがある」

「前にも逮捕されたことが？」年かさの警官が言った。

「ありません。テレビで見たんです。ぼくにわかったかって訊かなくていいんですか」

「わかったか？」

「もちろん。ぼくはばかじゃありません」

「生意気なやつめ」背の低い警官が言った。「後ろを向いて手を背中に回せ」

「どうしてですか？」

「おまえは逮捕されたからだ」

「でもぼくは何もしてません。冷蔵庫の頭はただの証拠です」

「なんの証拠だ？」と年かさの警官。

パトリックは眉間にしわを寄せた。「わかりません。いろいろ複雑で。十九番の喉にピーナッツがあった。でも彼はピーナッツ・アレルギーだった。ドクター・スパイサーの指に噛み傷があった。でも彼はそれについて嘘をつき、そのあとぼくを殺そうとした。だから頭を持ってきたんです。喉のひっかき傷と歯型を残すために。十九番がドクター・スパイサーを噛んだのかもしれないけど、はっきりとはわかりません」パトリックはそこでいったん言葉を切り、最後に付け加えた。「残りはあなたたちの仕事です。ぼくにできることはやったから」

「いったい何を言ってるんだ」背の低い警官が言った。

「パトリック！」階下からジャクソンが叫んだ。「弁護士が来るまで何もしゃべるんじゃないぞ！」

「弁護士はいりません」パトリックは年かさの警官に言った。「ぼくは何も悪いことはしてないから」

「それはよかった」年かさの警官が、小さな黒い手帳に何か書きこみながら言った。

「それなら、署でもう二、三質問に答えてもらってもかまわないね？」

「かまいません」パトリックは答えた。

年かさの警官が背の低い警官にうなずいてみせた。

「よし、後ろを向いて手を背中に回せ！」背の低い警官が言った。

「首を持ってこなきゃ」パトリックは言って立ちあがった。背の低い警官がその肩をつかんだ。その瞬間、穏やかな雰囲気が一転、大騒ぎになった。パトリックは素肌に触れた手を振りほどこうと拳を振りまわし、手足をばたつかせ、まもなく枕に顔を押しつけられ、背中を膝で押さえられ、熱い針金のようなものを手首にはめられた。左耳にひどい耳鳴りがして、「パトリックを傷つけないで！　パトリックを傷つけないで！」というキムの金切り声だけが、水中で聞こえる音のように繰りかえし聞こえた。

＊

パトリック・フォートがなかばひきずられるようにして車まで連行されていくのをよそに、エムリス・ウィリアムズ部長刑事はもう一度冷蔵庫を覗きこんで思った。こうやってすべては変わるのだ。

上の段にはサラダとチョコレートが、下の段には古いライスと丸まったベーコンがある。そして真ん中の段には、切断された人間の頭部が、横向きにごろんと寝かされている。口はだらりと開き、ぎざぎざの切断面から突きでた静脈が、すりガラスに押しつけられている。片方の眼窩は空っぽで、もう片方は〈テスコ・バリュー〉のピーナッツバターの容器に隠れている。

ウィリアムズは立ちあがり、腰を折って、金の子牛に向かっておじぎでもするように冷蔵庫の明かりを顔に受けた。とうとうめぐってきたのだ。世間の注目を浴びるチャンスが。それをもたらしてくれるようなでかいヤマが。

エムリス・ウィリアムズは高校を出てすぐに警察官になった。四十歳で退職できて、辞めるときの給料の三分の二の年金をもらえると就職指導の教師に言われたからだ。就職指導の教師はそうやっておおぜいの生徒をたぶらかしてきたのだ。たくさんの年金をもらって早く退職できるとか、あるいは――教師の場合には――長い夏休みをとれるとか。何が就職指導だ。ただ人手の足りない職を押し売りしてただけじゃないか。

とはいえ、就職指導の教師にも、若き日のエムリス自身にも予見できなかったのは、複雑な人生のタペストリーが、エムリスにふたりの元妻と、四人のゲームに目がない息子と、貪欲な――夜にエムリスを絞りとるのと引きかえに、残りの一日二十三時間半のあいだ、エムリスの財布の中身を搾りとらなければ気がすまない――ガールフレンドをもたらしたことだ。

というわけで、四十八歳になったいまも、ウィリアムズはまだ警察官を続けている。しかも、同期がみなとっくに出世の階段を上ったというのに、いまだに部長刑事どまりだ。ケチな犯罪と書類仕事に追われるうちに、いつのまにか野心などしぼんでしまった。

もちろん、それなりの数の空き巣や強盗やレイプ犯やDV亭主をぶちこんできた。司法取引で過失致死に格下げになった殺人や、迷宮入りになった殺人もあった。だが、ウィリアムズ部長刑事はいままで一度として、大きな事件にかかわったことがなかった。世間を騒がせ、新聞の見出しを飾り、大衆の想像を掻きたてるような事件の捜査に加わったことがなかった。テレビには一度も（ローカルニュースにさえ）出たことがなく、食堂のゲイリーという、ある種の強迫神経症のように記憶力のいい男をのぞいて、誰かの噂や関心の的になるような事件を手がけたことは一度もない。

エムリス・ウィリアムズは、三十年の職業人生を硬い椅子と苦いコーヒーとともに取調室ですごしてきて、口臭と痔以外に得たものなどあっただろうか、とときどき思うことがある。

でもこれは違う。

どんな結果になろうとも、この事件のこの瞬間がすべてだ。署の連中はエムリスのことをこの事件とともに記憶する。誰かが休憩室の冷蔵庫をあけて、コーラや三角チーズを取りだすたびに、この事件がジョークのネタになる。朝の交代時には上司に引き継がなければならないとしても、街の裁判所でこの事件の公判が始まったとき、記者たちが発見時のコメントを求めて群がってくるのはこの自分だ。これは〝冷蔵庫の中の生首〟事件と呼ばれることになるだろう。あるいは、いまは考えつかないが、もっとジャーナリスティックで気の利いた呼び名がつけられるかもしれない。自分はその呼び名とともに記憶されることになるのだ。たとえ冗談めかしてであっても。

エムリス・ウィリアムズは背筋を伸ばし、刑事としての新たなキャリアの一ページに踏みだしかけて、自分にもまだ多少の野心が残っていたことに改めて気づいた。

ウィリアムズは大きく息を吸った。

「ここは事件現場だ。誰も近づけるな」

＊

家がだんだん遠ざかっていく。ジャクソンとキム、ふたりにはさまれたレクシー、そしてスリッパばきで見物に出てきた近所の住人たちの姿も。

背の低い警官に尻から後部座席に押しこまれ、ドアが閉められると、パトリックはすぐに落ち着いた。いまは窓に頭をもたせかけて、視界を流れていく明るい土曜日の朝の街を眺めながら、心はあたたかい絹に包まれたように穏やかだ。

自分は十九番の謎を解いたのだ。

すぐに警察は間違いに気づいて自分を釈放し、ドクター・スパイサーを逮捕するだろう。すぐにレクシーは父親の身に何があったかを知るだろう。それはなぜか不思議といい気分だった。自分にはなんの得もないのに。なぜ、どうやってかはわからないが、お返しができたような気分になった。妙だし、完全に理解はできないが、だからといってそれが嘘になるわけではない。たとえ、それがパトリック自身の探求の役には立たなくても。

探求は成功しなかったが、もうそれが失敗だとは感じていない。答えを探してこの街に来て、ここでそれを見つけた。ただ、それが違う答えだっただけだ――違う疑問に対する。

解ける謎もあれば、解けない謎もある。父に起こったことは、解けない謎なのかもしれない。これまでそんなふうに思ったことはなかったが、ふとそう思った。同時に熱いものがこみあげてくる。自分はベストを尽くした。それだけで充分なのかもしれない。もう心残りは何もない。

自分の探求が終わりを迎えるのだと思うと、目頭《めがしら》が熱くなった。それを拭い、手の甲にうっすらと光る筋を不思議な気分でみつめた。

それは奇妙なほど普通に思えた。

49

ウィリアムズ部長刑事が指揮をとれたのは夜勤が明けるまでのあいだだけで、朝になるとお偉方がやってきた。

出勤してきたホワイト主任警部にすぐさま報告したあと、ウィリアムズは廊下の先の取調室に行き、覗き窓の蓋を持ちあげて容疑者の様子をたしかめた。ひょろっと痩せて青白く、あいかわらずボクサーショーツ一枚きりしか身につけていない。

殺人犯のようには見えないが、そもそもそう見える殺人犯などめったにいない。

「だいじょうぶか」

「いいえ、頭が痛いです」

「ゆうべ飲みすぎたのか」

「酒は飲みません」意外なほど強い口調で若者が言った。「ドクター・スパイサーの家のパーティに行ったけど、食器を洗っただけです。それからドクター・スパイサーの指に嚙み傷があるのを見て、そこを出ました。そうしたら彼がぼくの自転車を跳ねとばして、ぼくを轢き殺そうとしました。ぼくは駐車場から木の中に飛びおりなければなりませんでした」

こんないかれた相手に何を言えばいいのか。「警察署に来るのははじめてか？」ウィリアムズは恐る恐る尋ねた。

「いいえ、父が死んだときに警察署に行きました」

エムリス・ウィリアムズは唇を嚙んだ。容疑者に対してはいつでも偏見を持たずに広い心で接してきたが――たとえ血まみれで見つかっても、冷蔵庫に切断した生首を入れていても――パトリック・フォートにはついていけない。精神の問題があるとかなんとか、現場にいた痩せた娘が言っていた。ことは慎重を要する。手続き上のミスで殺人犯を取りにがすようなことがあってはならない。

「もうすぐ医者が来る。それに国選弁護人も」

「弁護人はいりません。ぼくは何も悪いことはしてない。ただ起こったことを話したいだけです。なのに、誰も聞こうとしてくれない」

「もうすぐだ。いまきみのお母さんと連絡をとろうとしてるところでね」

「お母さんと？　どうしてですか」

「お母さんにそばにいてもらったほうがいいだろ」

「お母さんは来ません」

「どうして？」

「ぼくのことをそんなに好きじゃないから」

「そんなことはないはずだよ」ウィリアムズはそう言ってみたものの、内心ではそのとおりかもしれないと思った。

容疑者は肩をすくめ、それからぶるっと震えた。ここからでも胸に鳥肌が立っているのがわかる。息子たちが幼いころ、泳いだあとにタオルで拭いてやったことを思いだす。歯を鳴らす息子たちをこすってあたためてやったものだ。

ウィリアムズは遺失物の中から古びた青のトレーナーを見つけてきた。

「ほら、これを着ろ」

パトリック・フォートは警戒心もあらわにそれを受けとり、かざしてみて鼻にしわを寄せた。胸には〝LITERACY AINT EVERYTHING（学問がすべてじゃない）〟というスローガンが書かれている。

「袖にヘドがついてる」パトリックが言って、トレーナーを木のベンチの向こう端に押しやる。「それにアポストロフィがない」それから、部屋を見まわして言った。「ほうきとちりとりはありますか」

ウィリアムズはため息をつき、首を振って扉から離れた。

そこにコーヒーのカップを持った巡査部長のウェンディ・プライスが通りかかった。

「どうしたんですか」

ウィリアムズは取調室の扉を親指で差した。「あのガキが冷蔵庫に切断した生首を入れてたんだが、掃除をしたいから、ほうきをよこせとさ」

プライス巡査部長がにやっとして、覗き窓を覗きこむ。「あら、あの子」

「知ってるのか？」

「二、三日前に、殺人を通報したいって来たんです。手に血をつけて。わたしが血に気づいたと知って、走って逃げていったもんだから、スプロット地区の途中まで追いかけたんですよ！」

「あなたは戦没者慰霊碑までも行かないうちに諦めた」パトリックは指摘した。

プライス巡査部長が顔を赤くして覗き窓の蓋を閉めた。

それから声をひそめて付け加えた。「あの子はダレン・オーウェンズを知ってると思います」

ウィリアムズは鋭くプライスを見た。ダレン・オーウェンズは、公園で切り裂かれたランナーの腹に肘まで腕を突っこんでいるところを発見された男だ。「どうしてそう思うんだ？」

プライスは肩をすくめた。「受付のところで何か言葉を交わしていたから。なんと言ったかはわかりませんけど、ふたりは前に会ったことがある様子でした」プライスは〝どういたしまして〟というように紙コップを持ちあげ、扉の向こうに歩き去った。

ウィリアムズはその後ろ姿を見送りながら、なんとなく不吉な予感をおぼえた。今朝、あの冷蔵庫の扉をあけたとき、自分は実際のところどれだけわかっていたのか。あの若者がダレン・オーウェンズを知っているなら、切断された頭部は始まりにすぎないかもしれない。

ウィリアムズは新たな目で覗き窓ごしに中を見た。

こうやって事態は変わるのだ。

＊

ついに電話が鳴ったとき、それはサラ・フォートの期待していたものではなかった。電話口の相手はプライス巡査部長と名乗り、パトリックが逮捕されたと言った。

「なんの罪で？　ヘルメットをかぶっていなかったからですか」

「逮捕時の抵抗、窃盗、殺人です」巡査部長がリストを読みあげているような口調で言った。

「殺人？」

「はい」何をいまさら、とでもいうような口調。

「誰を殺したっていうんです？」

「申しわけありませんが、現段階ではお話しできません」

「まあ」サラは言った。ほかになんと言えばいいのかわからなかった。死んだ少女の写真や、パトリックが解剖したたくさんの鳥や動物の死骸を思い浮かべ、本当に息子に殺人などできるだろうかと考えた。

たぶんできるだろう。

状況しだいでは、誰だってそうなりうるはずだ。

「息子は認めたんですか」

「まだ尋問はしていません。息子さんに障害があるというのは本当ですか」

〝障害〟と言われても、とっくに腹など立たなくなっている。すべては程度問題だ。パトリックには障害がある。文字どおりの意味で、その状況が障害になっている。そしてサラ自身も、パトリックのことが障害になっている。

「息子はアスペルガー症候群です」

「それはアルツハイマーのようなもの？」

「いいえ、自閉症のようなものです。人とのコミュニケーションがむずかしいんです」

「あらそうなの」プライス巡査部長は落胆したような口ぶりだった。「ただ無礼な子なんだと思ってたわ」

「無礼なのはたしかですけど、息子自身にもどうしようもないんです」

「ふーん、わたしの姉も、息子のことをそんなふうに言ってたわ。でも、そういう子がみんな自閉症ってわけじゃないんでしょ？」

「そうですね」

巡査部長は深いため息をついた。「まあとにかく、そういうことなら、尋問の際にはしかるべき大人が息子さんのそばについている必要があります。カーディフまで来てもらえますか」

サラはじっと考えこんだ。あまりに長く沈黙が続いたせいで、巡査部長に「もしもし？」と声をかけられた。

「もしもし」とサラは答えた。「ええ、もちろんです」

電話を切ると、一、二時間ものあいだ、じっとキッチンの向こうをみつめていた。

それからオリーに餌をやって、仕事に出かけた。本当にしばらくぶりのすっきりした気分で。

＊

エムリス・ウィリアムズは、パトリック・フォートの母親がおっつけ来るとホワイト主任警部に報告してからも、すぐに帰らずにぐずぐずしていた。主任警部が捜査チームを集めるときや、マスコミに話をするときに、ひょっとして自分のことを思いだしてくれるかもしれない。それに、日勤の同僚たちに、冷蔵庫の中の生首の話を自分の口からしたかったこともある。

その甲斐はあった。同僚たちは笑って首を振り、「ラッキーなやつめ」と言った。ダイアー巡査が〝生首マン〟と書いた紙のネームプレートをウィリアムズのデスクに置き、一時間もたたないうちに、ジョーク好きの誰かが自動販売機のチョコレートバーの場所に人形の首を置いた。どちらもウィリアムズに心地よい満足感をもたらしてくれた。

それから、午前九時過ぎに、品のいい話し方をする若い男が署にやってきて、ドクター・スパイサーと名乗り、大学の医学部から頭部が盗まれたので届けでたいと言った。

それで、でかいヤマはあっさり終わりを迎えた。ウィリアムズには、自分のキャリアが空気の抜けた風船のようにしぼんで部屋の隅に落ちる音が聞こえそうだった。悲しいと同時に、少々気恥ずかしかった。

パトリック・フォートは殺人犯ではなかった。いかれた人殺しではなかった。ダレン・オーウェンズとも、腹を裂かれたランナーとも無関係だった。でかいヤマは、蓋をあけてみれば、学生のいたずらにすぎなかった。問題の学生が、まともな人間の行動とそうでないものとの区別をつけづらいがために、いたずらが度を越してしまっただけだった。

落胆が身体にこたえた。胃が刺すように痛み、恥ずかしさで首が熱くなった。

これからは、みんなこれを思いだすのだ。休憩室の冷蔵庫をあけるたびに。

それでも、自分の尻拭いをべつの誰かにさせるわけにはいかないと思ったウィリアムズは、この件の後始末は自分でするとウェンディ・プライスに告げ、ドクター・スパイサーを自分のデスクに案内して調書をとった。

スパイサーの話を聞くほどに、エムリス・ウィリアムズ部長刑事には腑に落ちた。パトリック・フォートは退学を言い渡され、その腹いせのつもりで首を持ち去ったということのようだ。

「彼自身にもどうしようもないんです」ドクター・スパイサーは言った。

「そのように聞いてます」ウィリアムズはため息を漏らした。

「悪い子じゃないんです。頭部を返してもらえさえすれば、大学側も彼を訴えたりはしないでしょう」

「寛大ですな」

「彼はどうなるんでしょうか」

「わかりません」ウィリアムズは正直に言った。「ドクター・スパイサー、これを読んで、一番下に署名していただけますか」

スパイサーが調書をじっくり読んでから署名するのをウィリアムズは見守った。

「ありがとうございます」

「いえ」スパイサーが立ちあがった。「頭部はどこですか」

「いま鑑識で調べています」

「そうですか、なるべく早く大学にお返しいただきたいのですが」

「もちろんです。ただ、パトリック・フォートを起訴するかどうか決定するまでは、頭部は証拠ですので」

スパイサーがゆっくりうなずいて頬の内側を嚙んだ。「うーん、困ったな。じつは月曜日に、遺体を火葬するために遺族に引き渡すことになっているんです。当然ながら、全身が揃っていなければまずい」

「そうでしたか。ではなるべく早くお返しします」

「月曜日までに？」

「なるべく早くです」

スパイサーはそれでも引きさがらなかった。立ったまま、ウィリアムズのデスクの隅にこつこつと指を打ちつけている。「パトリックを訴えないとわたしが個人的に保証してもだめですか」

「申しわけありませんが。逮捕もしていますし、われわれ独自の捜査の結果が出るまで、早計な判断は下せません」

「なんの捜査ですか。何があったかは明白でしょう。これ以上調べるのは警察の時間の無駄のように思えますが」

「そうお思いになるのは当然です。しかし、われわれにも手続きというものがありまして。とにかく、頭部をお返しできるときが来たら、真っ先に大学にご連絡します。さて、わたしも帰るところですので、玄関までお送りしましょう」

ウィリアムズは上着をはおり、ふたりで両開きの扉の外に出た。スパイサーは礼を言って去っていったが、ウィリアムズはそこに立ったまま、ガラスごしにその後ろ姿をじっと見送った。あまりに長いことそうしていたので、ウェンディ・プライスに言われた。「だいじょうぶですか」

「ああ、ただ考えていただけだ」

ウィリアムズは、ドクター・スパイサーが頭部を警察から取りもどしたがっていたことについて考えていた。

それと、人さし指の先のぎざぎざの傷跡について。

あれはたしかに嚙み傷のように見えた。

50

長い夜だったが、エムリス・ウィリアムズはまだ家に帰らなかった。調書からドクター・スパイサーの住所をメモし、十年もののトヨタを走らせて、国際試合を観に中心街のスタジアムに向かう赤いシャツ姿のラグビー・ファンの流れに逆らうように、カーディフ・ベイ地区に向かった。

まだ午前十時だ。長くはかからないし、帰り道の途中だ。

そう言えなくもない。

ドクター・スパイサーのフラットの前に着くと、そこからダンボールズ・ロードをゆっくり戻りはじめた。土曜日なので、薄汚れた広い通りに建つほとんどの施設がシャッターをおろしている。

車を停めたのは二回で、一回目は割れたガラスが目にとまったからだが、それはハイネケンの瓶だった。二回目は、道の突きあたりの駅に近いあたりで、車が近づいても逃げようとしない鳩にでくわしたからだ。ふてぶてしく道路を横断する鳩を見ながら、ウィリアムズは警察官としての重要な任務についている人間らしくもなく、まぬけ面《づら》でじっとすわっていた。父は〝羽のあるネズミ〟と呼んで鳩を忌み嫌っていたが、ウィリアムズは昔から鳩が好きだった。虹色に光る喉に不敵な態度の都会の鳩はとくに。だから、それが駐車された二台の車のあいだをとことこ歩いて、ぴょんと歩道にあがるのをぼんやりした興味とともに眺めていた。そうしていなかったら、短いタイヤ痕と縁石についたゴムに気づくこともなかっただろう。

ウィリアムズはとめられた車の横に二重駐車して車をおりた。道路からは片方のタイヤ痕しか見えない。もう片方は新しくとめられた車の下にあった。よく見ようと地面に膝をつくと、車の下の側溝に赤いプラスチックの破片を見つけた。一番大きな破片を拾いあげる。それは親指ほどの大きさで、レンズカバーの一部のように見える。ブレーキランプだろうか。

駐車された車のライトをたしかめ、それから立ちあがってあたりを見まわした。いま立っているのは煉瓦造りの建物の角だ。〝迅速修理・車検〟の看板が掲げられている。建物の端まで歩いてみる。それは列の最後の建物で、その先には立体駐車場がある。その二棟のあいだには細い路地があり、まばらな雑草が生えて金網のフェンスがある。

その金網の向こうに、自転車があった。

ウィリアムズが最後に何かによじのぼったのは何年も前のことで、それ以来身体が重くなったか、腕の力が弱くなったらしい。あるいは両方かもしれない。半分ほどよじのぼったところで、金網にしがみついたまま動けなくなっているところを、ウェールズ代表のシャツを来た三人組が通りかかって手を貸してくれた。三人のかけ声とともに押しあげられた次の瞬間には、金網の反対側の地面に尻餅をついていた。土を払いながら礼を言うと、三人組は手を振って歩いていった。

ウィリアムズは自転車を見おろした。プジョーの十段変則のロードバイクで、古いものだが、状態はよかったようだ。こんなありさまになるまでは。それは青い金属の知恵の輪と化し、チェーンが垂れさがって、タイヤはねじれたゴムの輪っかになっている。

後ろのライトのレンズが割れている。赤いプラスチックの破片をあててみる。ぴったり合う。

新たに湧いてきた力でふたたび金網をよじのぼり、歩道に飛びおりる。着地の瞬間に足首をひねって、大声で悪態をつきながら、またジョギングを始めようと心に誓う。足をひきずりながら車に戻り、立体駐車場までの短い距離を走る。

駐車場の二階に空いたスペースを見つけると車をおりた。葉の落ちた木の枝ごしに駅の裏手が見える。

——ぼくは駐車場から木の中に飛びおりなければなりませんでした。

腹でふつふつと何かが湧いてくるのを感じながら、ウィリアムズは足首の許すかぎりの早足で、二階の端のコンクリート塀に近づいた。それは胸ほどの高さがある。ここから跳ぶのはよほどいかれた人間だろう。よほどいかれているか、よほど必死か。

ウィリアムズは車と塀とのあいだの狭い隙間に身体をねじいれた。

木に面したコンクリート塀にはひびが入り、何カ所か欠けて、大きなかけらが地面に落ちている。割れたプラスチックの破片とともに。今度は透明とオレンジ色だ。ヘッドライトとウィンカーだろう。

塀にもたれて下を見おろす。地面までたっぷり八メートルはある。黒っぽい木の枝があちこち折れたり裂けたりして、内側の白い色がのぞいている。何か大きなものがぶつかって落ちたように。

パトリック・フォートくらいの大きさの何かが。

十一時四十四分だ。

解剖実習室の技師は、彼自身が解剖体のようだった。痩せて青白く、葬式のような雰囲気をまとっている。しかも、朽ちかけた花のにおいがする。

ウィリアムズは話しながら息を止めていようとしたが、うまくいかなかった。

「解剖体の頭部がなくなったとか」

ミック・ジャーヴィスは、漫画のような驚愕の表情を浮かべてウィリアムズを見た。

「なんですって？　初耳ですが」

「本当ですか。それはわたしのほうが驚きですな。ちょっと調べてもらえませんか」

技師はすぐに格納庫のような部屋の奥の壁まで大股で歩いていき、遺体袋らしきもののファスナーをあけはじめた。ウィリアムズは近寄らずに距離を保った。

「頭はある」ジャービスが端から順番に調べながらせかせかと言う。「ある、ある、ある、くそっ」

「頭がないんですか」ウィリアムズが尋ねると、ジャーヴィスはうなずいた。

ジャーヴィスは医学部長に電話して窃盗のことを報告すると、濃い紅茶を淹れてくれた。

「意外じゃないですね」ジャーヴィスが言った。「あの学生は前から妙でしたから。二回もここに忍びこんだんです」

「本当ですか」

「ええ。一度はこのオフィスにいるところを見つけました。秘密のファイルを調べていた。それからある晩、解剖実習室でわたしに靴を投げつけてきました。ビスケットはどうです?」

ウィリアムズはビスケットに手を伸ばした。「こういう場所によく忍びこめたもんですな」

「一度目は自分の暗証番号を使って入ったんです。入ってはいけない時間に。だがあいつが退学になったあと、その暗証番号は無効にされました」

「では昨晩はどうやって入ったんでしょう?」

「どれ、調べてみましょう」ジャーヴィスがコンピュータを起動し、スクリーンをみつめたまま、ぶつぶつと何かつぶやく。それでウィリアムズにも情報を伝えているつもりらしい。

「あれはそこ、これは……ここと。よし、これで……うん、わかったぞ……あのガキめ、小賢《こざか》しいことしやがって!」

「なんです?」

「べつの学生の暗証番号を使ったようです。メグ・ジョーンズっていう女子学生のを。ほらここ、深夜の〇時十五分に」

ウィリアムズはゆっくりうなずいた。尋ねたいことは山ほどあるが、ビスケットを紅茶にひたしながら、もっとも重要だと思う質問を口にした。「ばかげた質問に聞こえるでしょうが、それでも訊かせてください、ミスター・ジャーヴィス。十九番が殺人の被害者だという可能性はあるでしょうか」

ジャーヴィスは笑った。それは奇妙な場所で、奇妙な風貌の男から発せられた奇妙な音だった。「ありえませんね。ここに来るのは年齢からくる心臓病や癌、あるいは肺炎などの合併症で亡くなったドナーがほとんどで、かならず医師の死亡診断書があります。それに、受けいれるのは、病気や怪我でひどい損傷を受けていない遺体だけです。学生が標準的な人体の様子を知ることができるよう、ある程度状態のいいものでなければならないので。五体満足でない遺体や、体内の劣化がひどい遺体を学生の教材にしても意味がありませんから」

「同様の理由で、検視解剖を受けた遺体もここでは受けいれません。だからドナーは病気か怪我で死亡した者だけです。殺人の被害者の場合、かならず検視解剖がおこなわれます」

「殺されたとわかっていればの話ですがね」

「たしかに」ジャーヴィスがうなずいて、ビスケットをもう一枚とったので、ウィリアムズもそれにならった。この一件のせいで朝食を食べそこねていたのだ。

「十九番に関する書類を見せてもらえませんか」

「もちろん」鉢植えの受け皿の下にぞんざいに隠した鍵を使って、ジャーヴィスはふたつあるファイル・キャビネットのうちのひとつをあけ、ひきだしから薄いフォルダーを取りだした。

ウィリアムズは記録に目を通した。一枚目の書類は、サム・ゲーレンの名前で出された献体の申込書だった。

「十年近く前の日付ですな」

「ええ、献体の申し込みはいつでもできます。気が変わったら連絡してもらえれば、書類はこっちで破棄するので」

書類の文字を追っていくと、サム・ゲーレンと自分が同じ誕生日だということに気づいた。日付も年も。エムリスとサム。サムも自分と同じように誕生日を祝っていたのだろうか。〈スリー・タンズ〉でビールを何杯か飲み、年老いた母が毎年欠かさずかけてくる電話に出ていたんだろうか。

ふと自分がサムと入れ替わったような居心地の悪い感覚に襲われ、その考えを頭から追いだして、目の前のことに集中しなおさなければならなかった。

献体申込書には、感傷の入る隙もないような簡潔な質問が並んでいた。

わたしの臓器その他の部位を指定機関で保管することに同意します。

わたしの臓器その他の部位の写真を撮影し、教育や研究の目的で保管することに同意します。

埋葬／火葬

ドナーは空欄にチェックを入れるだけでいい。ミスター・ゲーレンは埋葬のほうにチェックし、そのあと気が変わって火葬にチェックを入れなおしたようだ。べつのペンで。

そのことを指摘すると、ジャーヴィスは眉をひそめた。

「おや、どうして気づかなかったのか。変更する場合は、変更時にサインするか、新しい用紙に記入してもらう必要があります。ただバツをつけて訂正できるもんじゃないんですが」

ウィリアムズは薄い用紙を裏返した。裏には一枚の用紙がクリップで留められていた。スペースの大半が空欄で、〝意思の表明（任意）〟という見出しがついている。

サム・ゲーレンは任意の意思表明をおこなっていた。

娘のアレクサンドラはアルコール依存症です。いつか、医学によりこの痛ましい病の治療法が見つかることを願って、医師の教育に役立てるためにわたしの遺体を提供します。

ウィリアムズは虚をつかれた。その表明は、ウィリアムズが手にするには妙に感動的だった。つい今朝、それを書いた当人の生首を、冷蔵庫の中で、学生の最高の料理と最悪の料理のあいだに押しこまれた状態で発見したばかりなのだ。

「ほとんどのドナーは意思の表明を書いてきます」ジャーヴィスが言った。「なぜ献体をするかということが当人にとっては大切なんです」

残りのファイルにもざっと目を通すと、近親者の同意書があり、死亡日の翌日の日付でミセス・ジャッキー・ゲーレンのサインがあった。さらに、地元病院から大学への移送書類、葬儀社の承諾書、そして死亡診断書の写しがあった。診断書の死因の欄には〝昏睡の合併症による心不全〟と書かれていた。

「ビスケットをもっとどうです？」ジャーヴィスが言って、パッケージを振ってみせた。

ウィリアムズは聞いていなかった。

死亡診断書の医師の署名の欄には、〝ドクター・D・スパイサー〟と書かれていた。

51

午後三時前、エムリス・ウィリアムズは両開きの扉をあけて言った。「こんなに早くまたお呼びたてしてすみませんね、ドクター・スパイサー」

「いいえ」

ウィリアムズは脇によけてドクター・スパイサーを通してから、一瞬立ちどまり、スタジアムから大音量で聞こえてくる国歌に耳をすました。その曲を耳にするたびに、愛国心に胸をつかまれて揺さぶられる。今夜のカーディフの街はさぞにぎやかに盛りあがり、ウェールズの国章のラッパスイセンの扮装をしたウェールズ人が、ベレー帽をかぶったフランス人と肩を組んで、英語ではない共通の言葉で健闘を称えあうのだろう。

ウィリアムズはため息をついて扉を閉めた。

歩きながら話しかける。「二、三おうかがいしたいことがありましてね。おもにパトリック・フォートのことですが」

「もちろんかまいませんよ。パトリックはだいじょうぶですか」

「ええまあ」

「それはよかった。彼はとても、なんというか、危ういので」

「そうなんですか」

「ええ、彼が障害者枠で入学したということはご存知ですか」

「知りませんでした」

「そうなんです。彼は自閉症で」

「アスペルガー症候群だと聞いていますが」

「ええまあ、同じスペクトラム上にありますから。彼はときどき、現実から遊離してしまうことがあるんです。偏執的というか、混乱状態というか、そうなってしまう」

「わたしの前の妻に似ていますな」

スパイサーが笑った。

ウィリアムズは第三取調室の扉をあけてスパイサーを通した。

「ドクター・スパイサー、こちらはホワイト主任警部。この事件の指揮をとっています」ウィリアムズは言った。「それから、ミスター・ゲーレンのことはもうご存知ですね」

頭部は透明な証拠品袋に入れられ、机の上に置かれていた。

長い沈黙が流れた。

スパイサーはようやくホワイトを見て言った。「どうも」

「ご足労をおかけしてすみませんな、ドクター・スパイサー」

「いえ」

「お手間はとらせません」ホワイトは言った。「ウィリアムズ部長刑事はもう退勤時間をとっくに過ぎていますし、わたしは本当なら試合を観ている予定だったんですから」と言って悲しげに笑う。スパイサーはうなずいただけだった。

三人は頭部をはさんで腰をおろした。ウィリアムズとホワイトはそれをちらりとも見なかったが、スパイサーはそれ以外のものをほとんど見なかった。頭部はまるでスパイサーの視線を引き寄せる磁石のように、さまようたびに視線を引きもどした。ビニールのひだが残っている眼球に貼りついて、目玉が飛びでて見え、別次元への覗き穴から直接スパイサーを覗きこんでいるようだった。

ホワイトがフォルダーを開いた。「パトリック・フォートがある話をしてくれましてね、ドクター・スパイサー」

「驚きませんね。彼は自分だけの世界に生きている。すぐにも助けが必要なんです」

「わたしも同意見です。しかし、われわれで事実とフィクションを分けることができるかもしれない。手伝っていただけませんか」

「ええ」

「どうも」ホワイトは言った。「昨晩、あなたに殺されそうになったとパトリックは言っています」

「本当ですか。ばかな」

ホワイトは何が書かれているかをたしかめるように、フォルダーをぱらぱらとめくってみせた。「ダンボールズ・ロードで自転車ごとはねられ、そのあと駐車場で轢かれそうになったとも言っています」

「そんな事実はありません」

「しかし彼は怪我をしている」

「ぼくが知るわけないでしょう。パトリックはゆうべ、ぼくのフラットで開かれたパーティに来ました。そしてひどく酔って、先に帰りました。自転車から転げ落ちたか、車にぶつかったとしても驚きませんね」

ホワイトはうなずいてまた書類をめくった。「彼の今朝の血中アルコール濃度はゼロでした」

「それは驚きですね」スパイサーは胸の前で腕組みした。

「あなたはパーティから席をはずしましたか」

「ええ、ビールを買いにでました」

「準備に抜かりがあったと？」

「学生が飲みすぎたんですよ。タダ酒だと思って」

「だがパトリック・フォートは飲んでいない」

「彼が飲んでいないと言うならそうなんでしょう」スパイサーが肩をすくめた。「少し様子がおかしかったので、酔っているんだろうと思ったんです」

「あなたが出かけたのは何時ごろですか」

「よくおぼえていません」

「だいたいでかまいません」

「十一時ごろだったかな」

「戻ったのは何時ですか」

「十一時半過ぎだと思います」

「ビールのレシートはありますか」

「さあ、たしかめてみないと」

「どこの店に行ったんですか」

「〈アズダ〉です。カーディフ・ベイの。それがパトリック・フォートとなんの関係があるんです？」

「もうすぐわかります。それからは外出していない？」

「していません」

「証人はいますか」

「いますとも。ぼくの婚約者もほかの学生たちも。誰に訊いても、ぼくがどこにいたか証言してくれるはずです」

「その時間、あなたがパトリックを轢こうとしたと彼は言っています」

「それは間違いです」

「彼の自転車が見つかりました。誰かが金網の向こうに投げいれたらしい。たしかにぐしゃぐしゃになっていた。いま、鑑識で指紋を採取しています」

「そうですか。犯人が捕まるといいですね。本当に犯人がいるとすればですが」

「ウィリアムズ部長刑事は、その近くの駐車場の塀に勢いよくぶつかった車の塗料とヘッドライトの破片も発見しました。ときに、あなたはどんな車にお乗りですか、ドクター・スパイサー？」

スパイサーが一瞬黙りこんだ。「シトロエンですが」

「色は？」

「グレーです」

「シルバーグレー？」

「そうとも言えます」

「状態は？　傷などはありますか」

「へこみが何カ所か。目立つものではありません。婚約者も運転するので」

「そうですか」

スパイサーは肩をすくめて時計を見た。「まだかかるんですか」

「すみませんね」ホワイトが言った。「しかし、パトリックの話の真偽をたしかめなければならない。それがわれわれの仕事なのでね。どうかご理解ください」

「ええ、それはもちろん」

「恐れいります」

「いえ」

「コーヒーか何か、お持ちしましょうか」

「けっこうです」

「そうですか。パトリックの話では、あなたから逃げたあとに――」

「パトリックはぼくから〝逃げて〟などいません」スパイサーが指で引用符をつくる。

「ぼくはその場にいなかったんですから」

「では言いなおしましょう。彼は自転車ごとはねられたあとに、解剖実習室に行き、哀れなミスター・ゲーレンの頭部を切り離した」

「ぞっとしますね」

「おっしゃるとおり。彼に言わせれば、頭部を切断したのは、ミスター・ゲーレンが殺人の被害者だという証拠を残すためだそうですが。そしてそこに、あなたが追ってきて、それを止めようとしたと」

ホワイトがスパイサーに向かって眉を持ちあげてみせると、スパイサーは大げさに肩をすくめた。

「すみませんが、警部。偏執病患者の妄想について何を言えと？」

「そういうつもりはありませんよ。それから主任警部です」

「すみません。ただ、あなたがたがこの、明らかに妄想癖のある学生の言ったことを、いかに突飛な話でも何から何まで信じているようなので、少々あきれてしまって」

「いやいや、信じませんでしたよ。何ひとつね」

スパイサーが二度目に驚いた顔をする。ホワイトは先を続けた。「だからこそ、ここにいるウィリアムズ部長刑事は、みずから調べたんです。彼の話を裏づける物的証拠がないかどうか」

ホワイトはスパイサーの反応を待ったが、若い医師が無言だったので続けた。「すると、あったんです。自転車と駐車場の証拠のほかにも、ウィリアムズ部長刑事は、あなたが昨晩、二度、解剖実習室の暗証番号を使っていたことを発見した。十一時四十五分に一度、そして十一時五十七分にもう一度」

スパイサーは長いあいだホワイトをみつめていた。「それはぼくじゃない。きっと誰かが暗証番号を盗んだんです。パトリックはもう自分の暗証番号を使えない。退学になったときに無効にされたからです。それでもどうにかして中に入らなければならなかった。どうして彼に訊かないんです？　ここに連れてきて質問すればいい。なぜぼくがここにすわって、こんな言いがかりやあてこすりを聞かされなきゃならないんです？　ぼくを訴えた張本人もいないところで」

「パトリック・フォートはもうここに勾留されていません」ホワイトが言った。

「じゃあどこに勾留されているんですか」

「どこにも」

スパイサーが愕然とした表情を浮かべる。

「なんですって？　人の首を切り落とした人間を釈放したんですか」

「あなたもそれを望んでいたのでは？」ウィリアムズは言った。

「違う！　いや、いまの話を聞いたあとではもうそう思いません。彼はぼくが思っていた以上にいかれている」

「ふむ。あなたは医者だ」とホワイト。「しかし、あらゆる状況を考えあわせると、今回は注意にとどめる程度でいいと判断しましてね」

「ぼくにはすこぶるおかしな話に聞こえますが」

「まあ、われわれはみな、ときにおかしなことをするものです。そう思いませんか、ドクター・スパイサー」

スパイサーが眉間にしわを寄せた。「さあ、どうでしょう」

「とにかく、パトリックが帰る前に話してくれました。ミスター・ゲーレンは、重度のアレルギーのあるピーナッツを無理やり食べさせられたために、死亡した可能性があると」

スパイサーは叫びと笑いの中間のような声を発した。「ばかげてる！　いいですか、主任警部。彼は少し問題をかかえた学生で、六カ月間、週に二回解剖学を学んでいただけです。医学部生ですらない。しかも、問題を起こして退学になったんです。そんな彼の診断を信用するというんですか」

「ミスター・ゲーレンのアレルギーのことは病院のカルテにも書いてあった。そしてあなたはそれを見ることができた」

「そんな人物はほかにもおおぜいいますよ」

「聞いた話では――間違っていたらどうか訂正してください――アナフィラキシー・

ショックでは、気道が腫れてふさがり、呼吸ができなくなって死に至ることがあるそうですね。そして死後、その腫れはほとんどわからないくらいにひくと」

スパイサーが肩をすくめる。

「そういう可能性はありますか」

「そりゃあ可能性なら、いろいろありますよ」

ホワイトが言葉を続ける。「鑑識はまだピーナッツがあったという証拠を発見していませんが、ミスター・ゲーレンの口内と喉にあった傷は、死の直前につけられた可能性が高いそうです。もしミスター・ゲーレンの喉にピーナッツがあったなら――その場合にはほかの学生がきっとおぼえているでしょうが――彼が死にかけているときに誰かがそれを回収しようとした可能性がある。そしてその行為そのものが、なんとかいう状態を招いた可能性がある。ええと」ホワイトはそこでメモに視線を落とした。「迷走神経の反射。聞いたことはありますか?」

「もちろん」スパイサーがつっけんどんに言った。

「そうですか。わたしはありませんでしたが。身体の一定の部位が圧迫されたり、極度のショックを受けたりすると、血圧が急激に下がって、心拍が止まってしまうんだそうですな。つまり、心臓が動かなくなる」ホワイトは両手を広げてみせた。「心不全です、ドクター・スパイサー」

「はい？」とスパイサーは言った。

「それがミスター・ゲーレンの死亡診断書にあなたが書いた死因だ」

スパイサーはホワイトを長いあいだじっとみつめていた。

「おぼえていませんね」スパイサーが硬い声で言った。「たくさんの死亡診断書にサインしてきましたから」

「そうでしょうとも。それもこれから調べるつもりです」

「いったいなんの話ですか」スパイサーがとうとう怒って立ちあがった。「ぼくは何かの容疑をかけられているんですか。もしそうなら、そう言ってください。そうでないなら、もう帰ります」

ホワイトとウィリアムズはすわったまま平然とスパイサーを見あげた。

「おかけください、ミスター・スパイサー」ホワイトが声をかけた。「もうすぐ終わりますから」

スパイサーはさらに一瞬立ったままでいたあと、腰をおろした。

ホワイトが話を続ける。「患者に噛まれたことがありますか」

「噛まれた？」

「ええ、歯で」

「ありますよ、何度も」

「しかしこの患者には噛まれていない？」

「さあ、わかりませんね」

「指先に傷がありますね」

スパイサーが自分の手を見おろす。「ええ、缶切りで切ったんです」

「本当ですか？」ホワイトが眉を持ちあげてみせる。「パトリック・フォートは、あなたが生前の――あるいは死のまぎわの――ミスター・ゲーレンに噛まれたと考えているようなんですが」

「パトリック・フォートは間違っています。今度も」

ホワイトは椅子にもたれてウィリアムズに視線を送った。「その可能性はあるでしょうな」

「可能性ならいろいろありますからね」ウィリアムズは合いの手を入れた。

「それをたしかめる簡単な方法があります」ホワイトが明るく言って、ウィリアムズにうなずきかけた。ウィリアムズは青いラテックスの手袋をはめると、証拠品袋から頭部を取りだしにかかった。

スパイサーが両手を腋にはさむ。「何をしてるんですか」

「ちょっと指を口に入れてみてもらえませんか」

「は？　なぜですか」

「もし傷と歯型が合わなければ、すべてパトリック・フォートの妄想だとわれわれも納得できますから」

スパイサーが唇を舐めた。

「だいじょうぶ。手の消毒剤ならあります」

ホワイトが小さなジェルのボトルをテーブルに置いて、安心させるように微笑んだ。

そのあいだも、ウィリアムズは頭部を袋から出す作業を続けている。

ついに頭部がテーブルの上に出された。ひっぱられた口もとから歯がのぞき、片方だけの目が落ちくぼんだ眼窩の奥からこちらを睨んでいる。

「そんな非科学的な」スパイサーが言った。

「たしかに。だが、とっかかりにはなる。パトリック・フォートの話が嘘かどうか簡単にたしかめられるし、それほどあなたのお時間を無駄にしなくてすみますからな、ミスター・スパイサー」

「ドクター・スパイサーです」

「これは失礼。ではお願いできますか」

ホワイトが頭部を示す。スパイサーは動かない。

「お願いできますか」ホワイトがふたたび言った。

スパイサーの指が脇腹に強く押しつけられ、白くなっていることにウィリアムズは気づいた。そのせいで、右手の人さし指の淡いピンク色の傷跡がよけいに目立って見える。

静まりかえった室内で、ちらつく蛍光灯の音がやけに大きく聞こえる。

「お願いできますか」ホワイトがより穏やかな口調で言った。

スパイサーはそれでも動かない。

壁の時計が時を刻みはじめたことにウィリアムズは気づいた。いや、ずっと時を刻んでいたが、いまはじめて気づいただけかもしれない。

「あなたたちにはわからない」スパイサーが硬い声で言った。「あなたたちのような、普通の人間にはわからない」

「何がわからないと？」

スパイサーが両手で自分を抱くようにして、ゆっくり首を振った。

「あの病棟がどんなところか。人は昏睡状態に陥ったり、そこから覚めたりするものだとあなたたちは思っている。映画の中ではそうだ。誰かが死んでみんなが悲しみ、誰かが目をあけてみんなが喜ぶ。そんなのはハリウッドの嘘だ」

スパイサーの目にみるみる涙が浮かんできて、ウィリアムズは驚いた。それが下まぶたからこぼれると、スパイサーは乱暴に拭ってから、手を守るようにふたたび腋の下にはさんで先を続けた。

「でも、中には中途半端に覚醒する患者もいる。生きているとも死んでいるともどっちつかずの状態で、ゾンビみたいに。まばたきだけできるという人もいる。これから四十年、五十年、六十年のあいだずっと、まばたきして天井をみつめるだけの人間も。それから、死ぬまで同じ歌を歌いつづける人もいる。同じ質問をしつづける人も。喉から血が出るまで叫びつづける人も。あるいは自分の髪を抜いたり、目をくりぬいたり、医者や看護師に嚙みついたり首を絞めようとする人もいる。楽にしてくれと泣いて頼む人もいる。泣いて――」スパイサーが拳の側面をテーブルに打ちつけ、頭部が揺れる。ウィリアムズは片手を伸ばしてそれを押さえ、息子たちが幼いころに同じことをしたのを思いだす。褒めたり安心させるために頭を撫でたことを。

スパイサーがウィリアムズとホワイトに向かって挑戦的に顎を突きだす。だがふたりが黙っていると、ふたたび目もとを拭って深いため息をついた。

「いつも騒いで暴れる患者がいた。叫び声をあげ、激しく手足を振りまわして。その患者はぼくの婚約者の指を折った。彼女の婚約指輪まで切断しないといけなかった。その前の晩にあげたばかりで、彼女はすごく喜んでいたのに、翌日に家に帰ってきたときには薬指が変形して黒ずみ、指輪は切られ、彼女はずっと泣いていた。指輪は修理したが、彼女がそれをまたつけられるようになったのはつい最近のことだ」

「つまり、ミスター・ゲーレンがきみの婚約者の指を折ったから殺したということかね」ホワイトが慎重に言った。

「違う！」スパイサーが首を振った。「その患者の名前はアトリッジだ。チャールズ・アトリッジ」

ウィリアムズはホワイトと目を見かわした。チャールズ・アトリッジとは誰のことだ？

スパイサーはさらに続けた。「彼が死んだとき、家族はほっとしていた。ぼくのしたことに感謝していた。家族にはわかったんだ。でもみんなわからない。自分自身で経験するまでは」

沈黙が流れ、殺風景な取調室が少しだけ神聖な雰囲気になったように思えた。

「それで、ここにいるミスター・ゲーレンには何が？」ホワイトが静かに尋ねた。

スパイサーはしばらくためらったすえに答えた。「見られたんだ。ぼくのしたことを」

ウィリアムズははらわたがねじれるのを感じた。

スパイサーは感情のこもらない口調で続けた。「それから……それから覚醒しはじめた」と言って、親指と人さし指で鼻をかんだ。あたりを見まわし、鼻水のついた指を着ているセーターで拭いて肩をすくめ、付け加えた。「話しはじめたんだ」

ウィリアムズは涙で喉が詰まるのを感じ、この尋問を仕切っているのが自分でないことに感謝した。サム・ゲーレンは苦しみから解放されたのではなく、冷酷に殺されたのだ。回復を目前にして。ウィリアムズは想像力が豊かなほうではないが、それでもサム・ゲーレンが感じたであろう恐怖——自分が殺されるとわかっても、指一本動かすことのできない恐ろしさ——を思うと胸が悪くなった。

「それで彼を殺したんだね」ホワイトが静かに言った。

「ええ」スパイサーが答えた。

「ピーナッツで?」

スパイサーがうなずいた。

「口に出して答えてもらえるかね。録音しているので」

「はい。ピーナッツで」

「解剖のことは? なぜこんなことに?」

スパイサーがため息をついた。「それはまったくの偶然です。ぼくも頭の布をはずして、はじめてわかったんです。本当に驚いたし、ショックでした。それからは彼にろくにさわれなかった」

スパイサーはテーブルの上で手を組み、疲れきったように、その上に額をつけた。口を開いたが、その声はくぐもっていて、ホワイトとウィリアムズはよく聞こえるように身を乗りだした。

「申しわけないと思っています。彼にもそう言いました」

それから、ふたりの刑事にすがるような視線を向けた。「でも、ほかにどうすればよかったんです？」

スパイサーがふたたびテーブルにつっぷし、すすり泣きはじめた。

52

エムリス・ウィリアムズは、警察署の外のピンク色の歩道に立ち、街灯の下で時計を見た。次の夜勤のシフトが始まるまであと一時間しかない。

でもかまわない。アドレナリンで高揚し、何年かぶりのいい気分だ。

なんという夜と昼とふたたびの夜だろう。記憶の中では、そのあらゆる瞬間が鮮やかな光を放ち、輝かしい発見と正義のイメージに満ちている。いまだけは煙草が吸えたらと思う。この瞬間の一服は格別だったろう。

ナント通りの向こうから歓声が聞こえてきて、どちらが勝ったのかもわからないまま、ウィリアムズは笑みを浮かべた。

小さなフランス国旗を首に結んだ白い雄鶏が、スタジアムの方角からこっちに向かって歩いてくる。かがんで腕を広げ、おざなりに捕まえようとしてみたが、雄鶏はたやすくよけてひと声鳴き、颯爽とどこかへ去っていった。

ポケットの中で電話器が震え、メッセージをチェックする。シェリーから、インターネットで見たメキシコ・クルーズについて何度かメールが来ていた。

だが折りかえさなかった。このことはシェリーに話したくない。話してもわかってもらえない。

シェリーにはどうでもいいことだからだ。

そう思っても、とくに傷つかなかった。ということは、自分でもどうでもいいのだろう。もうすぐ家に帰り、シェリーに告げる。終わりにしよう、悪く思わないでくれ。

そして先に進む。

そう考えただけで、なんだかわくわくした。

ホワイト主任警部には、形ばかりというにはかなり長いこと手を握られ、すれ違う同僚には二十回ほど肩を叩かれた。サム・ゲーレンの頭部を回収しにきた鑑識の連中さえ、いつになく口数が多かった。

パトリック・フォートだけは、ウィリアムズのお手柄にも感銘を受けた様子はなかった。房の扉をあけて、きみの話の裏づけがとれたからもう帰っていいと告げたとき、パトリックはただ肩をすくめて言った。「そう言ったでしょ」

ウィリアムズはそのときも笑ったが、いま思いだしてまた笑った。黄金の月がゆっくりと街の上空に昇っていく。

もうすぐまた夜勤が始まり、仕事も人生も続いてゆく。だが、以前とは何もかも違う。数年ぶりに、人生にはまだ生きる価値があると感じる。

老いぼれるにはまだ早い。

こうやってものごとは変わる、とウィリアムズは思った。

こうやってものごとは変わるのだ。

53

葬儀は二週間延期されただけですんだ。デイヴィッド・スパイサーが最初の公判で罪を認めたので、サム・ゲーレンの頭部が遺族に返還されたのだ。

それまでにパトリックが前払いした家賃は尽きていたが、キムとジャクソンとレクシーがただでソファに寝るのを許してくれたので、パトリックも葬儀に参列することができた。

四月最初の週末で、道路脇の花壇にはラッパスイセンが咲き、海辺のように青い空が広がっていた。

それはたまたまグランドナショナルの開催日でもあったが、パトリックはこの世界でもっとも有名な競馬の障害レースを、物心ついてからはじめて見のがすことになっても、ほとんど騒ぎたてなかった。でもこれが最後だ。〈主はわが羊飼い〉が歌われている最中に出走時刻が迫ってくるのを時計で見ながら、パトリックはひそかに誓った。

サム・ゲーレンが死亡したのは九カ月近くも前だというのに、教会は人がいっぱいで、春の花の香りに満ちていた。ただし、糞のにおいはしない。

パトリックは歌うことも祈ることもなく、父の葬儀の切れ切れの記憶をたどっていた。身を切られるような寒い日で、教会の中はさらに輪をかけて寒く感じた。母が傷を隠すために学校の靴に二度塗りした黒い靴ずみのにおいがずっとしていた。

父はほんの一メートルほど先の箱の中に入っていて、牧師が悲劇と神について話しているあいだも、パトリックはそこに本当に父がいるのかどうか、箱をあけてたしかめたくてうずうずしていた。そわそわと落ち着かない様子でいると、業を煮やした母に手を強く握られたので、泣きだした。

今回はまるで違う。十九番をこの目で見た。心臓を開き、脳をてのひらにのせ、首を切り離した。いまは十九番が死んだ理由を正確に知っているし、花の海に浮かぶ棺の中に彼が入っているのは間違いない。白と青で〝ありがとう〟の文字を浮かびあがらせた花々もある。それはメグが用意したもので、かなり高かったが、全員で金を出しあった。

レクシーは前の列にジャッキーと並んですわり、レクシーが泣くとジャッキーがその肩を抱いた。レクシーもされるがままになっていた。

解剖実習室のミックと、マドック教授も来ていた。教会を出るとき、ウィリアムズ部長刑事が後ろのほうに立っているのに気づいた。

「ぼくに話があったんですか、ドクター・スパイサーのことで」と訊くと、ウィリアムズ部長刑事は首を振って、いまはそれにふさわしいときじゃない、と言った。パトリックにはよくわからなかった。同じときに同じ場所にいるんだから、いま以上にふさわしい機会はないのに。

ウィリアムズ部長刑事は別れを言って手を握ろうとしたが、パトリックはそれを予期していた。

そのあと、墓穴の前で、ジャクソンとキムがレクシーをはさむように立ち、手を握った。レクシーをもぞもぞさせるためではなく、レクシーがもぞもぞしていたから。

そのあと、みんなでパブに行き、レクシーがさらに泣いて飲みすぎたが、パトリックは黙っていた。メグがそばにすわったが、近すぎはしなかった。サンドイッチとケーキとチャイブ入りポテトサラダの大鉢が並び、パトリックは、これが例外なのか、それとも葬儀とは普通こういうものなのかと考えた。

さらにそのあと、家に戻って、チャンネル権にだいぶ寛容になったジャクソンが、BBC2でグランドナショナルのレースの再放送を見せてくれた。

死んだ馬はおらず、それが不思議と嬉しかった。

54

葬儀のあとの火曜日、メグはふたたび昏睡病棟を訪れた。ミセス・ディールに『ダ・ヴィンチ・コード』の続きを読むために。

時期はずれの冷たい雨が降っていて、来るのにかなりの意志の力がいったが、親切心と責任感がメグの背負った十字架だった。

ジーンが廊下の向こうから明るく手を振ってきた。メグは上着をミセス・ディールの動かない脚にかけ、すわりごこちの一番ましなビニールの肘かけ椅子を近づけた。

たちまちストーリーに夢中になって、気づくと一時間のつもりが二時間たっていた。

ミセス・ディールも同じらしく、ずっとぴくりとも動かない。それは真剣に聞いている証拠だと、メグは思うことにした。

「完」メグは言い、本を閉じて膝に置くと、一キロ走ったあとのように大きく息を吐いた。「すごくおもしろかったわね」

ミセス・ディールは、ダン・ブラウンの素晴らしさに言葉を失っている。

それから、指でシーツを叩きはじめた。

ああもう、とメグは思った。早く家に帰って熱いお風呂につかり、そのあとテレビを見ながらチョコレート・アイスクリームをたらふく食べたい。

「やあ」パトリックが言った。

「やだ、飛びあがりそうになったじゃない」

パトリックはごめんともなんとも言わなかったので、メグは先を続けた。「どうしてここに？」

「さよならを言いにきた。家に帰るから」

「家って、家？」

パトリックは混乱したように眉をひそめて繰りかえした。「家だ」

「つまり、ブレコンにってこと？」

「うん」

「まあ」どう感じるべきなのかよくわからない。寂しくないことはないが、寂しがるだけの理由があるだろうか。

「帰ってどうするの？」

「わからない」

「べつの大学に入りなおすとか？」

「わからない」

「またこっちに遊びにきてくれる？」

「来ないと思う」

　メグは傷つくまいと思った。パトリックみたいな人に、それは期待しすぎというものだ。わざわざ別れを言いにきてくれただけでも、びっくりするくらい社交的な行動なのだ。

「レクシーはどうしてる？」

「ぼくの部屋が気にいったみたいだ」パトリックが肩をすくめ、メグは混乱して何を言えばいいかわからなかった。

　パトリックがメグの後ろに視線をやる。「それが彼女？」

「こちら、ミセス・ディールよ。そばに来て挨拶して」パトリックはそろそろと何歩か近づいて、ベッドの足もとに立った。「こんにちは」とミセス・ディールの頭の上の壁に向かって言う。

「彼女は話ができないの。もっと近づいて。あなたのことが見えるように」

「彼女にはぼくが見えるの？」

「もちろん」メグは言ったが、それはミセス・ディールの目があいているから、そう推測したにすぎない。

パトリックはじりじりと近づいた。

「ミセス・ディール、こちらはパトリックよ。彼が本を読んでくれるって話したこと、おぼえてるかしら。それはできなくなっちゃったけど、それでも挨拶しにきてくれたの」

「どうも」パトリックは言って、しばらく待ってから付け加えた。「ぼくがここにいること、この人はわかってるの？」

「失礼よ、ちゃんと聞こえてるんだから」

「わかった」パトリックは言った。「どうして指があんなふうにひくひく動いてるの？」

メグはその無神経さに腹が立ち、とがめようとして、自分も同じ質問をしたことを思いだした。それで顔を赤らめて言った。「そういうものなの。止められないのよ。しばらくすれば気にならなくなるわ」

「へえ」パトリックは言って、それきり興味をなくしたようだった。病室を見まわして尋ねる。「ガールフレンドはここにいるの?」

「アンジーのこと?」

「スパイサーのガールフレンド」

「ええ、それならアンジーよ。どうやら辞めちゃったみたいね」

「どうして?」

「さあ。辞めさせられたのかもしれないし、いづらくなったのかも。気の毒よね。だって、彼女が悪いわけじゃないでしょ。彼女はただ患者さんのために尽くしただけなんだから」

「八、五」パトリックが言った。

「えっ?」

パトリックがミセス・ディールの指を指さす。「八、五。八、五。ほらまた。八、五」

メグは回数を数えた。八回叩いて、次に五回。八、五。言われてはじめて気づいた。

「ほんとだ! どういう意味かしら」

パトリックが肩をすくめた。「わからない」

「すごく参考になるわ」

「ならない」パトリックは言った。それから、言葉を切ってミセス・ディールの手をみつめたあと、口を開いた。「いろんな意味があるかもしれないし、意味なんてないかもしれない。十三。八十五。それとも、アルファベットをあらわす簡単な暗号かも。八番目の文字はHで、五番目はEだ」

ふたりとも、ミセス・ディールの止まっている指を見おろして待った。メグは神経質な忍び笑いを漏らした。「ほら、もうやらないわ、きっと」

だがミセス・ディールはやった。

八回、次に五回。

それから十六回。

「あなたの説が当たったみたいね！」メグは笑った。

「P」パトリックが言った。

「H・E・P」メグは言った。「Help（助けて）？」

パトリックはそれを無視した。ミセス・ディールがまた叩きだす。かなり長いあいだ、間《ま》をあけずに。

「U」とパトリック。

「ＨＥＰＵ？」メグは顔をしかめた。「どういう意味かしら」

「ペンある？」とパトリック。「また始まった」

メグはバッグからペンを出して、『ダ・ヴィンチ・コード』の背表紙の内側にメモをとった。

ミセス・ディールが叩き、パトリックがその文字を言って、メグがそれを書きとっていく。

ついにミセス・ディールの指が止まった。ふたりはしばらく待ったが、もう動く様子はない。

パトリックがメグの肩ごしに覗きこみ、ふたりで文字を追いながら単語の切れ目を探す。

ふたり同時にわかった。メグはうなじの毛が耳までざっと逆立つのを感じた。

「ＨＥ　ＰＵＳＨＥＤ　ＭＥ（彼に突き落とされた）」パトリックが言った。

＊

モニカもそのベビーベッドは気にいらなかった。昔ながらの木の柵に囲まれたベッドは無骨すぎるという意見にも、レースの天蓋つきのベッドのほうがいいという意見にも賛成してくれた。

「だって、生まれてくるのは女の子よ。お猿さんじゃなくて！」

トレイシーはくすっと笑ったが、出産の前祝い《ベビーシャワー》に手編みの靴下一足とアスティ・スプマンテのボトル一本しか持ってこなかったくせによく言うわ、とも思った。でも黙っていた。六人の友達が来ると言ったのに、実際に来たのはモニカひとりきりだったからだ。それと、赤ちゃんの体重はせいぜい三キロね、だってそのくらいしか増えたように見えないから、ときっぱり言ってくれたからでもある。

「科学的でしょ」モニカは言って、重々しく煙草を揉み消した。トレイシーはカップケーキをもうひとつ食べた。

モニカもそれにならった。ピンクのアイシングの上に小さな銀の粒がのったケーキは、まだ数十個もある。レイモンドは、ベビーシャワーを彼の家でやることを認めてくれた。そのほうがみんなが来やすいから、とトレイシーは言ったが、本当は見せびらかすためだ。

「取りかえれば？」モニカが言った。

「何を？　赤ちゃんを？」

ふたりは甲高い声で大笑いした。アスティの泡が盛大にはじける。

「ベビーベッドよ。〈マザーケア〉に持っていけば返品できるでしょ。彼は気づきやしないわ」

「どうかしら。彼ってなんにでも気づくから」

本当だ。歯磨きチューブの絞り方が悪いとか、トイレの便座にしずくがついていたとか、細かいことによく気づく。

モニカが首を振り、カップケーキのひと振りで断言した。「いいえ、男はそういうことには気づかないわ。彼はたぶん、店に入って一番最初に目に入ったものを買ったのよ」

「そうかしら?」

「絶対そうよ」

モニカが帰ったあと、トレイシーはふたりの通ったところだけ掃除機をかけながら、ベビーベッドのことを考えた。

もうひとり産むつもりはないので、レースの天蓋つきのベビーベッドを使えるチャンスは今回しかない。本当にほしいものを手に入れなければ、一生後悔することになるかもしれない。

バスルームのゴミ箱をあさって値札を見つけだした。八百九十五ポンド。びっくりだ。

それから、〈マザーケア〉に電話をかけ、レースの天蓋つきに交換できないかと尋ねた。

電話口の女性はすこぶる感じがよかった。値段を調べ、天蓋つきのベビーベッドは六百五十ポンドなので、レシートがあれば返金もします、と言った。

「レシートはないのよ。夫が持ってると思うんだけど、訊けないわ。夫の買ったベビーベッドを交換するなんて知られたくないから」

「よくわかります。ですが、その場合は交換だけしかできません」

トレイシーは少々むかっとした。〈マザーケア〉め、こんなことで儲けようとするなんて！　とはいえ、レースの天蓋つきのベビーベッドがどうしてもほしかったので、それでもいいと伝えた。

では値札についている品番を教えてください、と言われてそれを告げると、そのあと長い間があり、キーボードを叩く音と、とまどったような小さなつぶやきだけが聞こえてきた。

「それはうちで取り扱っている商品ではないようなんですが」女性がゆっくり言った。

「〈マザーケア〉の値札がついてるのよ」

「本当ですか？　少々お待ちください」またキーボードの音と小さなつぶやきが聞こえてくる。

「ああ、ありました。でもこれは、いまはもう取り扱っていない商品です。となると、やはり交換はできないのですが」

「夫がこれを買ったのはたった二週間前よ」

「どこの店舗でお買いあげですか？」

「おたくの店だと思うわ。うちの近所だから」

さらにキーボードの音。

「調べたのですが、その型のベビーベッドは、どこの店舗でも少なくとも過去二年はお取り扱いしていません」

「そんなはずないわ。夫が二週間前に買ったんだから！」

「たしかですか」

「あんな木の檻がもっと前から家にあったら気づいてるわよ！」

厳密に言うと嘘だ。トレイシーはこの家に住んでいない。ガレージには入ったことがないし、階段の上にある屋根裏部屋に通じるハッチもそうだ。でもそれは本当らしく聞こえたし、それこそ重要なことだった。

電話の向こうでは長い沈黙があった。「ご主人はどこかべつのところで買われたのでは？　中古で」

「彼は中古でなんか買わないわよ！　お金ならあるんだから」

「とにかく」女性がそっけなく言った。「過去二年以内にはお買いあげいただいていないようですし、現在は取り扱っていない商品なので、申しわけありませんが、交換はいたしかねます」

「ふん、いいわよ！」トレイシーはがちゃんと電話を切った。

「クソ女！」掃除機に向かってわめいたあと、眉をひそめてベビーベッドの値札をじっと見る。

レイモンドはお金持ちだ。大きな家に住み、高い車に乗っているし、彼のシャワー中に銀行の通帳を見たことだってある。なんであれ中古で買う必要なんてない。ベビーベッドには値札がついたままだった。間違いなく新品のはずだ。

もしかすると、驚かせようと思ってしばらく隠していたのかもしれない。レイモンドはそういうタイプじゃないけれど、今回は特別なのかも。わたしの妊娠がわかってすぐに買ったのかもしれない。ひょっとして、屋根裏部屋にはわたしへのプレゼントが山と眠っているのかも。

そういう意外なところがあったのだ、きっと。

本当は直接訊けばいいのだが、レイモンドには気軽に訊けない雰囲気がある。怒ったりはしないが、黙りこんでしまう。そっちのほうが怖い。

トレイシーは暖炉の上の時計に目をやった。レイモンドはあと一時間は帰ってこない。ちょっとたしかめる時間は充分にある。

ひとりで忍び笑いをして、アスティの残りをひと息に飲みほす。それから、手すりにつかまってそろそろと階段を上った。段は急だし、ジョーダン／ジャメリア／ジェイデンのおかげでただでさえ転びやすいのだ。

ミスター・ディール――レイモンド――がバスルームの扉の後ろに置いていた竿《さお》を見つけた。重い木の竿で、先には小さな真鍮のフックがついている。それを、屋根裏のハッチについている、さらに小さな輪っかに引っかけるらしい。竿が手の中で揺れてぐらつく。ああもう、じれったい！

自分がこそこそ嗅ぎまわっていることも、それが悪いことなのもわかっているが、レイモンドもいろいろ訊かれたくないなら、謎めいたことばかりしないでほしい。二年も昔のベビーベッドを買うとか。自分に黙ってベビー服を買うとか。おまけに、女の子が生まれるとわかっているのに、妙な色の服ばっかりだとか。いったいどうしたっていうんだろう。

いらいらして手もとが狂い、フックが壁にぶつかって壁紙が破れた。

「まずいわ」ミスター・ディールの家はどこもかしこもきれいで片づいている。階段をあがった正面の壁紙が十五センチも破れて剝がれていたら、確実に気づいて、ひどく不機嫌になるだろう。帰ってくる前に剝がれたのを元に戻さなければ。

急に、一時間がまるで長い時間とは思えなくなった。

二十分かけて接着剤を見つけだし、破れ目に手が届かなかったので、二番目の寝室から椅子を持ってきて階段をあがったところに置いた。

ミスター・ディールが帰ったとき、トレイシーを見つけたのもその場所だった。壁紙に自分の指を接着し、華奢な椅子の上でビーチボールみたいにぐらぐらしていた。長くて急な螺旋階段を見おろす最上段のへりのすぐそばで。

そして彼は不機嫌になった。

ひどく。

第四部

55

パトリックは帰ることを伝えようと母に電話したが、留守だったので、列車の時間をメッセージに残した。マーサーティドビルの駅まで迎えにきてもらえるように。

列車ではテーブル席にすわり、メグが駅のホームでくれた携帯電話の箱をあけた。

「緊急用に」

「ぼくには緊急の用なんてないけど」

「もうパトリック！　どうしてそんな――」

そこでメグは、それがジョークだということに気づいて笑った。

それでも、携帯電話はほしくないし、好きでもないのは変わらなかったが。

「電話してくれる？」列車が車輪をきしらせて入ってきたとき、メグが言った。

「わからない」

「そう」メグがなんとなく妙な表情でそう言った。

いま、パトリックはそのマニュアルを読んでいる。することもないので時間つぶしだ。

窓の外では、線路の下を流れるタフ川がきらめき、街はすぐに緑色の景色に溶けた。カステル・コッホ城が朝日の中にあらわれて消え、それから本格的な谷が始まる。岩や石炭の丘の中腹に灰色と褐色の石造りの家が並び、ところどころに牧草地と羊が見える。

「それ、ブラックベリー？」タフズ・ウェル駅で乗ってきた十二歳くらいの少年ふたり連れのうちのひとりが言った。

「違う。電話だ」パトリックが答えると、少年たちは顔を見あわせてにやにやした。ひとりが首を横にねじって、マニュアルの表紙の絵を覗きこんだ。「スマートホンでもないぜ」

「だせえ」もうひとりが言った。

パトリックはマニュアルを置いて言った。「二週間前、ぼくは人の首を切り落とした」

少年たちはそれ以上何も言わず、次の駅でおりていった。

ばかばかしいほどややこしいマニュアルで電話のかけ方を理解したときにはクエーカーズ・ヤード駅にいて、電話で脳がフライにされないようにスピーカー機能の使い方を見つけたときにはトロイドフュー駅に近づいていた。

パトリックはメグの美しい番号を押した。

「電話した」安全な距離から叫ぶ。

「聞こえるわ」メグが笑った。「ありがとう」

「うん。さよなら！」パトリックは叫んだ。

母は駅に迎えにきていなかったので、表のベンチにすわって一時間待った。

それでも来なかったので、真新しい電話器で家にかけたが、やはり応答はなく、今回は留守番電話にも切り替わらなかったので、メッセージを残すこともできなかった。

さらに一時間待ってから、通りの向かいの店でハンバーガーを買い、それを食べてもうしばらく待った。自転車がないのは足がないようなものだ。

午後三時ごろ、ブレコンまでバスに乗り、そこから先はタクシーで帰った。

ただし、家まで一・二キロのところで、メーターの金額がポケットの中の全財産と同じになったので、そこでおろしてくれと運転手に頼み、残りは歩いた。スーツケースの中身は家を出たときから増えていないが、それでも充分に重かったので、牧場の柵の内側の垣根にもたせかけて置き、あとは手ぶらで歩いた。

私道にフィエスタはなく、裏口には鍵がかかっていた。

家を一周して窓から中を覗きこみ、それからリンゴの木のフックからスペアキーをとって中に入った。

四月とはいえ、古い石造りの家はまだ寒く感じた。

猫がキッチンに走ってきたが、パトリックだとわかると足を止め、すわって自分の尻を舐めはじめた。

猫用の鉢に餌が山盛りになっている。その隣にもうひとつ山盛りの鉢がある。さらにその隣にもうひとつ。水用のボウルにもあふれそうなほどなみなみと水が入っている。

二階にあがって、母の寝室をたしかめる。母はいない。どこにいるかの手がかりもない。

廊下に戻ってくると、留守番電話機のプラグが抜かれていることに気づいた。ふたたびプラグを差しこむ。新しいメッセージはない。今朝、メッセージを残したのに。

つまり、母はパトリックが駅から電話したあとに、メッセージを聞いたということだ。

正午に到着することもわかっていたのだ。駅で行き違いになったんだろうか。そんなことはありえないと思うが。

キッチンのストーブをつけ、サンドイッチをつくった。パンがしけていたので、サンドイッチをばらばらにしてトーストした。そのため、チーズとチャツネはそのまま食べ、ブレッド《パン》のBのあとにくるもののかわりに、トーストのTよりあとの文字で始まる食べ物を戸棚の中から探さなければならなかった。ツナの缶詰があったので、それを二枚のトーストのあいだにはさんだ。

それからお茶を淹れた。やかんに水を入れようと持ちあげると、まだ少しあたたかかった。

テーブルにすわって食べようとしたとき、塩と胡椒の容器のあいだに手紙がはさんであることにはじめて気づいた。

封筒に自分の名前が書いてあったので、あけて読んだ。

パトリック、

おかえりなさい。そこにいられなくて悪いけど、とてもつらくて、もうこれ以上やっていけません。

遺言はチャーチ・ストリートのJMP法律事務所に預けてあります。家のローンはまだ払い終わっていないけれど、お父さんの生命保険があったから、ローンの残額はそれほど多くありません。あなたがそうしたいなら、仕事に就けば、そこに住みつづけることもできます。

あなたに許してもらえればと思います。わたしがあなたを許したように。でも、過去と同じになるなら、わたしは未来と向きあえそうにありません。

どうするにしても、猫の面倒をみてあげてください。

愛をこめて。

母より

パトリックはサンドイッチをゆっくり嚙みながら手紙について考えた。なんだか気にいらない。何か嫌なものが、においみたいに発散されている。間違いなくメッセージが込められている。確信はないが、母がもう戻ってこないように読める。そして、遺言がどうのと書かれていることから、母がもう死んでいるような感じがする。でもそんなはずはない。だって、自分がこれから死ぬと前もってわかる人間なんていないから。

よく理解できなくていらいらしたが、同時になぜか緊急事態だという気がして、サンドイッチを半分残したまま、隣の〝不気味なニック〟に手紙を見せにいった。

ニックは首を振って言った。「なんてこった、パトリック！　これは遺書だ！」

「そうなの？」パトリックは疑うように言った。

「そうだよ。言っちゃ悪いけど、おまえの母さんのふるまいは完全におかしかった。二、三週間前には納屋を燃やそうとしたんだぜ！　おれが庭のホースで火を消したんだ。水道のメーターがあがっちまったよ」

「どうしてお母さんがそんなことをするの？」

「知るかよ」ニックが言って、遺書を別れのハンカチのようにひらひら振った。「でもこれはマジだ、パトリック。おまえの母さんは自殺しようとしてる」

「前にもそうしようとしたことがあると言ってた」

「いつ？」

「お父さんが死んだ日」

「そうなのか、なら不思議じゃないな。そのときはどうやって死のうとしたんだ？」

「ペン・イ・ファンから飛びおりようとしたって。それに、フィエスタがなくなってる」

「いますぐペン・イ・ファンに行かないと」ニックがきっぱりと言い、それから「くそっ。母さんの車を運転しちゃだめって言われてるんだった」と続けた。

「お母さんがどうして自殺したいのかわからない」

「理由なんてどうだっていいだろ」

パトリックは生まれてはじめて、ニックの目をまっすぐに見た。「理由が何より大事だ」

心が泡立ちはじめ、知っているすべてのことの意味あいとふたたび格闘しはじめる。パズルのピースはどうやって嚙みあうのか。パトリックは急にきびすを返して、自分の家の庭に向かってすたすたと歩きだした。

「待てよ！」とニック。「パトリック！　どこ行くんだよ。おれはスリッパしかはいてないんだ」

パトリックは立ちどまらなかった。

前に家に帰ってきたときから確実に変わったことは三つ。母が遺書を書いたこと。家に帰ると母に言ったこと。母が納屋を燃やそうとしたこと。その三つのあいだのかかわりはわからないが、間違いなくどこかでつながっている気がする。

砂利の上を進むと、納屋の角の焦げた木材が見えた。あの黒い傷が何かを教えてくれるに違いない。ふさがった動脈や、腫れあがった髄膜《ずいまく》や、嚙まれた指と同じように。

焼けた木にさわってみると、もろく砕けて剝がれ、指先が炭のように黒くなった。

誰かが砂利道を近づいてくる音が聞こえた。ニックだろう。

火は、ニックの家の高価な水で消される前に、納屋の下の部分をかなり燃やしていた。パトリックは雑草の生えた砂利道に膝をつき、炎があけた穴から中を覗きこんだ。あたたかい春の午後、納屋の中の暗い洞窟に目が慣れるまでにしばらくかかった。

たいしたものは見えない。雑草が外から中にまで入りこみ、あいだに壁などないように、納屋のひび割れたコンクリートの床から生えている。奥の壁には蜘蛛の巣がカーテンのように垂れさがっている。

もっとよく見えるように腹ばいになると、燃えた木と蜘蛛の巣のあいだに自動車のタイヤが見てとれた。

パトリックは立ちあがった。「中に車がある」

「ちくしょう」ニックが小声で言った。「母さんか?」

「わからない」パトリックは答えた。声はいつもと変わらないが、ひと息ごとに心の中の切迫感が増していく。

荒れた温室に走っていく。瓦礫にまじって、子どものころに見た記憶のあるものが落ちている。ずっとそこに、ガラスと草と袋の中で硬くなってしまったセメントのあいだにあったもの。

そのひとつが、錆の浮いた古い手斧《ちょうな》だった。

それをつかんで砂利道に走って戻り、その勢いのまま、木の扉に手斧を振りおろした。

「おい、パトリック!」ニックが飛び散る破片から頭をかばいながら言う。パトリックはそれを無視して、手斧をハンマーのように叩きつけ、扉に穴があくと素手で板を剝がした。木は古くて腐っていたので、まもなくかんぬき自体がはずれて落ち、錆びた蝶番の上で片方の扉がきしみながら数センチだけあいた。

「パトリック、待て！」

パトリックは言われたとおりにした。息を切らし、急に怖くなって。ニックが恐る恐る前に進みでて、扉をあけた。

「だいじょうぶだ、パトリック。母さんはいないよ」

「じゃあ何があるの？」パトリックは中を覗きこんだ。そのまま信じられない思いで凝視する。「うちの昔の車だ」

そのとおりだった。

厚い埃をかぶっているのは、古いブルーのフォルクスワーゲンだ。その瞬間、パトリックは後部座席がどれだけ深かったかを思いだした。深すぎて、窓から外を見るには膝立ちにならなければならなかった。それと、心地いいビロードのシート。パトリックはそこで寝るのが好きだった。ビロードの運転席にすわった母はとても小さく見え、父が笑って母の頭をぽんぽん叩くと、母も笑った。父がボンネットをあけて、プラグやエアフィルターを見せ、ラジエーターの水を足す場所を教えてくれた。いまこの場ででもできるくらい、そのときのことは鮮明におぼえている。

でも、傷のことはおぼえていない。

ボンネットの前面はぐしゃりとつぶれ、ラジエーターグリルが粉々になり、VWのエンブレムがとれて、その部分は黒い丸だけになっている。さらに、ボンネットの真ん中にはもうひとつへこみがある。金属に浅い鍋を押しつけたみたいな、誰かがメディシンボールをそこに落としたみたいなへこみ。

パトリックはそれを凝視した。

なぜかわからないが、納屋の扉の南京錠をいじっていて、母に尻を叩かれたときのことをふと思いだした。

――だめって言ってるでしょ、パトリック！

あのときも車はこの中にあったんだろうか。

お母さんはなぜ隠そうとしたのか。

――人がものを隠すのは、誰にもそれのことを知られたくないからよ。

母の言葉。それは、死体が教えてくれたほどたしかな何かを教えてくれるものだ。

ぼんやり手を伸ばして、ゆがんだ金属に触れ、鋼鉄のひだと錆びた継ぎ目を親指でなぞる。

「事故にあったみたいだな」とニック。

必要なのはそれだった。真実が声に出して語られること。

内面のぐらつきとともに、パトリックは実際によろめいた。頭にその光景が浮かんだ。父の腰がフロント部分に激突し、その足がラジエーターグリルを砕き、頭がボンネットの上で跳ねかえり、その場所は巨人の拳が振りおろされたみたいにへこむ。押し殺した悲鳴が口から漏れ、パトリックは驚いて手で口を覆った。

母が父を殺したのだ。

でもどうして？

ニックの母は留守だったので、ふたりはその車を使った。許可されていないし、ふたりとも道路で運転したことはなかったが。

運転はパトリックがした。パトリックにとっての緊急事態なのだから、車に何かあっても、パトリックのほうが母に許してもらえる可能性が高いだろう、とニックが言ったからだ。

その理屈はよくわからなかったが、正しいと考えることにした。それよりも、〝緊急〟という言葉を聞いて、メグにもらった電話器をキッチンのテーブルのツナ・サンドイッチの隣に置いてきてしまったことのほうが気になった。どっちも持ってくるべきだった。

ニックの母の車を運転するのは、〈グランド・セフト・オート〉をやるのとはまったく違っていた。パトリックはニックに言われるままにハンドルを切り、ブレーキをかけ、クラッチを踏んだ。ニックがギアチェンジをして、交差点で左右を確認し、村で道路に飛びだしてくる小さな子どもたち、次いで羊たちに目を配った。

スピードは時速五十キロに達することもあった。

「手遅れにならなきゃいいけど」ニックが言った。

「やかんがまだあたたかかった。お母さんが家を出てからそんなに時間はたってないはずだ」

ふたりはフィエスタの横に車を急停止させた。それはペン・イ・ファンのふもとのストリーアームズ野外教育センターの駐車場にとまっていた。そのときはじめて、ニックは自分がまだスリッパをはいたままで、南ウェールズの最高峰に登れる装備ではないことに気づいた。

「おれはなんてばかなんだ！」ニックが泣き声をあげる。

意味のない言葉なので、パトリックは返事をしなかった。ただ車をおり、小走りに道路を渡って、ひとりで山道を登りはじめた。

56

標高九百メートルに満たないペン・イ・ファンは、実際のところ急な丘とあまり変わらないが、とはいえ登るのはそれなりに大変だ。しかも、油断しやすい。最初のうちは道幅も広くなだらかで、日当たりのいい草原を通る道はいかにも雰囲気がいい。小さな子ども連れの家族でも登れそうに見える。

だが、まもなく踏み越し段があり、その先は谷に向かって道が下っている。そのあと、最初のスタート地点よりも低い場所から、本当の上りが始まる。

中腹のあたりでは、傾斜も本格的になり、頭を下げて膝を持ちあげなければ登れなくなる。子どもや年寄りは引きかえさざるをえなくなる。石がごろごろした登山道の両側の崖がだんだん近くなり、道から大きくはずれるのは無謀なことに思えてくる。

そこまで来ると、強風が吹きつけて、晴れていても気温が低く、油断していると、片足を持ちあげた瞬間に風に吹かれてバランスをくずし、転びそうになる。

中腹には、この山で死んだ五歳の男の子の慰霊碑がある。男の子はふもとの牧場で迷い、道を下るのではなく上ってしまったために、その付近で低体温症で死亡したと言われている。

そこを過ぎると、さらに道が険しくなる。

そして狭くなる。

最後には、道そのものが細い尾根の幅ぎりぎりに狭まり、左側は急峻な谷になって、深緑色の草の刈り跡のように下に向かってえぐれ、まるで巨人がその表面を這いおり、下までずっと爪を食いこませたように見える。

ここまで来ると、もう山にしか思えない。

パトリックは何度かペン・イ・ファンに登ったことがあるが、Tシャツにスニーカーで登るのははじめてだ。

赤々と燃える夕日も、ここからでは、雪洞の窓から見える無慈悲な蜃気楼だ。日ざしのあたたかさは耳もとでごうごうと鳴る強風に吹き散らされ、風は胸といわず背中といわず脇腹といわず容赦なく吹きつける。それもかならず、風に応じて重心を移すまで待ってから突然やみ、抵抗を失ってよろけたところで後ろに回って、まだバランスをとろうとしているパトリックの背中を押し、谷に突き落とそうとする。

切り立った崖を囲むように湾曲した尾根に達すると、パトリックは顔をあげ、うるんだ目を細めて風に耐えながら、母の姿を探した。

自殺しようとするなら、きっとこの断崖からのはずだ。パトリックは何度か、慎重な足どりで、あるいは手足をついて四つん這いで崖っぷちに近づき、下を覗きこんだ。死体は目に入らなかったが、だからといって、ないとはかぎらない。

太陽はまばゆい輝きを失い、オレンジ色になって地平線に沈もうとしている。多少なりとも日ざしにあたためられていた気温がさらに下がり、歯がカチカチ鳴りはじめる。

引きかえすべきだ。先に進むのは理にかなっていない。安全でもない。いまでももう、暗くなる前にふもとまでおりようとするならぎりぎりだ。昼のペン・イ・ファンと夜のペン・イ・ファンはまるで違う。さらに寒くなり、険しくなり、登山道がさらに少し崖に近づくような気がする。

だが、パトリックは先に進んだ。

「お母さん！」二度叫び、そして足を止めた。口から出た言葉がまたたくまに風に流されて消えてしまうことに当惑する。

後ろを振りかえって立ちどまり、赤い太陽がブラック・マウンテンの背後に沈んでいくのを眺める。それが完全に見えなくなるとともに、最後に残っていた空気のぬくもりも、パトリックの胃に重苦しい警告を残して掻き消えた。夜が来る。戻らなければば。戻らないのは愚かだ。ひょっとすると命にかかわるほど。

だが、パトリックは先に進んだ。

薄闇の中で、湾曲した崖が黒く変わる。それはもう草に覆われた岩ではなく、ブレコン・ビーコンズの地中から隆起した真っ黒な何か、自然のものではない何かのようだ。

「お母さん！」ふたたび叫ぶ。それは母のためなのか、自分自身のためなのか、もうわからない。

ほぼ真っ暗になるころ、頂上近くで母を見つけた。あと十分遅かったら、気づかずに通りすぎていただろう。母は背中を丸めて崖っぷちにすわり、ブランコに乗った子どもみたいに足をぶらぶらさせ、首を垂れて腕を組み、髪と薄いカーディガンが風にあおられて、嵐の海の波しぶきみたいに上下にはためいていた。

母はぴくりともしなかった。

「お母さん？」

母が振り向いてパトリックを見た。パトリックに見えるのは、母の顔の白っぽい汚れだけだった。

「パトリック？」

パトリックが近づくと、母があとずさりした。

「さわらないで！」悲鳴のような声。「さわらないで！」

パトリックは一メートルほど手前で立ちどまった。「さわらない」

「もちろんそうよね」

そこまで近づくと、風が全力で母の言葉を切り裂いて、紙ふぶきみたいに飛ばそうとしていても、どうにか声が聞きとれた。

「ぼくたち、ここをおりなきゃ」

「おりなさい」

パトリックは一瞬混乱した。

「ぼくたち、ここをおりなきゃ」もっとはっきり繰りかえす。

「わたしは残るわ」

「残ったら死んじゃうよ」

「それが？　手紙を読んだんでしょ」

「うん」

「飛びおりる度胸がなかったの」母がサンダルの先の崖下に顎をしゃくってみせる。

「だから、ただここにすわってたの。戻るには手遅れになるまで」

パトリックは何を言えばいいかわからなかったので、崖っぷちまでの数メートルを歩いて、母の近くに腰をおろした。崖の下に足をおろすと、めまいがした。風でバランスをくずしたら呑みこまれてしまうかもしれない真っ暗な穴は、よく見えなかったものの。

母が正しいのがわかった。ここにすわっているには、胸の前でしっかり腕を組み、背を丸めて、突風から頭を守るしかない。

あたりがまたたくまに暗くなってすべてが闇に溶けると、九百メートルの谷の崖っぷちにすわっているというより、ペンアルスの桟橋にすわって足をぶらぶらさせながら、白波を切って進む小さなヨットを眺めているような気分になる。

寒さをのぞけば。

氷水に落ちたような寒さだ。ふたりとも凍え死ぬか、寒さのあまりおかしくなって、桟橋から真っ暗な海に転落しそうなほどだ。

ニックはどれだけ待っていてくれるだろう。パニックになって、母の車で家に帰ってしまうかもしれない。でもニックを責めるつもりはない。スリッパをはいてきたことも。

「車を見つけた」歯を鳴らしながら言うと、母はひどくゆっくりうなずいた。

「それなのに、どうしてわたしを追ってきたの？」

考えこむ。どうしてだろう。

話しながら答えを見つけた。「真実を知りたいから。死んでたら、それはむずかしい」

母は何も言わず、虚空に白っぽく浮かびあがる自分の足を見おろした。

「どうしてお父さんを殺したの？」

「そんなつもりじゃなかったのよ」

「でもあの車ではねたんでしょ」

母はまたゆっくりうなずき、長いあいだ黙っていた。

「本当にそんなつもりじゃなかったの、何もかも。ただ車に乗って……乗るべきじゃないのはわかってたわ、お酒を飲んでたから。それでもあなたを迎えにいこうとして……でもそうしたら……そうしたら、道を渡るあなたの姿が見えて……」

母が一段と暗くなった空を見あげて、袖口で鼻を拭う。

「あっというまだった。あなたが一歩下がって、彼が一歩前に出て……」

母が肩をすくめて首を振る。

パトリックはその瞬間のことを思い浮かべ、母もそれを思い浮かべているのだろうと思った。ただし、べつの角度から。自分と父がどう見えたか想像してみる。賭け屋の店の外の道路を渡ろうとするふたり、父の手を振りはらってあとずさりする自分。振りかえって戻ってくる父。そこに走ってくる車。

パトリックがいたはずのところに。

「ぼくを轢こうとしたんだね」

母は黙っている。暗い北の地平線いっぱいに広がる丘の連なりをみつめたまま。

パトリックは沈黙をイエスととらえて、うなずいた。

「そのほうが筋が通る」

母がパトリックを見た。髪が顔のまわりではためいている。「そう?」

「うん。それならわかる」

「わたしがなぜあなたを殺そうとしたかがわかるっていうの?」

「うん」

パトリックにはわかった。あの事故のことも。そういうことだったのだ。あの晴れた春の午後に、いくつもの小さな瞬間がたまたまそこに集まって――あるいはそこから飛びでて――不運な事故に結実してしまった。ときに、誰にも備えようのないことが起こるのだ。そして起きてしまったことは二度と取りかえしがつかない。ニックのスリッパみたいに。

母がパトリックから顔をそむけた。

「さて、これで真実がわかったでしょ」つっけんどんな口調。「もう行きなさい」

「うん」パトリックはそろそろと後ろに下がり、立ちあがった。「行こう」

「わたしは残るって言ったでしょ！　ふたりとも凍え死ぬ前に早く行きなさい！」

死。

不意に、駐車場の塀を乗りこえ、身を切るような夜の空気の中に飛びだしたときのことを思いだす。頭ではほぼ間違いなく死ぬと思っても、心臓が突然、爆発的に生を渇望したときのことを。あのとき、死はすぐそこにあった。それはわかっていた。いまでも首の後ろにその吐息が感じられる。

死んでいないことの喜びにぞくぞくした。

それはいい気分だった。分かちあいたいほどに。水槽の中の金魚を思い浮かべ、指を曲げ伸ばしした。

「来ないのはおかしい」パトリックは慎重に言った。「もうぼくはすべてを知った。これからのほうがよくなる」

「よくならないわ。それに、もう生きていられない。あなたのお父さんと、あなたにあんなことをして」

「でもお父さんは死んでる。それに、ぼくは気にしない」

サラは驚いて振り向き、パトリックをみつめた。それから笑いだした。声をあげて。

「なんで？　何がおかしいの？」パトリックが言う。

だが、止められなかった。強風が吹きつける尾根にいて、ふたりとももうすぐ死んでしまうかもしれないのに。

「気にしない？」サラは目もとを拭いながら言った。

パトリックが肩をすくめた。「少なくとも、死ぬほどには」

サラは息子を見あげ、それからふたたび虚空を見おろした。そのとき、片方のサンダルが脱げて落ち、またたくまに暗闇に呑みこまれた。

「やだ、靴が」

サラは泣きだした。

止められなかった。

「靴が」サラはすすり泣いた。「靴が」

パトリックは母をみつめ、父のこととペルシアンパンチのこととつながっているという感覚のことを思った。

「ごめんなさい」母がしゃくりあげる。「ごめんなさい」

百万回聞いた言葉だが、今度は信じられた。

「いいよ」パトリックは言った。「ほら、ぼくの手につかまって」

母が驚いた顔で見あげる。

母はもう一度闇に目をやってから、顔にかかった髪を払いのけ、パトリックの手を握った。

＊

ふたりはよろけ、転び、ときには這ってペン・イ・ファンを下った。三回、道を見失って、おたがいの服をつかんだまま手や足を伸ばして草地を探り、どうにか安全な砂利道に戻るとまた進んだ。二回、サラはもうおいていってくれとパトリックに懇願し、パトリックはしかたなく母をひきずり、母はそのうち尖った小石の痛みに耐えきれなくなって立ちあがって歩きだし、それでも一歩ごとに、痛みと寒さと疲れで泣き声をあげた。

半分ほど下ったところで、こっちに向かって上ってくるライトの明かりが見えた。それは山岳救助隊で、毛布とあたたかいスープと腋の下にはさんで身体をあたためるカイロを携えていた。

サラは担架に乗せられ、パトリックはほとんど感覚のなくなった足でその隣に付き添って歩いた。

谷底にはニックが待っていた。スリッパで来られるところまで出迎えにきてくれたのだ。

ニックは家に帰っていなかった。警察に電話してくれた。

「ありがとう」パトリックは言った。

57

病院を退院した二日後、サラがまだ寝ているあいだに、パトリックは納屋を燃やした。

燃えだすまでにしばらくかかったが、いったん燃えだしたらもう止まらなかった。ニックが、ぱちぱちと木のはぜる音で目を覚まし、ホースをとりに外に飛びだしたが、それは誰かに盗まれていた。

そこでニックは隣家にやってきて、パトリックのそばに立ち、納屋の火が車を燃やして、車がタンクに残っていたガソリンで燃えるのを眺めた。

サラはネグリジェに長靴で出てきて、玄関の階段に立ってその様子をみつめた。オリーがそのゴムの足にまとわりついた。

「どうやってやったの？」とサラ。

「べつにむずかしくない。よかったら教えるよ」

サラが眉を持ちあげてみせると、パトリックは一瞬だけ目を合わせ、小さな笑みを浮かべて目をそらした。

「なあ」ニックが古い温室のほうを指さした。「なんであそこにうちのホースがあるんだよ？」

「メーターがあがっちゃうだろ」パトリックは言った。

＊

パトリックは〈ロークス・ドリフト〉というパブで皿洗いの仕事を見つけた。汚れたグラスや皿を大きな食器洗浄機の片側から入れ、きれいになって湯気をあげ、さわれないほど熱くなったそれらを反対側から取りだすのは楽しかった。パトリックの考案したシステムのおかげで、長年の悩みの種だったティースプーンを切らすことがなくなり、真面目でてきぱきとした働きぶりもあって、パトリックはすぐにほかのスタッフに気にいられた。客から苦情を言われることが減って、より迅速なサービスができるようになったので、スタッフの全員一致でパトリックにもチップが分配されることになった。それはパブの歴史始まって以来のことだった。最初の週の終わりに、パトリックは店主から時給アップを告げられた。

パトリックのほうは、そんなごほうびを求めていたわけではない。パブでは砂時計の形をしたグラスでコーラが飲めて、勤務中に一回、メニューの中から好きなものをコックにつくってもらえた。ツナトースト・サンドイッチを選ぶことが多かった。病院から帰った日、食べかけのサンドイッチのことを考えてキッチンに入ると、猫がツナだけ全部舐めてしまって、しけたトーストだけが残っていたからだ。

母に給料分を前貸ししてもらって、新しい自転車を買った。今度はマウンテンバイクにしたが、色は当然ブルーだ。バスで仕事に行かなくてよくなり、週末にはブレコン・ビーコンズを走りまわった。そのときが一番幸せだった。ときどき、羊やカラスの死骸を見つけた。そんなときはスピードを落としてそれをみつめたが、もう拾いはしなかった。

メグにもらった電話器は、念のためにかならず持っていき、ときどきは電話をかけた。そうするとメグが嬉しそうだったし、パトリックもべつに苦ではなかったからだ。ただし、パトリックが叫びだすと、羊が散り散りに逃げていった。

58

パトリックの短い大学生活に終止符を打ったできごとから三カ月後、パブのランチタイムのシフトを終えて家に帰ると、マドック教授とミック・ジャーヴィスが母とお茶を飲んでいた。

全員がパトリックに挨拶をして、母がずっとにこにこしているので、何かが起きているのだと察した。

「何ごと？」パトリックは尋ねた。

「悪いことじゃないわ」母が答えた。

「そのとおり」マドック教授が言った。「とてもいいことだよ。学部を大きくすることになってね、きみに仕事を頼みたいんだ、パトリック」

「仕事って、どんな？」パトリックは用心深く尋ねた。

「解剖実習室の技師見習いさ」とマドック教授。「ミスター・ジャーヴィスの下で働いてもらう。そして彼のあらゆる仕事を学ぶんだ。防腐処置から、解剖実習の準備から、衛生管理から、献体の受けいれと返却に関する書類手続きまで、一切合財を」

「いっさいがっさいってなんですか？」

「なんでもないわ」母が言った。「なんでもっていう意味よ。そういう言いまわしがあるの」

「へえ。はじめて聞いた。一切合財」口の中でそっと転がしてみる。「いっさい、がっさい」

「そのことはいま重要じゃないのよ、パトリック」

「きみを歓迎するよ、パトリック」ミックが言った。「きみなら丁寧で行き届いた仕事をしてくれるだろうから」

「はい」パトリックは答えた。

「靴を投げるのはべつにしてだがね、もちろん」

ミックがウィンクをしたが、パトリックは「あなたにはあたってない」とだけ言った。

「ミスター・ジャーヴィスはジョークを言っただけさ」教授が急いで言った。「もう過去のことだ。いまはきみのこれからのことを話している。それでどうかな、パトリック、きみはどう思う？」

どう思うか？

三人にみつめられて、パトリックは身もだえしたくなるのをこらえた。

近ごろではそれもだいぶうまくなったつもりだ。ほかにもたくさんのことがうまくなった。たとえば、さわられること。嬉しくはないが、それでもじっとしていられるようになった。ときどきは、母の無意味な言葉にも返事をするようになった。それで母は嬉しそうだ。

パトリック自身も、前より幸せだと思う。理解できることが増えて、心配が減った。パブの友達がいて、電話友達がいて、新しい自転車がある。

何より、父に何があったのかがわかった。それはアルファベットの皿のように心を穏やかにさせてくれた。

いろいろなことをへてわかったからこそ、それにはより価値があると思っている。

そこで、三人がまだ自分をみつめ、解剖実習室の仕事についてどう思うか、自分の返事を待っていることに気づいた。教授たちが贈り物をくれようとしていること、だから感謝しなければならないことがわかった。

「ありがとう」パトリックは慎重に言った。「でもやりません。死体はもういいです」

謝辞

本作の執筆にあたっては、カーディフ大学生物科学部解剖実習室のリサ・ミードとスワラン・ヤーネルに多大なご協力を賜りました。作中の解剖体にまつわる描写は創作であって、当然ながら、おふたりのプロとしての仕事ぶりや、ご遺体に対して払っている敬意を反映するものではありません。指針を与えてくださったカーディフ大学神経精神病学遺伝学ゲノミクスMRCセンターのドクター・ジェイミー・ルイス、初期段階で貴重なアドバイスをくださった王立外科医学院特別研究員のドクター・ロイス・エイブラハムズとミスター・リチャード・ラッシュマン、昏睡と植物状態の患者にまつわる家族の経験についてお教えくださったジェニー・キッツィンガー教授に感謝いたします。

また、熱心に力を尽くしてくださったトランスワールドの皆さんにも感謝いたします。なかでも、無理を聞いてくださったクレア・ウォードとアート部門には厚く御礼を申しあげます。

訳者あとがき

満園　真木

パトリック・フォートは、英国ウェールズ南東部の町ブレコンで生まれ育った十八歳の若者だ。アスペルガー症候群の彼は、幼いころから周囲の子どもたちとうまくなじめず、孤立しがちで、ときにいじめの対象となってきた。

パトリックの母サラは、そんな息子の子育てに悩み、アルコールに依存するようになる。いっぽう父のマットは、サラをなだめつつ、人と違う息子にもいらだつことなく穏やかに接し、そうやって家族を支えていた。パトリックは、母が酒を飲んで取り乱したとき、父に連れられてブレコン・ビーコンズ国立公園に散歩に出かけるのが好きだった。

だが、パトリックが八歳のとき、悲劇が起こる。友達と問題を起こしたため、学校に呼びだされた父が、家に帰る途中車に轢かれて死んでしまうのだ。父がつなごうとした手を、人に触れられるのが嫌いなパトリックが振り払ったことで起きた事故だった。

その日以来、パトリックは死への探求にとりつかれる。父に何が起きたのか。死ぬとはどういうことか。死後、人はどこに行くのか。その答えを探して、死者の写真を集めたり、動物の死骸を拾ってきて解剖したりする。そして十八歳になった彼は、ウェールズの首都カーディフの大学に入学し、解剖学を学びはじめる。〝死〟の謎を解明するために。

解剖実習の授業で、パトリックらの班に割りあてられたのは、〝十九番〟という中年男性の遺体だった。だが、解剖を進めながら、遺体の死因を突きとめることが学生たちに課せられる。だが、心臓や脳を解剖しても、〝十九番〟の死因はなかなか明らかにならない。しだいにいらだちをつのらせるパトリック。しかし、遺体から見つかったある奇妙なものの存在から、彼はその死因に疑念を抱きはじめる。果たして、〝十九番〟の身には何が起こったのか――。

ベリンダ・バウアーの長編四作目となる本作『ラバーネッカー』は、英国ウェールズを舞台に展開する。デビュー作『ブラックランズ』から『ダークサイド』、『ハンティング』と続いた三部作の舞台であるイングランドの寒村シップコットを離れたはじめての作品となる。ベリンダ・バウアーは現在もウェールズ在住で、カーディフの裁判所で法廷速記者として働いていたこともあるという。ウェールズはいわば地元なわけだが、「あなたの作品がウェールズを舞台にしていたら、ここまで売れなかっただろう」と人に言われたのがきっかけで、ウェールズを舞台にした小説でも売れることを証明するのが、本作執筆のひとつの動機であったとインタビューで語っている。

　本作でウェールズの首都カーディフと並ぶ物語の重要な舞台となっているのが、主人公パトリックの故郷の町ブレコンと、ブレコン・ビーコンズ国立公園だ。ブレコン・ビーコンズは、南ウェールズの最高峰ペン・イ・ファンを中心とする連山の周囲、約千三百平方キロメートルの面積を持つ国立公園。〝ビーコン〟とは狼煙《のろし》を意味し、古代に山の上から合図の狼煙をあげたことに由来する。『ブラックランズ』にもダンケリー・ビーコンという地名が出てきたように、英国各地の山地や丘陵地にビーコンの名称が残っている。

　ブレコン・ビーコンズは、パトリックのお気にいりの場所として本作中たびたび登場し、ペン・イ・ファンの山頂は終盤の大きな山場の舞台となる。ハイキングコースとして人気の牧歌的で風光明媚な場所であるいっぽう、季節や天候によっては遭難者が出るような過酷な山地に姿を変える。ご興味のある方は、インターネットでブレコン・ビーコンズの風景の画像を検索していただけると、より臨場感をもって物語をお楽しみいただけるのではないかと思う。

　本作の主人公パトリックは、アスペルガー症候群という発達障害を持っている。アスペルガー症候群の人は、場の空気を読んだり、表情や声色から相手の感情を察したりするのが苦手な反面、特定のことに対する強いこだわりと集中力で、人並みはずれた能力を発揮することがあるとされる。近年、英国の歌手スーザン・ボイルがアスペルガー症候群と診断されたことを公表したが、古今東西の様々な分野の著名人の中にも、この障害を持つ者は多くいると考えられている。

ベリンダ・バウアーは、アスペルガー症候群の若者を主人公とすることについて、次のように語っている。「パトリックを〝レインマン〟にはしたくなかった。天才ではなく、病的なこだわりゆえの特異な能力を持つ、悩み苦しんでいる人物にしたかった。彼の日常のフラストレーションと混乱を描くことで、読者の共感が得られると思った」

その言葉どおり、著者はパトリックを、一風変わった魅力をそなえた、なんとも愛すべき主人公とすることに成功している。だからこそ、アスペルガー症候群のパトリックが、事件の謎だけでなく、彼から見た世界の謎を解き明かしていく過程には大きな感動がある。

ところで、本作のタイトルである〝ラバーネッカー（Rubbernecker）〟という言葉には、「（ゴムのように首を伸ばしたり、きょろきょろして）むやみに見る人、物見高い人、野次馬、観光客」といった意味がある。世の中のことや周囲の人々のことを、いつもじっと観察しているパトリックの姿が浮かんでくるような表題である。と同時に、故郷の町からカーディフにやってきた彼が、この歴史ある古都のあちこちをめぐる様子を、観光客になぞらえている部分もあるのではないかと想像している。

なお、本作『ラバーネッカー』は、二〇一三年の英国推理作家協会（ＣＷＡ）ゴールド・ダガー賞の最終候補となった。デビュー作『ブラックランズ』に続く受賞が期待されたものの、惜しくもそれはならなかった。しかし、同じ二〇一三年のＣＷＡ各賞の選考において、ベリンダ・バウアーは、ＣＷＡダガー・イン・ザ・ライブラリーという賞を受賞した。これは個々の作品ではなく作家に対して贈られる賞で、全英の図書館司書および図書館ユーザーが選ぶ、いわば図書館賞といった位置づけの賞である。

ちなみにベリンダ・バウアーの気になる次回作だが、二〇一四年三月に、長編五作目となる『The Facts of Life and Death』が刊行された。前三部作の舞台シップコットに近いイングランド南西部ノースデヴォンの海辺の集落で起こった、若い女性の連続殺人をめぐるミステリーとのこと。ベリンダ・バウアーの変わらぬ精力的な創作活動からは今後も目が離せない。

二〇一四年四月

[解説] もの言わぬ患者たちの力

香山リカ

死体がある。死因は不明。殺人事件の可能性がある。だとすると、犯人を探さなければならない…。まさにミステリーの王道ともいえる骨格が、本作にはがっちり組み込まれている。

しかし、そこはこれまで家庭の崩壊に苦しむ少年や不治の病に侵された妻を介護する巡査などを作品に登場させ、人間の心の奥深くに光をあててきたベリンダ・バウアーのこと。ただの謎解きで終わらせるはずはない、と読む前からいやが上にも期待が高まる。

そしてページをめくり出すと、今回の主役たちは、医学的には「発達障害」と診断される大学生、終末期病棟で昏睡状態のまま医療機器につながれる〝もの言わぬ患者たち〟、そして医大の解剖実習室に横たわる遺体たちだということがわかってくるのだから、期待はまったく裏切られない。

さて、主役たちの中心といえる大学生のパトリックは、幼い頃から「話しかけると目をそらす」のに算数などは抜群の成績など親にとっても「奇妙な少年」で、医師から「アスペルガー症候群」という診断を下される。いわゆる発達障害のひとつである。

実は、二〇一三年に正式に運用が始まった世界的な精神障害の診断ガイドライン「精神疾患の分類と診断の手引き第5版（DSM-5）」からは、このアスペルガーという単語が消えた。それまでのガイドラインで「自閉性障害（自閉症）」、自閉症で言語の障害を伴わない「アスペルガー障害」、それと「特定不能の広汎性発達障害」と診断されていたものが、この第5版からは「自閉症スペクトラム障害」と「社会コミュニケーション障害」のふたつにまとめられたのだ。このふたつの違いをあえて言うなら、対人関係でのコミュニケーションの障害だけがあるものが「社会コミュニケーション障害」、それに加えて同じことを繰り返す、ひとつのことに執着するといった「常同性」があるものが「自閉症スペクトラム障害」となるだろう。

この新しいガイドラインはまだ日本語翻訳版が出ていないが、英語版を見ると、パトリックもそれに相当する「自閉症スペクトラム障害」の診断はとてもわかりやすく、「Aブロックの3つ全部、Bブロック2つ以上」となっている。簡単に紹介しておこう。

Aブロック「対人的コミュニケーションと対人的相互反応の障害」

1. 対人的、情緒的相互性の欠如
2. 目と目で見つめ合う、顔の表情を読む、対人的相互反応や非言語的コミュニケーションの障害
3. 状況にあった関係作り（ごっこ遊びや仲間作り）の障害

Bブロック「限局された反復する行動や興味とこだわり」
1. 言葉のおうむ返し、常同的・反復的な行為
2. 同一性へのこだわりや儀式への執着
3. 著しく限局された興味
4. 感覚刺激が異常に亢進または低下

ただ、知能や言語の理解そのものには問題がなく、時によってはひとつのジャンルで天才的な能力を発揮することがある「アスペルガー症候群」はあまりにも世の中の人びとによく知られているので、今後も通称としてこの名前は残るのではないか、とも言われている。

いずれにしても、今でこそこの自閉症スペクトラム障害を含む発達障害は社会の重要課題となり、乳幼児健診などでそれを疑われた場合は、早期からコミュニケーショ

ンのトレーニングを受けることも可能になりつつある。ところが、パトリックの場合は環境に恵まれなかったようだ。5歳で対人関係などに問題があることは気づかれたが、適切なケアを受けられなかった。「学校は苦痛でしかなかった」というパトリックがクラスメートにいじめられ、パニックからトラブルを起こすようになると、両親は頻繁に喧嘩をして、母親サラがこう叫んだ。「もう耐えられない！　あの子を産まなきゃよかった！」。しかし、幸いか不幸か、パトリックにはその言葉に傷ついたり悲しんだりする情緒も十分には備わっていない。

彼の特徴は、8歳で父親が急死したときの反応にもっともはっきり現れる。パトリックにとって「死」とは、「そこにいた次の瞬間にはいなくなっていた」という謎でしかなく、スクールカウンセラーに「悲しいんでしょう」と言われても、その意味すら理解できなかったのだ。ただ、父親が亡くなってから「死の謎」にとりつかれたように、パトリックは動物の死骸や人間の死体写真に執着するようになる。この特定の対象やできごと、行動への過剰なこだわりもアスペルガー症候群ではよく見られることだが、息子に望むのは「普通であること」、それだけと言うサラにとっては、おぞましい行動でしかなかった。ときどきアスペルガー症候群の人たちは「円周率を数万桁暗記できる」「正確に景色を記憶して模写できる」といった天才的能力を示すことは先ほど言った通りだが、パトリックは家庭、学校、地域では誰にも理解されない

〝異物〟でしかなかった。

だから、成長したパトリックが大学で解剖学を学びたいと言い出し、学力的にも飛び抜けていたのに、大学の生物科学部に「障害者受け入れ枠」で入学が許可されたときにも、サラは「いい兆候とは思えない」と良くない予感を抱いたのだ。

とはいえ、途中まではパトリックはまさに「水を得た魚」のごとく、解剖学実習に熱心に取り組んだ。並外れた知識や解剖技術を持つ彼は同級生たちからもそれなりに尊敬の目で見られ、子ども時代のようにいじめられることもなかった。

ただ、そこに並ぶのは、機械ではなくて元は生きて動いていた「人間」であったというのが、パトリックを思わぬ運命に引き入れていく。自分が解剖している「十九番」と呼ばれる遺体を死に至らしめた原因、つまり死因に彼は関心を抱くのだが、それは一般的な意味での興味とは違う。パトリックは言う。

「パズルを解けないまま放りだすのは嫌だ。ずっとそうだった。いつもそうやって、ものごとの論理的結論に到達することにこだわってきた。その作業に人の助けは借りたくないし、だから十九番の謎を解くことにも熱中している」

先ほどの診断ガイドラインを読んだ人なら、「ああ、これが自閉症スペクトラムの特徴のうちAブロックのあれとBブロックのこれね」とわかるはずだ。この彼にとっての〝症状〟としてのこだわりが、十九番の死因が医学部の教員によって説明されたものと異なることに気づかせ、そして「知りたい」という彼の熱意に火をつけることになる。

それからパトリックがいったいどうやって真実に到達するかは実際に本文で楽しんでもらうとして、この作品のもうひとつの特徴は、冒頭で示したように解剖学実習の遺体とともに、終末期病棟でただ死を待つかのような意識不明の患者たちが、大きな役割を果たしていることにある。最近の研究では、一見、昏睡状態にある人たちも実は聴覚が機能していたり脳の一部が活発に活動したりする可能性があることが明らかになりつつある。彼らはもしかすると、語ったり怒ったりしてみせられないだけで、本当は何かを考え訴えようとしているかもしれないのだ。本作では、病棟に眠る彼らもまさに生き生きとよみがえり、謎解きに大きな役割を果たす。

ベリンダ・バウアーのこれまでの作品同様、本作に登場するのは〝幸せいっぱいの人たち〟ではなくて、社会の片隅で傷ついている人、烙印を押されている人、そしてまさにいま死を迎えようとしている人やすでに遺体となった人たちだ。しかし、いま世の中の中心にいないからといって、決して何の役にも立たないとか価値がないということではない。やりようによっては、周縁に位置する彼らこそが、真実を明かす力を発揮することだってできる。バウアーはそう言おうとしているように思える。

さて、社会の〝異物〟だったパトリックは、どこかに自分の居場所を見つけることができるのだろうか。それも楽しみに、ぜひこの本格ミステリーをじっくり味わってほしい。

（かやま・りか／精神科医）

―本書のプロフィール―

本書は、二〇一三年一月にイギリスで刊行された小説「RUBBERNECKER」を本邦初訳したものです。

小学館文庫

ラバーネッカー

著者　ベリンダ・バウアー
訳者　満園真木《みつぞのまき》

二〇一四年六月十一日　初版第一刷発行

発行人　稲垣伸寿
発行所　株式会社　小学館
〒一〇一-八〇〇一
東京都千代田区一ツ橋二-三-一
電話　編集〇三-三二三〇-五七二〇
販売〇三-五二八一-三五五五
印刷所————凸版印刷株式会社

この文庫の詳しい内容はインターネットで24時間ご覧になれます。
小学館公式ホームページ　http://www.shogakukan.co.jp

ISBN978-4-09-408853-3